"致敬时代"系列

红军旗
——追忆革命者主题小说集

HONGJUN QI

ZHUYI GEMINGZHE ZHUTI XIAOSHUOJI

阎晶明 主编

时代出版传媒股份有限公司
安徽文艺出版社

图书在版编目（CIP）数据

红军旗：追忆革命者主题小说集/阎晶明主编．—合肥：安徽文艺出版社，2023.6
（"致敬时代"系列）
ISBN 978-7-5396-7669-2

Ⅰ.①红… Ⅱ.①阎… Ⅲ.①中篇小说—小说集—中国—当代②短篇小说—小说集—中国—当代 Ⅳ.① I247.7

中国国家版本馆 CIP 数据核字 (2023) 第 003409 号

| 出 版 人：姚 巍 | 责任编辑：胡 莉 宋潇婧 |
| 特约编辑：罗路晗 | 封面设计：鸿儒文轩·末末美书 |

出版发行：安徽文艺出版社　www.awpub.com
地　　址：合肥市翡翠路 1118 号　邮政编码：230071
营 销 部：（0551）63533889
印　　制：三河市华东印刷有限公司

开本：880×1230　1/32　印张：7.875　字数：183 千字
版次：2023 年 6 月第 1 版
印次：2023 年 6 月第 1 次印刷
定价：35.00 元

（如发现印装质量问题，影响阅读，请与出版社联系调换）
版权所有，侵权必究

目录

MULU ///

001　红军旗 / 光盘

023　英雄辈出 / 程多宝

063　鲜花岭上 / 刘鹏艳

118　我的外婆代号 L / 刘鹏艳

137　逐　日 / 刘鹏艳

197　康定情歌 / 曾剑

红军旗

/光盘

1931年1月。旧历年关将近。吹过二河镇的北风夹着细小雪花，来了又去，去了再来。街上行人渐少，前来赶闹子（赶集）的人分别走向自己的家。六爷的雪萝卜还没卖完，他想多卖些，有了多的钱就能买药治老伴的病，还能割点肉，买些年货。年，年年过，一年比一年过得苦。六爷在设想中叹气。天色渐晚，再无人来过问他的雪萝卜。唯一留下来的卖肉人似乎在等着他，久等不来，他主动移到六爷摊点前。卖肉人刀下得重，一刀就要光了六爷卖雪萝卜的钱。"这么好的猪肉打火把都找不到，就不要再切开了。"卖肉人不容六爷申辩，抓过六爷手中的钱走了。肉是好肉，这点肉也的确不够全家吃的。六爷就认了，他还自我安慰说，也许吃了肉，老伴身体会好起来。收了摊，六爷往回走。济民药铺正在关门。六爷心头涌起一个主意："我可不可以用雪萝卜换药？"药铺老板一口回绝，然后关紧了大门。济民药铺老板也是个郎中，他的人品、医术比蒋家岭的蒋述德差远了。可是，六爷欠蒋述德太多，不好意思再请蒋郎中白看病白送药。

出了镇子，就是通往六爷他们枫树坪村的山路，没走多远，碰上土匪。土匪围住六爷，不说话，上来就抢。他们抢走六爷刚割的猪肉，抢走没卖完的雪萝卜。六爷本能地跟他们争夺，被打成重伤，昏死在地。土匪临走，剥光六爷的破衣烂衫。

去镇上赶闹子的村里人陆续回来，却迟迟不见六爷。都过晚饭时间很久了，家人着急，全村人着急。蒋宏图带领三个后生一路寻到二河镇上。镇上黑麻麻，空无一人。分头去外村亲戚家寻找，均无结果。附近有个村，曾经出现过一人走夜路跌死在路边的例子。全村人举着火把，沿途边喊着六爷边仔细查看山路两边。来回找了两遍，仍无六爷身影。接近天亮，有一支队伍走向枫树坪，而六爷就在这支队伍里。他被人抬在担架上。

"我们是中国工农红军，穷苦百姓自己的队伍。"为首的那个军官对村民们说。

"他是我们的肖连长。"一位战士趁机介绍说。

六爷伤势重，但命捡回来了。土匪抢走六爷的东西，打伤六爷，还没出几步，肖连长的部队正好出现。他们绕道二河镇子经过这里。一排红军追击土匪，卫生员立即抢救六爷。六爷昏迷不醒，肖连长不知道如何送六爷回家，行军时间紧迫，只得在附近一座破庙里临时安顿。肖连长脱下自己身上的衣服，张副连长贡献出自己备用的裤子给六爷穿上。一排抓到两个土匪，夺回了六爷所有的东西。六爷苏醒能够说话后，已经到了下半夜，肖连长的人马在六爷指引下，急忙护送六爷回枫树坪。

村里人为红军送来滚烫的姜水，里面放了糖，村里人将仅有的准备过年的红糖都拿了出来。

"我们是红军，不是国民党军，红军是穷人的队伍。"肖连长喝着姜糖水，提高声音说。

"记住，我们是红军。"肖连长继续说。肖连长从身上摸出一些散钞票，塞到六爷怀里，叫他拿去请郎中看病。接着，战士们也拿出钞票，捐给六爷。

天刚刚亮，一面红军的旗帜在寒风中飘扬。然后，这支队伍在这面旗帜的带领下，在全村人的目送下，离开村庄，去往村人不知道的地方。有了肖连长他们的捐赠，六爷的伤、他老伴的病、购买年货的钱都够了。三年后的1934年6月，六爷去世，回光返照时六爷还谈起肖连长和他的部队，谈到肖连长他们的好。

1934年桂北，湘江东岸。

已经入冬，桂北的大风阴冷锋利，经过山林、岩洞，摩擦出怪异的吼声。伴着风声，周边传来枪炮声。与当地鸟铳完全不一样的枪声，近段时间时常响起。民众被枪声吓怕，枪声一响，他们就会下意识地紧张、躲藏。活跃的民团告诉民众，引起枪声的是叫红军的"赤匪"。

"是三年前经过我们村那些扛枪的红军又回来了吗？"蒋宏图问侄儿蒋山立。

"是的。三年前经过我们村的叫红七军，北上到江西与井冈山的中央红军会合了。"蒋山立说。他在二河镇政府工作，是国民党党员。他这次回来通风报信，说是有一股红军将从村里经过，让全村老少小心，能藏的粮食鸡鸭牛猪藏好，能躲避的躲起来。

"不说三年前，四个月前也有一支红军从我们地盘上经过，过湘江西去。"民团团长唐友苟接过话。

"如果来的是跟红七军一样的红军,我们就不怕。"蒋宏图说。

"不要被红军麻痹,蒋委员长说了,他们是'赤匪'。"唐友苟提醒蒋宏图。

"坏人在做坏事前,总是装出很善良的样子。"蒋山立说。

"这回会来很多红军吧?"蒋宏图问。

"可能吧。你没见桂军全动起来了吗?蒋介石派出的'剿匪'部队也正火速赶来。"唐友苟说。

"三年前的肖连长和他们的人,没抢村里一颗粮食,救了差不多见阎王爷的六爷。"蒋宏图说。

"三年前是三年前,现在是现在。小心为好。"蒋山立说。

红军是什么人,蒋宏图不完全了解。通过肖连长他们,他印象里,红军不是坏人,至少对老百姓不坏。桂军口口声声说是自己人,可是,他们当中不是经常有人进村骚扰民众吗?唐友苟也说他是自己人,他爱嫖娼赌博且不讲,没少欺压百姓,强要百姓的钱财。

唐友苟带着队伍进枫树坪搜刮一些鸡鸭粮食后,仍然怀揣不满足离开村子。蒋宏图对侄儿蒋山立说:"你们政府也不管管!"蒋山立说:"民团虽然是地方武装,但他们业务上受桂军部队管,算半个军人,桂军是他们的靠山,我们政府虽然给他们发饷,可是,哪里管得了,哪里敢管?"蒋山立说。

"来的真是红军吗?"蒋宏图仍然不放心地问。

"据可靠消息说是红军,是国民党军队必须消灭的'赤匪'。"蒋山立说。他有一个朋友在桂军里当侦察兵,消息来源必定可靠。

蒋山立的父母沾了在政府工作的儿子的光,住在二河镇上,所以他不用留在村里看望父母。蒋山立离开后，村里人继续留在蒋宏图家里，让他拿主意。

"我没有主意。"蒋宏图说。

接近中午，从外面回来的村里人说，附近村民正在往山里转移，寻找藏身的岩洞，能带走的财产都快转移完了。"我们怎么办？"有人问蒋宏图。蒋宏图不知道怎么办。他拿不定主意。红七军是好人，能说明即将到来的红军也是好人吗？这一支红军是好人，那一支红军就一定是好人吗？蒋宏图犹豫不决。转移，动静太大。可是，不转移，万一出事，他对不住全村老小。

性子急的族人没等蒋宏图拿主意，就开始将家中的鸡鸭装进笼子挑进山里，将猪牛往安全的地方赶。受到感染，越来越多村里人忙着转移家中财产。村里乱糟糟的，伴着许多呼儿唤女的急迫声。年迈并且行走不便的老人不想拖累儿孙，决定不走了。儿孙不放心，用担架抬。担架从蒋宏图身边经过时，有个老人叫停下来，他悄悄对蒋宏图说他想跳进深渊，等有了机会就跳，不给儿孙添麻烦。

村里的财产还没转移完，还有许多人正准备动身逃跑，有消息突然传来：红军来了，红军来了，快跑！

村里更乱了。

"逃命要紧，所有东西不要了，不要了！快跑，快跑！"人们听清楚是蒋山立的声音，他有一匹马，能够自由地在政府和村庄间的山路上小跑。

村里人丢弃财产逃命。

一支红军很快出现在村口。"我们是红军，穷苦百姓的部队，老乡，别怕，不用躲，不要跑！"喊话的人正是三年前救了六爷性命的肖连长。村民不听，反而跑得更快。当年负责侦察工作的肖连长，到了井冈山后，被安排做侦察连连长。

村里静下来。枫树坪是他们的目的地，他们必须在此驻扎，以此为据点，辐射到四周，侦察出更多情报回传给大部队。时间紧迫，肖连长的部队顾不上劝阻百姓，立即投入工作。因为搞情报，肖连长他们穿着便服，除了手中的枪，再无部队的标志。躲在山上的村民看得见村里的动静，肖连长他们自己架锅做饭，入夜就在屋檐下休息，不碰老百姓任何东西。

北风呼啸，还下起了小雨。

蒋宏图下山来。"我要找你们长官。"蒋宏图对站岗的战士说。

"我们这里没有长官，只有同志。"另一位红军战士听罢，将蒋宏图带到肖连长身边。

"天冷，下雨，你们进屋睡吧。虽然多数为茅屋，总比外面强。"蒋宏图劝说。他已经认出了肖连长。三年多前，虽然只是匆匆一见，但记忆深刻。

"我们这样很好，"肖连长说，"你就不用操心了。快把乡亲们叫回来。让他们放心，我们不会伤害村里一草一木，不会动人一根头发。"

蒋宏图劝了好一阵，肖连长就是不下让战士们进屋避风雨的命令。此时，听说来的是肖连长，回村的男人多起来，他们都劝红军进屋。盛情难却，再说，风雨更大了，肖连长这才命令部队进屋休息。蒋宏图叫每家熬一锅生姜水，有红糖的加红糖。滚烫的生姜水温暖了红军的心，也让村里人心生快慰。

红军旗

　　肖连长和两个战士住在蒋宏图家。松油灯下，肖连长从其中一个战士手中接过一块布，展开后，是一面红军旗帜。

　　"好好保管。"肖连长对那位战士说，"虽然我们是侦察兵，现在因工作需要暂时收起来，但总有一天会高举红旗的。"

　　"人在，红旗在；即便我不在了，也会有同志接过红旗。红旗永远在！"战士接过红旗，仔细折叠好，放入一个铁盒子里。

　　蒋宏图大概明白，红旗就像家族里的祠堂，是权威，是全族人凝神聚气之所在。肖连长给蒋宏图讲革命道理，蒋宏图听不太懂，但他听明白了一点，红军是支穷人的队伍，闹革命是为了穷人翻身做主。

　　天还没亮，村口突然响起枪声。得到消息的国民党军扑到枫树坪，"围剿"肖连长的部队。肖连长带领战士沉着应战。为了不伤及村里人，肖连长的人马冲出村外，引走国民党军，把战场设在村外的柴头坳。

　　早上八点左右，枪声稀了远了。蒋山立的黑马出现在村里。"这股红军被李军（当地人有时候对桂军的称呼，因为桂军头目叫李宗仁）消灭了。"蒋山立说。

　　"红军全……？"蒋宏图问。

　　"不死的也被打伤打残打跑了，总之，这支部队没了。"蒋山立说。

　　"肖连长的铁盒还没带走呢。"蒋宏图突然想到。他不相信肖连长的部队没了，他坚信肖连长还活着。

　　湘江战役前后打了五天，国民党军没有按计划消灭红军，红军突破湘江西去。但是红军损失惨重，国民党各级报纸大吹特吹取得了伟大胜利。桂林和全县（现名为全州县）县城出版的报纸，连续刊登国民党军大捷的消息。这些报纸发行到了二河镇，一些乡绅又从镇上把报纸带回到村里。关心政治的当地百姓谈论政治时局的同时，桂军和民团开始搜捕失散的红军。唐友苟带领十几个民团成员来到枫树坪村。肖连长他们侦察连在此停过一夜，唐友苟有理由相信枫树坪藏着失散的红军。如果能抓到一队红军，他就发财了。枫树坪是蒋山立的老家，不能让他抢了先。枫树坪被唐友苟的人翻了个底朝天，能顺走的东西都顺走了。蒋宏志家两块大大的陈年老腊肉，藏在石灰缸底部，也被唐友苟翻出来顺走。没搜到失散红军，搞到一些好货，唐友苟不枉此行。他将村里人召集在一起，学着桂军军官训话的派头，说："谁私藏'赤匪'谁就掉脑袋！不管是谁发现了'赤匪'，只要是活口，一律首先向我报告。报告者有奖，私藏者吃枪子。"

村庄四面是山，这些从丘陵地带拔地而起的山，高大，林密，洞多，溪流纵横交错。藏几个红军，不容易发现。进山搜捕，无异于大海捞针。唐友苟拔出手枪朝天开了三枪，他的队伍分别向东南西北的远山开枪，壮够胆，宣泄完，唐友苟带队伍耀武扬威离去。家里东西被顺走，村里人敢怒不敢言。等唐友苟队伍走远，村里人这才骂他们是土匪。成天骂红军"赤匪"的一部分桂军、民团，才是真正的土匪。枫树坪村有人在政府做官都遭劫，那些没有丁点背景关系的村庄，受欺压就可想而知了。

红军留下的铁盒，蒋宏图藏得好好的，唐友苟没有翻到。蒋宏图没有等来取铁盒的肖连长或者他的战友，却等来了索要铁盒的桂军。

一定是有人告了密，不然，桂军怎么知道蒋宏图留有红军的铁盒，铁盒里有一面红旗？

桂军王连长带来一个排，他们进入蒋宏图家。"红军留下一面红旗，马上交出来！"王连长说。

蒋宏图想了一下，认为消息已经被谁出卖，没必要再撒谎，他回答说："红军确实落了一只铁盒在我家，里面装着一面红军旗。旗帜是新的，好好看。"

"那还不交出来。"王连长说。

"要不是你们突然进村子，肖连长不会落下那么重要的东西。"蒋宏图说。

"私藏'赤匪'进班房，私藏红军旗是死罪。"王连长说。

"那是肖连长的东西，我必须亲自还给他。"蒋宏图说。

王连长说："少扯。给我搜！"

"你们敢搜我家，蒋山立同意了吗？"蒋宏图拦住前面的士兵。

"蒋山立算什么东西！"王连长拔枪朝天开枪。他忘记了这是在室内，他朝上的一枪打烂了头上的青瓦，碎片落下来，一屋子人乱作一团。安静下来后，王连长跑到屋外："谁阻止我搜查红军旗，我就让他吃枪子！"王连长朝天连开四枪。

蒋宏图装出冷静的样子，任由王连长的人搜查。搜到那间房，蒋宏图身子发抖。他看了看脚边的锄头。"谁要是提走铁盒，我一锄头劈死他。"蒋宏图想。床板掀开了，铺地上的稻草扒开了，草木灰也被拨了几拨。

"报告连长，没搜到。"

"没搜到报告个屁！继续搜！"

连搜三遍。

蒋宏图外表的冷静致使王连长火冒三丈。王连长想,蒋宏图如此冷静,红军旗肯定不在屋里。"藏到哪里了?快说!"王连长手枪顶住蒋宏图的左太阳穴。

"红军旗是红军的,铁盒是红军的,我没有资格交给你们。等我交到肖连长手上后,你要抢要缴,就不关我的事了。"蒋宏图说。

"绑了,押军营!"王连长说。

蒋宏图挣扎、反抗,但是无效。还没出村口,蒋山立骑着马赶回到村里。蒋山立说:"快放下我满满(叔叔),快放下我满满!"

王连长冷笑:"你算哪个山头?敢在军爷面前叫喊!"

蒋山立下了马,给王连长作揖请安。

"求王连长放了我满满。"蒋山立说。

"我也不想抓人,你为政府做事,我为部队卖命,虽然互不侵犯,但我们都是党国的人,都为党国效劳。"王连长说,"我也不是不讲道理的人,只要你满满交出红军旗,我立即放人。"

蒋山立走到蒋宏图身边,摸摸他身上的绳子:"满满,痛不痛啊?"

"痛啊,他们绑得太紧了。"蒋宏图说。

"私藏红军旗是死罪,你快交出来吧。"蒋山立说。

"死就死吧。我宁可死,也不能没经肖连长同意把红军旗交出来。"蒋宏图说。

"为了一面红军旗丢掉宝贵生命没必要。红军是'赤匪',你不晓得吗?蒋委员长、李军为什么花这么大价钱'围剿'红军?"蒋山立说。

"我不管这些。先莫讲红军是不是'赤匪',单说铁盒、红军旗,是肖连长的,我就要还给他。"蒋宏图说。

"满满,你扛了木头不懂转弯,轻重不分。"

叔侄俩说了几分钟话,蒋宏图表示坚决不交出红军旗。王连长押送蒋宏图到二河镇上的军营里,软硬兼施。关到第二天,蒋宏图不答应交出红军旗,王连长下令严刑拷打。打吐了血,蒋宏图也不松口。排长报告给王连长,王连长说:"继续打,打到他想活为止。"排长说:"我按你的命令没停止过严刑,打得我们的士兵都怕了。那块骨头硬啊!"

王连长亲临现场。

"蒋宏图,你就低下头吧,求你了。"实施酷刑的伍班长说。

"你起来。"蒋宏图无力气说话,他用轻微动作让伍班长不要再劝。

王连长抢过伍班长手中的皮鞭,高高举起:"快交出红军旗,不交我就打死你。"

蒋宏图两眼喷射怒火,像黑夜里两只凶狠的虎眼。王连长吓住了,他放下皮鞭,捂了眼,走出那间黑暗的屋子。不多时,有人来报,估计蒋宏图快不行了。王连长请了镇上的西医,又请人去叫蒋家岭的著名郎中蒋述德。西医往蒋宏图屁股上打了一针,留下西药就走了。蒋述德为蒋宏图把脉,诊断病情。王连长问:"他是不是马上要死了?"蒋述德没有明确表示。

"快,把蒋炳德喊来。蒋宏图要死了。"王连长下令。

得到命令后,蒋炳德不多时被押到。王连长只留下蒋宏图一对父子。王连长鬼主意多,他认为蒋宏图在生命的最后时刻,一定会把藏红军旗的秘密告诉蒋炳德,因此给了他们父子俩整夜在一起的时间。第二天,蒋炳德被关入另一间"牢房"。

负责审讯的士兵上来就给蒋炳德一通猛揍,打得他七窍流血。"红军旗在哪里?说!"

"放了我老子(父亲)!"蒋炳德说。

"你交出红军旗,我们立即放你老子。"

"放了我老子,我立即交出红军旗。"

双方拉锯。王连长走进来,他摸摸蒋炳德的手臂,说:"你跟你老子不一样,你是通晓事理的人。你会马上告诉我藏红军旗的地点。"

"我跟我老子一样,他的骨头有好硬我的就有好硬。"蒋炳德说。

无论如何惩罚,这两父子都不开口。蒋宏图告诉王连长,藏红军旗的地点只有他一人知道,蒋炳德并不清楚。而蒋炳德告诉王连长,他知道蒋宏图藏红军旗的地点,但是他重新藏了地方,现在,只有他蒋炳德一个人知道了。父子俩强调只有自己知道秘密,目的是保护对方。王连长不能判断这对父子谁在撒谎。因此,继续关押父子俩。

蒋山立求情,二河镇镇长出面求王连长,请求放过父子中的一个。王连长自然不听。镇长见蒋宏图父子被打得可怜,好言相劝,希望他们看在"党国"分上,不要跟王连长作对,红军旗不是一般的物品,红军是国民党的敌人啊。

"我不管国民党共产党,国军红军,我只管哪个对我好对我们村的人好,我就对他好。肖连长和他的人好,我们永远记得住。"

蒋宏图说。

村里人派出几个代表来镇上看望蒋宏图父子,王连长不让。王连长让他们站在一块平地上,训斥他们没有做好蒋宏图的思想工作,反而跟政府作对。村民不听王连长的话,等王连长骂得无话可说后,又拥向"牢房"。王连长叫人开枪。听到枪声,好多人跑过来看热闹。蒋山立听到枪声,也跑过来,见是村上的人,很感动,但他还是大骂村里人找死。"我满满脑子坏了,他敢收藏红军旗,你们脑子都坏了吗?还派代表来看望,找死啊!"蒋山立边骂边哭。

"你再骂,我们就把蒋宏图伯伯抢回村!"一位小伙子听不下去了,高声说。他一呼百应,村里人朝"牢房"冲去。

枪声响起。子弹朝天或者朝地飞。蒋山立抢在村人最前面,卧倒在地阻止。村人脚步被阻挡,这才冷静下来。

蒋宏图的哥哥,即蒋山立的父亲来送鸡汤。他先去了就近的蒋炳德的"牢房"。他问蒋炳德:"想出去吗?"

"想,天天想。"蒋炳德说,"伯伯救我。"

"只有你自己能救自己。交出红军旗。"伯伯说。

"交不交,听我老子的。今天我想过了,就算我老子愿交,我也不交,打死也不交。"蒋炳德说。

"父子俩的性格正是我们家族的性格,"蒋宏图的哥哥感慨地说,"有利也有害啊。"他还带来了著名郎中蒋述德给的治疗跌打损伤有特效的药丸,吩咐蒋炳德饭后口服,一日三次,一次三粒。随后他来到蒋宏图的"牢房",兄弟俩相对无言。

蒋山立想出一个主意,他带人搜查叔叔家。婶子弄清他的来意，同意搜查。婶子上山去，蒋山立跟着，叔侄俩想到一块了，眼不见为净。蒋山立带来的人搜查屋子两遍，没发现铁盒，他们跟王连长一样，一见到那张床下的草木灰就马虎了事。

蒋山立弄出的动静惊动了蒋宏志，他对蒋山立说："红军曾经救过我家族人的命，是我们家的恩人；三年来他们两次进出我们村，没做过任何坏事，只为我们做好事。"

"我记得，三年前肖连长来那天清早，我儿子害怕，躲进你家方桶里。后来我们都发现红军并不是外面宣传的那么坏，而且还相当好。"蒋山立说。

"你带人搜查红军旗，最后交给李军，看上去救了你满满和弟弟，可是你会伤透他俩的心。"蒋宏志说。

"我管不了那么多了。"

"最后，你满满也要气死。"

"所以我不亲自搜查，我跟婶婶上山。"

"主意你出的，人你带来的，你不是'亲自'是什么？"

蒋山立哑口无言。他带来的人准备搜查祖屋时，被族人拦下了。"你们倒是想个办法救我满满啊！"蒋山立说。

"我们的办法只有一个，上二河镇上抢人。"有人说。

抢人自然不是办法，去多少死多少，而且还抢不回。村里搜不到，蒋山立指挥人上山。他知道蒋宏图一些上山的规律，比如常去给野兽下套的地点，常去采紫灵芝的地点。搜到天黑，不见藏匿红军旗的蛛丝马迹。

蒋述德的药丸疗效显著，蒋宏图父子的内外伤一天天好起来。王连长用尽了办法，得不到红军旗，烦了，腻了。他问上峰，还继续追红军旗吗？对方说，当然啊。王连长开始发牢骚，不就一面红军旗吗？有多重要！搞得像要夺取一个山头似的。

  深冬到来，春节到来，蒋宏图父子俩还被关着。蒋山立带重礼求王连长，要接蒋宏图父子到他家过年。王连长不同意，他答应蒋山立陪蒋宏图在"牢房"过年。蒋宏图一家及他哥一家，在"牢房"里摆开架势，过了一个特殊的年。红军旗没追到手，王连长不敢要蒋宏图父子的性命；但也不能保证，哪天，李军恼羞成怒，一道命令下来，枪毙了蒋宏图父子。所以家里人特别珍惜这次"牢房"过年，能叫来的亲戚都叫来了。深夜，蒋宏志带领二十几个村里代表来陪蒋宏图父子过年，他们带来好菜好酒，生火支铁锅，热闹非凡。看守的士兵被轮流请过来喝酒吃肉。快到天亮，宴席才散。

  又一个春天来到桂北山乡，蒋宏图父子平静地坐"牢"，一日有两餐吃，也没人来审问。蒋山立想给蒋宏图父子带去消息，却什么消息也搞不到。王连长不知道下一步怎么办，因为上峰没有明确指示。1935年7月，王连长所在的连调走了，有的说调到桂林，有的说调到南宁，反正，离开了二河镇。蒋山立久等不到新驻防桂军，他问民团头子唐友苟，也得不到答案。后来唐友苟反馈说，二河镇上不再驻兵了。

  "我满满和弟弟怎么办？"蒋山立说。

  "还能怎么办？"唐友苟的话里有话。

  蒋宏图的哥哥拿着斧头和铁锤砸开了"牢房"门。蒋宏图父子走出"牢门"，重获自由。蒋山立租了马车，拉蒋宏图回村。蒋宏图身体完全养好了，他不坐马车。"这是荣耀，必须坐。"蒋宏图的哥哥说。

蒋宏图父子俩前后各坐一辆马车。山道上很少有马车行走，出现马车，说明来了大人物，或者有大喜事了。沿途村庄的人打探清楚后，都来祝贺，人人竖起一对大拇指。然后，放长长的鞭炮，以示对蒋宏图父子的敬重和表彰。

铁盒躺在床下的坑里完好无损。蒋宏图将它挖出来，仔细去掉表面泥土，又用湿布抹干净污渍。哪里最安全？他想不出哪里最安全，哪里都不合适。蒋宏图觉得还是地板下最安全。他给床下那个坑砌了烧砖，垫上厚厚的石灰，然后用石灰掩盖。石灰防潮防虫，只要一年换一次，就能很好地保护铁盒以及红军旗。床下仍然是用草木灰和稻草做掩护。这间房，这个坑，是全家的重地禁地。

蒋炳德到了讨老婆的年龄，媒婆踏破他家门。适龄女子都愿嫁给他。千挑万选，蒋炳德挑中了草鱼当老婆。草鱼家在五里外的鸭婆岭，那里自然条件比蒋炳德他们枫树坪村好许多。原本她家人要把她嫁到全县城里或者桂林城大户人家的，但是，她实在不舍得蒋炳德。还不到腊月，两方家族就急着办了喜事，都生怕对方飞掉似的。喜事办得热闹，好多不是亲戚的村外人前来祝贺。

"做人，骨头要像蒋宏图一样硬；嫁女，要嫁蒋炳德那样的硬汉。"十里八村开始流行这句话。

草鱼肚子争气，不到十个月后，生下了一个胖小子。蒋宏图给孙子取名蒋仕强。

山里不平静的日子是从抗战全面爆发开始的。桂军准备北上抗日，需要壮大队伍。征兵是其中最重要的一个内容。无论多偏僻的山村，都有了宣传当兵打日本鬼子的人影和声音。蒋炳德想去当兵，他想通过当国民党兵去红军部队，那样他就能找到肖连长。蒋山立笑他想得天真，国共虽然合作，但不是两个党的部队合并到一起打日本鬼子，仍然是各打各的。蒋炳德一犹豫就错过了国民党征兵报名时间。这一天，蒋山立却带着王连长进村来。王连长升了一级，当副营长了，当人们都叫他连长时，他板着脸反复纠正。王副营长负责二河镇征兵的政审工作，所谓政审，其实就是不要老弱病残的。都是打日本侵略军的，谁愿上前线都行。王副营长在名单里发现没有蒋炳德，立即找上门。

"你必须当兵，党国需要你。"王副营长说。

"反正都是打日本鬼子，国民党军共产党军都一个样。"又有人说。

"当了国民党军就有机会见到红军的肖连长。"王副营长说。

蒋炳德被说动了心，他跟王副营长走了。

"你要完成两件事，一是多打鬼子，二是找到肖连长。"蒋宏图反复叮嘱即将当兵的蒋炳德说。草鱼哭是哭，但她并没有阻拦老公当兵，虽然他可能有去无回。

人去后，家里天天等蒋炳德消息，却一个消息也没等到。蒋山立利用关系打探，同样没得到消息。前方打仗，哪里顾得上给家里传递消息呢？家里人只好从报纸和电台有关桂军抗日的消息里推测蒋炳德的消息。

时间在家人为国担忧为蒋炳德担忧中，一天天艰难过去。1944年9月，日本鬼子侵犯桂北，实施"三光"政策。鬼子来势汹汹，二河镇政府工作人员一边组织抗战，一边带领家属撤到自认为安全的地方。桂林城的中国部队已经做好抗击日寇的准备。蒋宏图他们这个偏远的枫树坪村也来了日本鬼子，手无寸铁的老百姓不得不逃难。鬼子进村的消息,蒋山立事先通知了村里人。

为防万一,蒋宏图挖出铁盒,背在身上。好几年过去了,铁盒完好如初。日本鬼子一路烧杀抢掠,许多老弱病残者被烧死杀死,有的最后饿死在逃难路上。蒋宏图年龄不算大,身体强壮,他和族人没有目标地逃难。等他们逃到麻子镇时,与村里人走散,只剩下老婆、儿媳妇和孙子,还好,孙子蒋仕强已经九岁,奔跑功夫不比成年人差。

麻子镇乱糟糟的,地盘比二河镇大,人口比二河镇多。一下子聚集了许多南下逃难人,治安乱,物价贵,食品极缺。镇子周边能吃的一样不剩,老鼠都不剩一只。蒋宏图一家身无分文,袋无一粒米,连继续行走讨饭的力气也没有了。他们决定暂时留在麻子镇。

"铁盒子里不只有红军旗。"蒋宏图老婆提醒大家说。

"铁盒好沉的,里面可能有大洋,有金银财宝。"草鱼说。

"只要打开铁盒,我们就有救。"蒋宏图老婆说,"哪怕把红军旗当布卖,也够我们一餐半餐伙食。"

"不许打铁盒的主意。都闭嘴。"蒋宏图说。

"我们饿死了不要紧,蒋仕强也要饿死吗?"草鱼说。

"铁盒是肖连长的,我们能打开吗?能要里面的东西吗?"蒋宏图问孙子蒋仕强。

"不能。"蒋仕强说。

"可是我们都快要饿死了呀。"蒋宏图引诱说。

"饿死也不能动铁盒。"蒋仕强说。

蒋宏图将铁盒系在身上,与铁盒形影不离。有一天他饿晕了,老婆试图弄开铁盒,动静太大,弄醒了他。他骂老婆,还用脚踢她。"想动铁盒,除非我死了。"蒋宏图说。

"想动铁盒,除非我也死了。"蒋仕强跟着说。

孙子仍然跟自己一条心,蒋宏图心里踏实了。孙子是全家的命根子,孙子在,铁盒就在。从此,全家再无人动铁盒的心思。

蒋仕强人小鬼机灵,他总能在镇上搞到残羹剩饭,哪怕是别的能填充肚子的食物。恢复一点体力后,全家人各显神通,外出找事做。他们以饿一天、吃一餐的日子度过了数个月。1945年3月,桂北仍然阴冷。蒋宏图一家一边讨饭,一边摸着回家的路走,终于回到村里。不久,村里人陆续回来。这次逃难,全村损失不少人口,走散的、饿死的、被害的都有。蒋宏图的哥哥也死了,是在逃亡路上被日寇冷枪打死的。伯娘及蒋山立一家不幸死于战火之中。据说,蒋山立一家躲避的地方离桂林保卫战阵地太近,遭遇到日本鬼子的轰炸。

8月,艰苦卓绝的抗战最终取得胜利。二河镇上许多当兵的回到家乡。回乡的并不全是残兵。蒋炳德没有回,同去当兵的都不知道蒋炳德在哪支部队,他们不能给予蒋宏图确切消息。与日本鬼子打仗的这几年,部队时常被打散打没,剩下的不断重新改编组合。栗树脚村那个当兵回来的告诉草鱼,蒋炳德可能去了共产党那边,因为他时刻都在找共产党,又时刻被他的上级防备、追杀。两人曾经在桂军的同一个团,后来不同团仍同师,情况互相知道。到了抗战最后一年,两人才失去联系。

年底,二河镇上再无当兵的回家了,蒋宏图一家一致认为蒋炳德可能牺牲或者被他的上峰处决了。没承想,1946年3月,蒋炳德回来了。他抗日立过战功,当上了国民党军营长。国民党发动内战时，他想带领全营官兵起义，加入共产党部队，哪怕共产党不接收，至少也要脱下国民党军装，不再打内战。不想被长官发现，派出两个团的兵力围剿，死里逃生，辗转千里才回到家乡。

二河镇上的国民党政府从镇长到普通干部，都换了人。得到伯伯、伯娘及蒋山立一家全部死于鬼子枪弹之下的消息，蒋炳德在镇政府门前坐了好久。他计算不清自己打死了多少日本鬼子，但是日本鬼子打死的中国人太多太多，更加无法统计。鬼子宣布无条件投降前夕，他们营包围了小林光一联队，即将全歼鬼子，只要不再对日寇开枪的命令晚来一分钟，就全要了这伙负隅顽抗的鬼子的狗命。现在听到伯伯一家全死于日本枪弹下的消息，蒋炳德心口剧烈疼痛，后悔最后一仗太听命令。镇长从办公室出来，发现坐在地上的蒋炳德，请他进屋喝茶。蒋炳德好言谢绝后，捂着疼痛的伤口和胸口，一步一步回村。

顺利回家，蒋炳德悲喜参半。父亲交代他参军后完成两件事，一是好好打鬼子，二是找到肖连长。前者他算努力完成了，后者他没完成。父亲交代的任务他只完成了一半。

国民党发动内战后，兵源枯竭，不断征兵。一些逃回来的身体健康的老兵，被再次抓进军营参加内战。负责二河镇征兵工作的国民党桂军追捕蒋炳德，扬言只要他回到部队为国军效力，对他的叛变便既往不咎。蒋炳德在村里人及二河镇镇长暗中帮助下，逃出二河镇。镇长是个反内战的国民党党员，而且他听说蒋炳德一家讲诚信讲仁义道德的品性后，打心里佩服。蒋炳德打定主意外逃前，镇长做他的工作，希望他加盟二河镇政府，只要为政府工作，不去当兵上面也不会追究，就用不着外逃漂泊。蒋炳德不答应，镇长送了他一点钱粮，祝他好运。

蒋炳德一逃就是三年多。1949年10月，新中国成立，当年过桂北的中央红军赢得天下。家人盼望蒋炳德再次回乡，一盼就到了1950年的春天。果真，蒋炳德安全归来。这三年多的时间里，蒋炳德仍然未能找到共产党，当他觉得已经接近共产党时，中国已是处处都有共产党。归家，是最佳选择。

二河镇由共产党接管，新政府成立，百废待兴，新政府有许多事做。而二河镇新政府里，没有肖连长。

蒋宏图身体每况愈下，来日不多。受蒋宏图指令，蒋炳德捧出铁盒放在蒋宏图眼前。他伸手抚摸铁盒，久久停在上面。二十年过去，铁盒毫发无损，依然发出明亮的金属光泽。

"好好保护，一定要交给肖连长。"蒋宏图叮嘱蒋炳德。

蒋宏图去世后，蒋炳德给部队写信，寻找肖连长。信一封封发出去，有的石沉大海，有的"查无此人"退回。

每年征兵，二河镇总有青年去当解放军，蒋炳德给每一位参军的青年带上寻找肖连长的信。一年又一年，无一点肖连长的线索。

兴许肖连长转业了呢？蒋炳德受人启发，给全国三十个省市政府写信，一直写到县一级。村里人为他捐钱买信纸信封邮票，镇政府工作人员见到他来邮电所寄信，都会慷慨解囊。二河镇无人不知道蒋炳德一家在寻找肖连长，可是，消息却永远止步在二河镇。

蒋炳德的身体没有父亲好，都是因为抗日战场上多次负伤留下了后遗症。天气变化越大，身子越疼痛。镇上的中医免费为他治病，镇医院也常免他的医疗费，但旧伤不能治愈。父亲离世十年后，蒋炳德旧病复发，不幸病逝。他去世得匆忙，没来得及交代儿子蒋仕强好好保护红军旗。但蒋仕强九岁的时候就已经从爷爷那里获得了指令，在任何时候都要好好保护红军旗。

蒋仕强拿出铁盒，让躺在棺材里的蒋炳德看最后一眼。"爸，放心吧，我一定交到肖连长手上！"他说。

时间一天天过去，新中国成立二十多年了，肖连长仍没出现；父子两代人写了二十年的寻找信，无一反馈，退回的信堆成山。蒋仕强不再像父亲一样大海捞针似的写信，可他像父亲一样一天天焦渴地等待。蒋仕强向镇政府领导请教："怎么办？"镇领导说："还能怎么办呢？"蒋仕强又去问武装部，武装部新来的部长说，明天他们去县武装部，向县里的部长讨个主意。县武装部部长是团级干部转业来的，他想了想说："这面红军旗虽然是肖连长落下的，可红军旗不属于哪一个人，属于中国工农红军，属于中国共产党啊。"

"捐给国家呗。"蒋仕强脑子突然灵活起来。

不久，接到信的上级博物馆来了专家，县、镇两级政府领导陪同他们来到枫树坪村。蒋仕强捧出铁盒。村里人闻讯，聚集而来。

在大家的见证下，蒋仕强小心砸开铁盒上的锁。红军旗跳进人们眼中，人群立即欢呼。专家取出红军旗，展开。红军旗保存完好。红军旗下面铺着旧报纸，报纸一碰就碎了。再下面，有两根金条、十一块大洋。

英雄辈出

/程多宝

1

《野战军报》记者即将下连采访的消息,是一连连长姜成玉突然宣布的:听好了,打起精神来……

尽管口头上要求这般严厉,但姜成玉也没把报社记者下连采访当成多大的事。上百号人的队伍,除了指导员老马和一排长汪元庆,就算他自己还有班排长们哪怕全连紧急集合,再一个个打着灯笼喊破嗓子,也扯不出几个识文断字的。报社采访那是人家记者的事,记者不来采访,还不照样打小鬼子?

如果没有老马临行前的特别交代,姜成玉也不会往这上面想,就算想了也想不到多远。老马一大早随教导员去团部开会前一再叮嘱,记者下连采访,将来可要在连史上重重留下一笔,这是破天荒的荣耀呢!别说其他连队,就是咱独立营甚至是全团,大报记者也不是说来就来,那些没有战功的连队就是费尽心思也不一定能惊动大记者。所以姜成玉宣布消息时,特意紧了紧腰间的那根皮带,没承想这个动作做得粗犷了些,那件原本好几处快要露出破絮的棉袄，这回真不给他面子，刺啦一声绷开了一道半拃多长的口子，一小绺白里泛黄的棉花团儿咧嘴笑得正欢。姜成玉心里一紧：这下麻烦大了，国共第二次合作以来，部队编入国民革命军序列有些日子了，只是还没配发过装备，更别指望发饷这等好事。眼瞅着深秋了，自己这个管着百十号弟兄的一连之长，一身棉衣也是春脱秋套，灰溜溜的不说，总不至于破破烂烂吧？那成何体统？

也就这点家底啊，他这个当连长的上哪里找人评说？独立营教导员张道明那里更别指望。别看张教导员没什么资历，年龄与自己不相上下，可人家是从延安宝塔山下来的。那可是个人尖子扎堆的地方，一块土坷垃耗上几年也能炼成补天石，何况人家还是从北平城投笔从戎的大学生，喝过的墨水要是吐出来，能灌满一百个小日本的陆战水壶，这么多墨水要是一股脑儿压在姜成玉身上，保准能把他压个半死。为此张道明开导过他，姜成玉还是气鼓鼓的一头火：咱八路军比的是什么？是能打仗！打大仗恶仗而且还能打胜仗！要是比耍嘴皮子尽做些面子上的事，小日本能乖乖地滚回老家？

近期的几次，张道明怕是耳根子疲了，根本不给他倾诉的机会，姜成玉一旦说岔了，张道明立马一转身亮他一个屁股蹲儿。也别说，人家营首长的衣服也好不到哪里去，屁股那块地方，同样是粗针大线地补了块不大不小的圆疤疤。

"眼下，咱八路军装备达不到那个条件……"为这事，好几次张道明差点骂娘了：一支部队要是不能多打胜仗从胜利走向胜利，打成一支英雄辈出的部队，还有什么脸面向上级提条件？就是提了，上级能有好脸色吗？

所以说，一身旧军装的姜连长，在宣布报社记者下连采访的消息时，的确没有多兴奋。毕竟这还是晋冀鲁豫野战军的机关报，要是延安大报下来了名气更大的记者，那又怎么样呢？

让他没想到的是，即使他这么随便一说，连里也是炸开了锅般地热闹。

听说这次采访非同一般，报社记者还带着照相机，更重要的是自己的照片有可能会上报纸，这个消息对于八路军一二九师某独立营一连战士孙大旺来讲，可是一个几乎等同于放他回家孝敬几天老娘一样的好事。连长说的这张报纸可不得了，虽说不是宝塔山下印的，但能上报纸也是件大喜事。别看他不识字，但一排排长汪元庆平时读报时，好几次他也听了个大概，印象里那上面的照片多是师、团级的头头脑脑，现在记者下来了，自己八成有戏上报纸啦。要是这张报纸上的照片，哪天延安大报再转载了，到那时别说咱八路军三个师几万人马会看到，领袖们会不会也翻上一翻？说不定自己这张脸，就这么幸运地让领袖无意中记住了。

参加八路军好几个年头了，老是跟着连长、指导员在行军路上或是集合开会那当儿，嘴上喊着口号，自己还真没机会见上领袖一面。要是自己的相片和名字在他们面前一闪，再在领袖的嘴里念叨念叨，那就是得了一个比天还大的荣誉，今后自己就是战死沙场，也会眼睛闭得紧紧的，两腿伸得挺挺的。

有了这种期盼，午饭就吃得潦草。与他同样怀着一腔热情的战友，数一数还真有一大溜。这帮没出息的家伙，好几个早就猴急地扒拉空了饭碗，或蹲或站地守在那里眯眼瞅着。甚至二班机枪手李钱自的脸上也是一副痒爬爬的表情，分明也想上来凑这份热闹。

孙大旺斜了他一眼：你这墙头草，风吹两边倒，也配？一边稍息去吧。虽说眼下我们与小日本还没正儿八经地干过几场，偶然的几次零星战斗，你小子与小日本拼起来也敢玩命，杀的鬼子与老子杀的比起来也是半斤八两，但你毕竟是从那边举手投降过来的，你真没长记性还是咋的？上级首长称呼你们是解放战士，那是顾全大局照顾你们的情绪。谁让你当初眼皮子浅，先是参加国民党军，又被我们红军抓住当了俘虏？现在虽说国共合作，但你这种看菜吃饭的德行，咱八路军最看不起。咱八路军报纸，能上你的照片宣传你这种人物？也不看看自己什么来头！

"俺长这么大，还没拍过照片呢。"李钱自感应着孙大旺的目光咄咄逼人，那双旧兮兮的棉鞋条件反射地往后缩了好几个小碎步，这才笑呵呵地咕噜了一句，"大旺，连长来了，快看，还真来了。"

没等那名报社记者走到跟前，队伍里就有点鼓噪了。早有眼尖的战士发现了那个脖子上挂着照相机的记者，尽管个子不高，但走起路来浑身如同上紧了发条。有人嘀咕了；还有人说要不要打个赌，这个记者怕是个丫头片子，要不然，以前队伍打了胜仗，也见过记者，但挂着照相机的却不多见。照相机多金贵啊，会不会是从小日本手里缴获来的？

在百十号人的目光灼烤之下，那位记者在一班人陪同下，悠悠地走到了集合的队伍面前："请问，哪位是李前志（钱自）？"

记者声音不大，嘎嘣脆的娘娘腔，听着像哼着小曲似的。

有几个胆子大的咕噜开了："也只有这样的才能当记者，细胳膊麻花腿的，只能耍耍笔杆子喝点墨水。这样的人要是打仗，赶上拼刺刀，早就成了小日本的靶子。"

"吵什么吵？没见过记者还是咋的？"连长忍不住了，因为他看到了陪同而来的教导员脸上像是能拧出水来，老马也在一旁递着眼色。教导员不是一大早去团部开会了吗？这么快回来了，而且还陪着记者？看来这个记者挺有来头。于是，兵们耳旁突然炸出了姜成玉的一声雷鸣："立——正！"

立马，兵们抖地一下僵直。原本持着的一杆杆步枪，刚才还稀里哗啦地靠在肩窝之处，忽地哗啦一声，肩枪动作，如同一个模子浇出来的；一个个脚跟啪的一声紧靠，脚尖张开60度绝对不要比画，两腿绷直，挺胸抬头，两臂稍向外张，头正颈直，下颌微收，两眼平视，上身保持正直……标准的立正动作。什么叫军事素养？一个队列动作就能看出大概。只是这百十号人的眼帘刚刚平视了一会，有的就掉线了，因为眼前这名记者有点不大靠谱，按理说应该是由教导员给前来报告的姜连长还礼，这记者却抢着站到了一个应该还礼的位置。姜成玉愣神的瞬间，张道明礼节性地往旁边让了让，还用眼光向记者瞄了瞄。

这等礼遇，对于记者来说过于突然了一些，还礼时记者动作明显过大，无意还是有意或者紧张什么的，就那么猛地一下，抬手过高了一大截子，很突然地碰撞了自己的军帽。那顶灰布军帽一时没怎么站稳，滑落的瞬间带散了一头窝着的齐耳短发，如同平地旋开了一张黑色丝网，罩得天上的日头一惊一闪的，同时也撬开了对面许多张嘴巴，不由自主地咧出了一个个不规则的几何图案。

哟，还真是个女的。

既然看出来了，有啥好藏好掖的？都是一心要把小日本赶出中国的自家兄弟姐妹，有什么好计较的？顿了顿，女记者脸上的红晕飘走了些,声音也不再失真,是地地道道的邻家女孩腔调:"李前志(钱自),出——列!"

队伍里有了躁动,要不是教导员还在这儿戳着身子,姜成玉可真要甩脸子啦:"李钱自,愣着干啥?出列!代表全连,接受采访。"

"是!坚决完成任务。"队伍第一排,一名战士迅速跑步出列,虽说只有十来步远,但这名战士却跑得有些犹豫,直到教导员、指导员、连长还有那名女记者的脸上流出来的全是一种鼓励、温暖的表情,他的步子这才坚定。刚刚一个立定,眼前就伸过来一只嫩生生的白手,如同一只鸽子欲飞欲走,让哆嗦着的李钱自一时手足无措。

"邱静怡,《野战军报》的战地记者,认识一下。"

李钱自伸出两只大手,有些屁颠儿颠儿地逮住了这只白嫩嫩的"鸽子",在手心里一时捏也不是松也不是,直到队列里有了不太整齐的嘘声,他这才闹了个大红脸,害羞一般嘿嘿地傻笑着。

"听教导员不止一次地介绍过你。"邱静怡安慰道,"别紧张,采访,就是我俩拉拉话。听说你五分钟内能把一挺机枪拆卸下来,再完好无损地复原,而且还蒙着眼睛?"

"吹牛皮也不犯王法,我怎么没听说过?"炸雷般的一句从队伍里蹿出。说话的是孙大旺。两人一个排,虽说不在一个班,倒也算是"家门口的鱼塘谁还不知道深浅"。姜成玉过来解围了:"邱大记者,你给孙大旺也拍张照片,上春头的那次徐庄战斗,我们连端了伪军一个炮楼,他第一个冲了进去。"

因为事先没对接好,教导员请记者到一连采访李钱自,一连连长却顺水推舟地搭了个孙大旺。就一句话的事,孙大旺当了真,如一棵大树般杵在眼前还不好推辞,这让邱静怡一时犯了难:报纸版面金贵不说,照相机里的胶卷使用也有限制,就是她想大方一次,也慷慨不起来哪。

张道明连忙过来圆场:"邱大记者,一连可不得了,建连这些年来,英雄辈出。眼下抗战不才刚刚开场嘛,等个一年半载,你再来连里看看,说不定他俩成了闻名全军的大英雄,早就是排长、连长了,那时候你想来采访,我还不一定能保证找到他们。选日子不如撞日子,既然今天逮住了,倒不如现在拍个几张,以便将来留点资料。李钱自,还愣着干吗?还有你孙大旺,大记者好容易来一回,你们俩都把绝活亮出来。是骡子是马,拉出来遛遛!"

2

既然团里安排采访的是李钱自,邱静怡的镜头一直围着李钱自打转,其实她心里清楚,那些多少是摆个造型做做样子,快门并没有真正按下去几次。李钱自这个绝活还真有表演性质,要是在报纸上发表那可上不了相。你想啊,一个八路军战士蹲在地上,拆卸一挺苏式转盘机枪,眨眼工夫,枪的各个部位被大卸八块,零零散散地在空地上摊了一大片。也不过三五分钟工夫,她还没有看清楚呢,李钱自就唰唰唰地又装好了,随即一拉枪栓,撞针击发的一声脆响,等于宣告本次表演检验合格。要是子弹富余的话,准是一梭子哒哒哒地射向深秋季节里的晋东北高远的天空。

"好是好,的确是个绝活,只是报纸图片不好体现,要是文字叙述还差不多，还有这名战士蒙着眼睛，哪有蒙眼上报的？"邱静怡正犹豫着，孙大旺嘀咕了一句："你小子，阴啦，藏着这么手绝活也没看你教过哪个，八成是在那边学的吧？"

　　这回轮到孙大旺表演了。他的绝活是驮枪支。他说，心里倒是也想比比枪法，可毕竟舍不得子弹，那些宝贝蛋蛋是"伺候"小日本的；其他的倒可以随便比，他有的是力气，只要说是上战场打鬼子，他孙大旺浑身有劲，谁能缴小鬼子一门山炮，他一个人也能驮得走。眼下没有山炮，他只好背枪支了，在座的哪位想做个英雄好汉，有本事在战场上多缴获小鬼子的三八大盖，要是不信的话，他们缴获多少，统统他一个人背，到那时大家伙再看看他到底能背回来多少，保准儿不带喘口粗气的，谁要是喘一口粗气，就是狗熊一个……

　　等到一排所有的枪支上了孙大旺的臂膀，邱静怡真的相信了，她端起相机站着蹲着半跪着，就差没有趴下了。她从几个方向拍摄，仿佛眼前的孙大旺从身子后面伸出来好多只手，造型如同一个扛着枪支的千手观音。这样的照片在报纸上发表，绝对吸引眼球。

　　邱静怡当场答应了一连的两位军政首长，也答应了刚刚比试了一番还有点不分胜负的两位战士：下次一定抽空过来，把这几张照片带给大家伙好好瞧瞧，要是哪位家在咱们边区，那就寄回去报个平安。

　　邱静怡承诺得倒是干脆，如同风一样来去匆匆，直到张道明陪着她一路远去，这边的几十个兵还眼光油油地尾随着。

　　这群火辣辣的眼光之中，唯独没有李钱自的。

　　李钱自想，这个丫头片子，小小年纪就成了大报记者，凭什么？她这次下来，与自己头一次见面，会不会说的是些场面上的话？要是眼巴巴地等她下一回照面，不知猴年马月。再说了，野战军的机关报有多少大事都登不上去，怎么会给我俩露个脸？好多天里，自己在队伍上也看不到完整的报纸，像自己这样把脑袋别在裤腰带上的，一仗下来还不知道脑袋会不会搬家，哪有心思惦记着一张报纸呢？

一段日子之后，李钱自就觉得自己当初的想法算是多余了。没事的时候，邱大记者那一甩秀发的动作，还有承诺时的眼神，在他面前晃来晃去的，睡梦之中，那头秀发似乎缠住了自己，走起路来浮浮沉沉，直到真的忘得差不多的时候，偏偏又被她折腾得几乎跳了起来。

那一阵子小鬼子长驱直入，根本没有拿中国军队当回事。国民党军队组织的几次会战，也只是象征性地在舆论上堵堵百姓的嘴巴，急得嗷嗷叫的八路军手里家伙不硬，轮不到独当一面，多是协同友军作战。晋东北一带一时没几场大仗，独立营的任务只是就地整训，内容多是练习射击、刺杀、投弹这三件套。李钱自毕竟是从国民党军那边过来的，步兵基本要领受过正规训练，比从解放区加入队伍的翻身农民强了一大截。这边他正在给几个新来的示范性地比画着，那边的孙大旺早就骂骂咧咧地走了过来，说："没看出来啊，到底是从那边过来的，一肚子弯弯绕，能耐不小哪，老子算是服了。你一个解放战士，居然也能骑在老子头上拉屎撒尿，能豆子似的还成了英雄？我喊你一声李前志（钱自）李大英雄，你有种敢答应吗？"

李钱自这才知道，邱记者回去之后还真把这事当成一盘菜，那张油印的报纸左下角一块地方，真有他蒙着眼拆卸枪械的照片。只是他不识字，后来才听汪元庆解释说，报纸上的题目就是给他冠以"英雄"称号。

这下好了，他的名字不再叫什么"李钱自"，而是改成了"李前志"。

为上报的事，张道明特意赶到一连，当他念完了报上的"英雄事迹"之后，孙大旺纳闷了，咱们连跟日本人还没有正儿八经地打上几回大仗，他怎么倒成了英雄？原来当一个英雄这么简单？李钱自在行军途中帮他人扛枪、教人家瞄准什么的，来了个记者，三笔两写就成了英雄，就成了互助模范？这样一来，我们这些根正苗红的脸又往哪摆？在战场上那可是刺刀见红！那可是提着脑袋一回回出生入死！这么一折腾，咱先来的还比不上后到的？你小子长本事了，上面来个记者，你就改名叫李前志？

"李前志这名，改得好啊，大记者就是有眼光，站得高看得远。"用不着教导员再教导一二了，他这个指导员就能指导得一清二楚。老马听说之后，对着孙大旺就是一顿劈头盖脸的训斥，连带上了脑筋一时转不过弯的李钱自："英雄，就该有个英雄的名字，这样的名字才能叫得响。还李钱自李钱自的，你要是叫个狗剩、二蛋什么的，往后让人家部队怎么学你？你以前的那个名字从此一笔勾销，那是你爹没觉悟，起啥不好，偏要起这个倒霉名字！还李钱自，那意思是说，你家的钱全都是你自己挣来的？日本鬼子来了，你就是家有万贯能抵挡飞机大炮？现在这一改名，怎么听怎么顺当，就像是有了远大的政治觉悟。爹娘起的名字，现在改了就改了，有啥好伤心的？实话告诉你，给我听好了，既然大记者给你改了这个好听的名字，还上了报纸，那就是表明了上级意图，从今往后，你爹娘起的那个李钱自，一边稍息去吧。"

既然报纸宣传出了这么个大英雄，那就是全连的荣誉。虽说连里定了调子，甚至张教导员特意下来开了碰头会统一认识，可孙大旺还是不认这一壶。怎么着？他这种来路的能上报纸？还要求我们向他学习？他是什么出身？不管怎么说，那也是从那边举手投降后归顺我们的，就是以后埋进地里烂成泥，也抹不掉那段不光彩历史，他再怎么能打，能比我们风光？

与孙大旺持同样意见的也有不少。老马想做李前志的思想工作，话没说出来，就见对方叹了口气，头埋得深深的，半天才敢抬起来，好像邱大记者宣传他这个典型，有点经不起时间检验，到头来是个彻头彻尾的水货。自从上报之后，他这一段时间的表现，似乎就是推理、证明着这个错误。行军时，以往他活泼得像一尾鱼，总是替那些体弱的兵背着武器弹药，一路嘘寒问暖；每到宿营，那些脚上打泡的新兵痛得龇牙咧嘴，总见他如同卫生员似的捏着根马尾巴毛，细心帮他们挑血泡，或者端着滚热的洗脚水，摁着兵们的脚，直到泡出他们一脸的舒服劲，要不就是帮着房东挑满水缸、劈柴、喂牲口。现在不同了，他心里虽说还想做这些，可战友们如同见到瘟疫般远远躲避开了。几个如孙大旺一样能打仗的老兵，说笑之间也觉得带有一股冷风嗖嗖袭来：人比人得死，货比货得扔。前志老兄，你看看你运气多好，这一改名什么都有了，光说不练也能被吹成个大英雄。你看看你红得发紫了，营里大会小会号召我们学习你这个大英雄。我说李大英雄，你让我们怎么学你？从今日起，你就是旗帜你就是方向，现在我们认定向你学习向你看齐，那今后一切都看你的。要是行军，你先迈左腿我们绝不会先迈右腿……咱丑话说在前头，要是冲锋号一响，你得第一个冲出去，再怎么着我们也不能抢了你大英雄的风光，你说是不是？

这些冷嘲热讽，够李前志喝一壶的，偏偏连队干部之间，连姜成玉也为这事与老马较上了劲。李前志上报纸的那几天，起先热闹过一阵也就算了，哪想到在他们营之外，那可没停止闹腾。没过一个月，几个团分别开展了学习竞赛。一时间，李大英雄成了他们效仿的对象，隔三岔五就能收到从兄弟部队那边捎来的挑战书、心得体会之类。面对这些，李前志也不会回信，但也不能不回，最后那些应战书还是老马找人代笔的。有几次，老马都快沉不住气了，差点与姜成玉闹个不愉快。幸好张道明听说之后，劈头盖脸地把他们熊了一顿。

张道明的训斥自有道理，特别是他从团部开会统一思想回来，就理解了团里树立这个英雄典型的良苦用心。团首长说："眼下全国抗战，部队更需要英雄人物的引领作用，从而提振全民抗战的精气神。既然咱们有了李前志这个宝贝疙瘩，有了这个具备培养价值的解放战士典型，我们又顺水推舟地出面请了大记者下来宣传，这势头多好啊。不错，全团上千号人马，遇到小鬼子没一个孬种！哪一仗撞上了不是恨不得生撕活剥了这些狗日的？这千号人马要是挑出来，个个都是好样的！谁的事迹拎出来在报纸上一亮相，我相信都能站得住脚。关键是我们当家的要谋划在先，如果我们想不到前边，其他部队还能想不到？到时英雄出在人家部队，我们回头再怎么培养，那也是晚了一步。"

当然，这些张道明还不想说得过透。见姜成玉和老马的怒气消了些，张道明的语气严厉了："大战在即，你们两个，天天一个锅里搅勺子，有什么好争的？要争也是在战场上给我争脸。眼下最要紧的是，如果来了战机，你们一连要好好把握，乘势打几个大胜仗，尤其是李前志这个刚树立起来的典型，不能耗子扛枪——窝里横。国难当头，当兵的最能服众的只有打仗。哪支部队都是打出来的，只有打成一支英雄辈出的部队，说话时腰杆子才硬。"

3

张道明的期望并没有等多久，前来"扫荡"的日军一个大队与独立营在小王庄咬上了。战斗比想象的激烈好多倍，谁也没想到这次的小鬼子如此死缠烂打。让姜成玉更没想到的是，靠前指挥的张道明，却点名抽调了李前志所在的班担任营预备队。日本兵把主攻方向瞄准了小王庄西南方向，守在那里的正是一排排长汪元庆所带的另外两个班。

幸好有孙大旺的那挺机枪撑着，小王庄西南角阵地被一排捏在手掌心里。日军几波攻击之后，一排伤亡惨重，汪元庆中炮阵亡，两个班几乎散了架子。万分危急之时，张道明这才大手一挥，早已憋着劲的李前志班从日本兵的屁股后面兜了上去。这一安排出其不意起到了奇兵作用，算是结结实实地吃了碗大肥肉，单是小王庄一仗的缴获品，就足足能重新装备一个半连。

当背着十几支步枪的孙大旺赶到连部的时候，李前志早就到了。上次那个邱记者又来了，正拿着纸笔启发着李前志的采访思路。因为排长和十几个战友牺牲了，全连人心里不大痛快，面对采访，李前志只是淡淡地说了句："这仗不算我的功劳，他们在前面啃骨头，我只不过是在后面喝了碗肉汤。"

"怎么还啃骨头、喝汤？"上过战场的兵们都能听懂这类话语，可邱静怡是从南方一所学校奔向延安的，当记者时间不长，很少采访实战部队，听到这些有点摸不着头脑。她想找个人问问，可看到独立营正忙着打扫战场之后的转移，也就无心采访了。只是当看到李前志即将离去之时，她这才叫住了他。就在李前志回头一愣神的工夫，咔嚓一声，邱静怡迅速抓拍了一张李前志扛枪的照片。

半个月后，这张照片作为配图再次上了《野战军报》。遗憾的是，那张照片上的李前志眼神不大振奋，加上报纸是黑白版，还有印刷技术的局限，这张照片似乎没怎么突出英雄气象。还有些让孙大旺憋屈的是，连日来，学习李前志英雄事迹的热潮一浪高过一浪，师宣传队奉命下到各连慰问演出的节目，李前志成了绝对男一号，他们特地彩排歌曲不说，还带来了几十本木刻连环画，内容都是歌颂李前志的。随后，还有一些与他有关的消息传来，就连后来被连队抓捕的日本俘虏也承认：联队长官发怒了，说下次"扫荡"重点，就是专打八路军"李前志部队"……

这回轮到老马没事偷着乐了。有次，与姜成玉商量由谁接任一排排长一职时，两人又戗上了。姜成玉老是认为自己占理："老马，跟你说句掏心窝子话，哪个当连长的不想手下战士成为英雄？就是英雄，那也看是个什么样的英雄。都是娘生爹养的，这一百来斤血肉之躯，父精母血啊，二十来岁还没娶过媳妇，就这么光荣了，谁忍心？哪个英雄不是从死人堆里爬出来的？哪个不是九死一生？我们已经有一个英雄了，我们连真的是再也出不起英雄了，哪个英雄的出现，不是伴着一大堆伤亡？现在，小日本精锐部队专门寻着嗅着咬我们这支'八路军主力'，培养这样一个英雄，到头来岂不引火烧身？这些老兵，都是熬过长征的种子啊。"

老马的嗓门一点不输对方："怎么啦，你当连长的也怕了？只要能在小日本面前打出八路军的威风，能振奋全国抗日救亡精神，就是我们连队打光了也值得。我倒是盼着早日有这么一场恶仗，让小日本的枪炮子弹全冲一连砸过来，这有什么不好？这样一来，就能让全国人民全世界人民都知道，咱八路军到底是游而不击，还是铁心抗战！咱一二九师里面，还有个敢与日本人硬碰硬的一连！"

"抗战抗战，全民抗战，不是我们八路军一家的事，那么多国民党正规军，几百万优良装备，他们躲在后方干什么吃的？让我们小米加步枪的顶在前面……两家合作不假，有这样抗战的吗？"姜成玉依然沉浸在悲痛之中不能自拔。上次的小王庄之战，连里能打的老兵骨干一下子就走了十几个，他能不寒心吗？

"你问我，我问谁去？"老马真的火了。为培养李前志，不仅是他煞费苦心，就是营里、团里也下了决心，到了关键点上，培养英雄树立典型的事，牵一发而动全身，岂能由他们一个区区连队做主？恐怕营里甚至团里也不一定能控制住这个大局。上级决策就是有眼光，不是吗？同样培养英雄，但是培养解放战士当英雄，远比培养一个从根据地里土生土长的英雄更有号召力。解放战士在八路军队伍里成长为英雄，这个影响一旦造出去，单凭这一条，就能调动更多的国民党官兵铁心抗战，毕竟国民党军几百万之众还是清一色优等装备……知道吗？这就是政治。

"政治，你懂吗？当连长的，要是不懂政治，怎么打仗？到头来为谁打仗？"姜成玉的顾虑，在张道明那里也没有得到认同，"死脑筋，成天盯住人家的小辫子不放。那边过来的又怎么了？我们刘伯承师长不也是从旧军队过来的？你没听刘师长在会上说吗？当年，他可是连一个前清秀才也没考上哪。"

"一排排长人选，孙大旺与李前志，考虑谁都有道理。眼下最重要的是，一个连队交给你们，关键时刻你俩怎么思想不一致？"到这个份上，只有张道明亲自拍板：还是老马考虑得全面一些，先用李前志。"为什么？你想啊，到现在为止，兄弟部队里都知道我们出了李前志这个英雄，只是延安大报还没有在全军范围内宣传这位由我们自己培养起来的英雄，这对于我们来说是个机遇。酒壮怂人胆，兵随英雄转。一支诞生过英雄的部队，影响力难以估量。你想啊，即使以后，万一哪一仗我们没打好，哪怕是伤亡惨重，刘邓首长也不会轻易撤销我们的番号。毕竟，我们是诞生过英雄的部队。就是将来赶走小日本，刀枪入库了马放南山了天下太平了，哪怕就是搞生产搞建设，'三十亩地一头牛，老婆孩子热炕头'了，新中国再也用不着养这么多部队，精简或是整编了卸甲归田了，总还要留一部分军队守国保家门吧？不信，到时候你们会看到，裁来裁去的，出了英雄的部队最有资格最有理由保留……更重要的是，这样的部队有历史有老底子。要是不信，你去问团长、政委，照这种态势发展下去，要不了几年，李前志所在的这个班甚至是这个排就会名声大振，说不定红得发紫人人皆知，在他的这个班排里当兵，光荣着呢！"

4

有了张道明的指示和连里的思想工作，李前志终于答应代理排长，不过话也撂了一些，那就是先代理看看，要是带不好这一排兄弟，到时主动辞职也不迟。

孙大旺虽说嘴上没啥意见，心里多少有点想法。咱共产党军队是为穷人打天下的，眼下最要紧的是把小日本赶出中国，在这个节骨眼上怎么能培养一个解放战士当英雄？英雄，并不是说当就能当的，哪能不看出处？总不能以前是个阿猫阿狗，翻过一道坎摇身一变到了革命队伍里，撞上个什么契机居然也能成为英雄。举手投降过来的还能成为英雄？这英雄也太不值钱了吧？他们这些人当英雄，那我们这些从解放区根据地过来的有志青年，脸往哪里搁？想想自己当初参军的那个场面，"妻子送郎上战场，母亲送儿打东洋"的红火，咱们这些翻身战士，哪个不是戴着大红花过来的？哪个不是地方政府打鼓敲锣送来的？哪个不是从解放区好青年之中千挑万选的？哪个不是村里干部群众送了一程又一程，出村时对着父老乡亲们发过誓的？再怎么说，你李前志是解放战士出身，要是在别的部队倒也算了，偏偏就在眼前，还成了自己的顶头上司，这口气怎么咽得下去？

连日来，孙大旺心窝窝里虽说一直不大顺畅，但脸面上总还过得去。既然上头任命了，军人嘛总得给命令一个面子，自己好歹是个班长，也不能太跌份儿。只是心里头倒盼着碰上一场大仗，也只有在实战中让连里、营里看看，真正的英雄到底是不是以冲锋杀敌为衡量标准。什么叫英雄？眼下能赶走小日本那才是英雄。英雄，关键时刻用枪杆子说话。

仓促间出任排长一职，李前志显得底气不足，在连首长面前一再推让，而且真心实意，并不是作秀。战争年代，一个排几十个兄弟，干什么你当排长的都要冲在前面，动辄就要真枪实弹地与小鬼子干一场，有时身边一个好好的兄弟，几分钟前活蹦乱跳的，眨眼工夫就无声无息地一头倒了，任你怎么呼喊也没个反应，一辈子就这么交差了。一旦你当了排长，这几十条性命就交给你了。除此之外，你的言行举止还得服众，说话得有人听，哪怕前面是刀山火海，只要你一声招呼，兄弟们就会飞蛾扑火一样前赴后继不计后果。你一声令下，尽管有时吐出的只有几个干巴巴的字，但那就是命令就是威信就是信念。

可你有那能力吗？你没有啊……

平心而论，与孙大旺相比，自己初来乍到不说，而且还有被俘虏经历，战士们服大旺的多，听自己的少。为什么？还不是因为解放战士的身份！如果自己走马上任排长一职，孙大旺原地踏步当班长，别说其他人，就是自己在大旺面前，说话也没底气。"指导员，我怕……我真的干不了。"

"谁说你干不了？组织说你能你就得能，不能也得能！这是命令！你以为是请客吃饭，三请四邀？"老马嗓音粗了，"你不想当就不当？你以为我们同意你撂挑子？实话跟你说，就为你这个排长，别说任命权限了，连里都没有建议权。"

李前志愣了，他看到老马伸出右手食指，悄无声息地朝自己的头顶上方捅了捅。一瞬间，老马的脸说挂就挂，如同不认识他似的。李前志感觉到浑身血液直往头顶上涌,刚才老马手指的地方,正是晋东北深秋的天空,日头高悬,天蓝得干净,小风儿悠悠地刮着,有点儿清凌凌地冷,让人说句话都没底气。

"什么能不能?小鬼子都到咱家门口撒野了,咱八路军这时候不当英雄好汉,还等到啥时候?还要南望王师又一年?难道还要让老百姓哭爹骂娘熬到眼瞎吗?"临走前,老马甩下两句话,"你恐怕不知道,教导员那次去师部,是怎么在刘邓首长面前表态的。我们是一支英雄辈出的部队,做英雄还是做狗熊,就看你李前志!"

一连两天,往事如潮涌来。离家当兵这几年,那种说不出来的感觉如浓雾罩住了眼睛,怎么弄也挥而不散。当年,年轻力壮的自己两次被地主卖了壮丁,到头来让老财发了两大笔壮丁财。那两次当兵都是入了国民党军,只不过一次是地方军一次是中央军罢了。印象里最为深刻的一次,是自己奉命"围剿"红军,当用手枪抵着他们屁股一路喝令的长官早就跑得没影之时,他还趴在战壕里死心塌地端枪射击。这是什么部队嘛,撤退时长官也不招呼一声,就只顾自己先跑!直到被俘他还不服气,一度想寻机会一死了之,所以也就抱着破罐子破摔的心理当一坨滚刀肉。没想到在共产党部队里,俘虏能吃顿饱饭不说,这边的长官说话算话,一场教育之后就要当众释放他们这些俘虏回家,还立马发路费。就在他半信半疑之际,有一群不愿再扛枪打仗的国民党军弟兄就这样被当场释放了。当时他有点犹豫,担心回家后又被抓了壮丁,后来一咬牙说出想回家照顾老娘时,一位八路军干部还拍了拍他的肩膀,直夸他有孝心,临走时摘了两根老黄瓜塞进了他的口袋,说根据地这边连年打仗,地里实在没什么好吃的,就这么点心意,好歹留着路上对付一阵……那两根黄瓜，一路上碰撞着他的心窝窝。以前在国民党军队，一说起共产党军队，长官们语气清一色地阴冷，数落着他们都是些乌合之众、地痞流氓，与他们作战必须心狠手辣，不成功便成仁，要是给逮住当了俘虏，下一仗就会被那边的长官用枪顶着冲锋挡子弹。

　　直到走出好远，确信后面并没人盯梢，他这才想起以前听说的传闻简直是一派胡言。回家路途遥远不说，自己还一时失了方向，于是他又悄悄地于当天夜里折返。那几个原先认识的八路军战士见他迷途知返，一个个乐得为他忙上忙下。第二天一大早，几位干部高兴得像是迎接自家兄弟一样嘘寒问暖，好像他这一去有多少天没有见到一样。这以后几场仗下来，他看清楚了，国民党军队的洗脑是糊弄人的黑白颠倒。原先在那边，碰上一些规模不大的战斗，督战队就在你身后几百米的地方趴成一排，举着枪快要顶上你的脊梁骨，有时还有一层层的机枪手压在你屁股后面，让人浑身直起鸡皮疙瘩不说，一仗下来，感到督战的比顶在前线的兵力还要多出一倍，而且比前面的敌人还要凶残十分。这叫什么事嘛。现在，就连他自己也没有想到，一个解放战士，八路军干部从不嫌弃自己的过去，还尽心尽力地培养自己成了大英雄，而且还当了排长。如果因为孙大旺有嫉妒心理，自己就想申请调离去其他部队，或是想回家种地躲避战争，又是多么幼稚。

　　李前志坚定了信心：越是不看好咱，咱越是要做得更好。这以后，他一再要求自己，哪怕自己的好心不被战友们接受，哪怕老兵们突然变脸似的不与自己拉话，哪怕自己再怎么陷入孤独，他也暗示自己坚持。甚至连平日里走路，也是按照队列操典上的标准齐步,路上遇到首长,心里隔着算好的步数立定,喊声首长好,再敬上一个标准的军礼。

只是没想到,有一次,这个军礼被张道明无情地拒绝了。

那天,张道明在老马陪同下来到一连。正是一个晴好天气,一辆堆放着几十双棉鞋的太平车吱吱呀呀过来了,那是地方妇救会的同志推过来的。一排因为执行任务回来晚了,轮到最后,这批军鞋尺码能合脚的剩下不多了。毕竟接下来就是漫长冬季,要是赶不上一场歼灭战,缴获满满怕是镜花水月。都指望着这鞋过冬呢,要是尺码大点倒好说,鞋底多垫点布片片麦秸草什么的,再找两根带子捆紧鞋帮子也能凑合;尺码小点的就麻烦了,用刺刀挑开鞋帮子?脚要是塞不进那可是说什么也白搭。

张道明虎着个脸,说:"这么点事,还要营里做思想工作?"

"教导员放心,我能做好。"

"怎么做?想好了吗?"

"报告教导员,一排会有办法解决。"李前志还在那儿站着,那边的张道明拉下了他正要敬礼的那只手:"家无常理,不是正式场合,太隆重了反而会生疏。"

张道明想的是让氛围宽松一些,可李前志却一直把他当首长对待,平日里的一句话,到他这里也成了贯彻执行,一切都硬邦邦的,直来直去。这倒让张道明一时犯了难,部队讲究上下级,但并不是什么都以命令来解决。于是,张道明轻声细语地点了几句,最后才透露了一个好消息:"准备一下,团里布置过了,过些日子,邱大记者还要来采访你,这可是个重要任务。"

"都采访两次了,该问的该说的不早就完了吗?还要接受采访……"

"而且还要愉快地接受这次采访，这是组织信任，是政治任务。"

"这也算重要任务？又不是去打小鬼子。"

"虽然不是打小鬼子，可这个任务不比战斗任务轻松。虽然记者采访的是你一个人，可你的一言一行，代表的不是你这个排，而是我们独立营，甚至是我们全团我们全旅我们的一二九师。也不要紧张，该说的说，不该说的就不要说。实话告诉你吧，邱大记者现在可是延安八路军总部的大报记者……"张道明突然严峻的口气，让李前志感到肩上沉甸甸的，一句话没说出口，脸已涨得通红。

个把月时间内，能先后三次接受记者采访，而且这次还是带有全军性质的采访，对于李前志来说，这已经不是什么个人自豪的荣誉之事，而是他的一种责任。

没多长时间，邱静怡以一种以前未曾有过的美丽形象亮相了。第一次见面，大家还以为她是个男的，现在的她完完全全现出了女儿身：新军装，新军帽，新鞋子，新臂章，连绑腿都是新布带；一头齐耳短发映衬出青春少女的精神抖擞；那身适体的制服勾勒出成熟女子凹凸不平的曲线美；悬挂在胸前的照相机一晃一晃的；两只绑腿，显出一种修长的纤秀。

而且，在她身后，还簇拥着几个穿着将官呢子大衣的国民党军官，其中军衔最高的一位，领章上缀着两颗金星：中将。

满脸春风的中将身后，几辆吉普车像是随时保障交通，其中有辆车上装了十多只竹筐，筐子上盖着红绒布。几个兵上车抬下来一筐，待到张道明用手揭了那方红绒布，呈现出一匝匝用红纸包着的一尺来长的圆棍棍。国民党军中将随意抽出一根，在手掌里把玩着旋转几下之后，从当中一下折断，白花花的东西瞬间在脚底下蹦跶着摊开着，将天上的日头分割成了一片片散落地下。

原来，那圆棍棍的内容可是一块块响当当的现大洋。这些天来，这车银圆随着国民党军中将在一二九师属部队上下巡视，三三两两地犒赏着八路军士兵。此时，随着邱静怡的悄声解释，张道明这才知道个大概：前些日子，八路军一一五师平型关大捷，打破了日军不可战胜的神话；一一五师"把老天捅了个大窟窿"之后，全国声援抗战的热潮风起云涌。据说一二〇师也跃跃欲试准备积极响应。虽然一二九师眼下还没骄人的战绩，但国民党政府和全国人民都相信，这支英雄辈出的部队不会蛰伏得太久。

然而，眼前这位在全师闻名的大英雄李前志，并没有受到特殊优待。与大家一样，李前志也只是分了两块现大洋，尽管邱大记者不失时机地凑上前来，补充了一下他是全师英雄，那位中将也只是淡淡一笑，冷冷地说了句"我不管什么大英雄，我要的是抗日战场见行动"。

孙大旺为此还偷偷地乐了一阵：人家不承认你李前志这个英雄，你只是一个报社记者树的典型。这以后，记者还会三番五次地下来采访你吗？风水轮流转，轮也该轮到我了。

没想到接下来的采访对象，张道明还是安排了李前志，孙大旺连个提名也没排上。张道明自有考虑：既然李前志已是家喻户晓的大英雄，安排他去，别人也不会有意见。他是新闻人物，只有英雄才配得上新闻关注；更何况这些日子下来，李前志适应了记者的采访，他的所作所为也一步步向着英雄标准看齐；更重要的是，箭在弦上，不得不发，要是大记者这次下来一趟，宣传的是另一个典型，李前志这个老英雄老典型在报纸上没名字没图像，上级揣摩起来，营里还真没法解释。

如此一来，也只好将李前志再往前推推，只有推他才能带动全营的知名度。

对于李前志来说，邱静怡这次可是满载而来。她又带来了兄弟部队的几十封挑战书，有几封她还单独挑出来，直接念给李前志听。那脆生生的声音发起紧来，使得李前志血脉偾张，恨不得立刻就杀到抗战一线，找小鬼子拼场刺刀。

"一一五师平型关大捷，一二〇师马上有大动作，我们一二九师不会拖后腿的。"邱静怡凝视着他，眼眸深得如同两汪清潭，吸引着他不顾一切地游进去，哪怕做一株水草也甘愿。好在这么一游，这株水草还真的读懂了这两汪清潭之水：因为在一二九师发现并大力宣传了李前志这一典型，她在短短几个月时间内，得到了急需新闻骨干的延安大报的青睐。晋职到八路军总部机关报社有些日子了，这次她又主动请缨到独立营采访，就是想看能不能在李前志这个老典型上，再挖掘一些新闻价值。"老树发新枝，这回我看好你，要是能采访到一些叫得响的英雄事迹，我就写个大通讯，保不准能上个头条。"

邱静怡说到这个"头条"的时候，两只深潭似的眼睛眨了几眨，眼角又往上挑了挑，脸上虽然没有笑纹，但那种神色让李前志感到了亲切，如同邻家小妹向他这位大哥哥请教一桩农活。"这个头条是个什么玩意？有这么重要吗？"

"那当然重要了。你看，是这样的，如果说这张报纸是一个人，就比如说是我吧，你第一眼见到我，最想看的是哪里？"

"脸。"

"再有呢？"

"眼睛。"

"还有呢？"

"笑。"李前志的脸有点红了，自从见到邱静怡之后，好几次梦境里的怦然心动，都是与这张笑脸有关。

"这就对了嘛，算你聪明。你虽然没当过记者，可说的都是在行话。"邱静怡随身带了一张报纸，在上面比比画画地讲解着"报眉、报心、报眼、头版头条、倒头条"等新闻术语。李前志虽然凑在她跟前，但对这些似乎没有多少兴趣，他只感到一种叫幸福的快感浅浅地弥漫周身。

"头条，还有头版头条……"李前志有点人来疯，"是不是可以这样猜一把？这头版头条上说的，就是咱八路军前几天里最重要的一件战事……"虽然李前志还没搞清楚报纸上的头条是什么意思，也不知道头条位置在一张报纸上会有多大作用，但他从邱静怡的目光里看出了一种期盼。既然人家当初帮了自己那么大一个忙，自己活到二十多岁，以前也只有一次次在水边洗脸，就着河面才能看清自己的脸，因为有了她的相机，还有她拍的照片上了报纸，自己这才头一回看到了自己的相貌，怎么说也得领人家这份情。"好，咱一言为定！那你就给我在报纸上留个头条的空儿，就像你所说的那个头版头条！"

"我们这张报纸的头版头条，不是想上就能上，就是二、三版头条，也必须是条吸引眼球的重大新闻，眼下最好是打一场叫得响的战斗。全国人民都在盼望着，再次看到一场提气振神的大胜仗。"邱静怡的声音陡然低了，"这样的大仗，得具备天时地利人和，有时即使条件成熟了，咱也不一定能赶得上。"

"有条件要打这一仗，没有条件创造条件也要打上这么一仗。"李前志不信这个邪，"只要小鬼子一天还在中国撒野，每个八路军战士就要抗战到底；只要心里等着，早晚会等来机会。"

"下次要是有了机会，你们排一定争取打主攻，只有打上主攻，才能出战果。以你现在的条件，只要抢先提出来，首长们不会不考虑。"邱静怡的提醒，让李前志豁然开朗：到底还是做记者的，常年跟在领导身后，能准确揣摩上级意图，眼光看得远不说，分析问题也是头头是道，不佩服哪里行呢？

"如果他们不让你打这个主攻，我就和团里或者是旅里说说，下次要是有了战机，就请求首长们给你一个表现机会。"这是邱静怡临走之际的一个暗示。直到她的背影渐渐远去，李前志还隐约感到这个女孩的气味在四周弥漫，特别是那个暗示，唤起了自己心中一次次想做一名大英雄的渴望和冲动。

以前自己是名被俘兵，几个月就成了八路军英雄，而且还一次次地上报纸，这些搁以前都是让人想都不敢想的好事，现在一股脑儿撞上来了，挡也挡不住！

下次要是邱大记者为我争取到这个机会，不管怎么说都要好好地露一手让她看看，还要让孙大旺他们看看，上级首长把这个排交给我李前志，并没有看错人。我李前志以前身陷国民党军，那只是短暂的生不逢时，现在赶上趟儿了，再怎么说也不是糊不上墙的烂泥。

5

没过几天，刊发平型关大捷的报纸下发到了独立营，随后的几张报纸，单是刊登的各类贺电就让人耳热心跳。岂止是李前志这一个排，全营官兵对于兄弟部队的辉煌都极为羡慕，说这块天上掉的馅饼怎么就砸到了人家——五师头上？别说他们这个营，恐怕全旅全师里头，没有哪个兵不眼热心跳，大家都盼望着有一天，也能与小鬼子轰轰烈烈地干上一场。

相对来说，李前志心情更为迫切。私底下他找过姜成玉，更不止一次找过老马，恨不得都哭着求战了，下次有了战机，说什么也要打主攻。连长、指导员却不买他的账，有次话都要甩出嘴了：至于能不能打主攻，那要看有没有这个机会。集中优势兵力歼敌，不与强敌硬拼，这是延安制定的方针政策。大河无水小河干，连里还不知道什么时候能摊上一仗，我们怎么答应你？你现在成了英雄，可是英雄也不单单是一个打仗，只要关键时刻能冲得上去、干得漂亮，照样是英雄！哪怕这以后一年半载的没仗打也不要紧，只要你把互助精神发扬光大，看能不能再有所创新，照样也能为连里营里争光，照样能在全军推广。

李前志嘴上答应着，心里却一直盼着能有一场大仗。都是八路军部队，哪个师团也不会坐失战机，成为兄弟部队的看客。如果有战机，师里旅里绝对会大干一场，这一场干下来，要是没自己的份儿那真对不起人。别人不说，邱大记者那里，也是辜负了人家一片好意。小鬼子啊小鬼子，你们不是说专打我"李前志部队"吗？现在，我李前志送上门了，你们这些兔崽子，怎么倒成了缩头乌龟？

李前志想到了去找张道明软磨硬泡，那意思是说，他们一排先报个名，在营里排队号着，以后只要一有大仗，他们排死活也要打一回主攻。"死也死在战场上，说什么也要啃骨头，死也不喝肉汤，那只是人家的洗脚水。"

"你怎么这么头脑简单？你也不想想，你现在身份不同了，如果我们抽调你上去，必须请示上级，弄不好最少也要经过旅里批准。"张道明的担心自有道理，上面有了精心培养的意思：出英雄难，出了个大英雄更要好好呵护，更不能动辄就让英雄以理服人似的出生入死，有时候保护好英雄比培育英雄更为重要。

但这些又不好对李前志明说，张道明敷衍了一回："好吧，以后一有大仗，就先想着你们排。"

"那我就代表我们全排，谢谢教导员。"李前志乐呵呵地说了一句，"教导员，求求你先不要请示上级，一请示说不定茶都凉了，你等我们排上去打上一仗之后，再向上级报告不迟。要是这次轮不到我们，还像以前看人家打得火热，等我们再冲上去时，好戏都快散场了。这样一来，怕是以后我在排里说话也没人听了。"

没过半个月，一个情报终于得到证实，一二九师利剑出鞘，准备干个大的。

旅里得到的准确命令是：为配合国民党军主力正面战场牵制日军进攻，你部必须在一天时间内精心部署，秘密派一个营急行军六十华里，夜袭日军机场。

情报上说，那个机场停着小鬼子的20多架飞机。这一仗要么不打，一响准是一个炸雷！

一大早，小雨不期而至，砸在地上沙沙地响。这一阵子没什么战事，何况雨天也不好训练，李前志就想着互助的事，最好是能利用雨天休整时讲解机枪的射击准度。这时，姜成玉轻声喊他，悄悄透露了旅里刚刚布置的这项阻援任务。

"只是……"姜成玉的话语吐出这两个字之后，重重地拐了一个弯。李前志纳闷了：为什么？好不容易天赐战机，可这出彩的任务却只给了人家三营，凭什么？咱独立营只配为主攻营阻援？同样是一个营，为什么人家娶媳妇，咱就得在一边干看？什么叫战略配合？那不过是一句安慰话，说白了就好比是人家娶媳妇，我们却在一旁扫地挑水打杂招呼客人还带抬轿子吹喇叭，搞不好看了半天热闹，眼睁睁看人家入洞房忘了咱们，闹不好连杯喜酒也喝不上。

从姜成玉那里，看来这次不大可能有戏了。情急之下，李前志想到了一个人，那就是邱静怡。

眼下，只有死马当成活马医，看看邱大记者有什么办法。这次的行动带有秘密性质，一旦上面决定之后，就是找谁说情也没用了。

让他没有想到的是，节骨眼下，邱静怡突然下到了旅指挥部，准备第一时间全方面报道这次辉煌战果。就在李前志赶往营部的路上，两个人在半道上相遇了。

6

邱静怡并没有给他带来好消息，甚至她的话语对李前志来说如同当头一棒：旅首长的意见几乎一致，说李前志是闻名全师的大英雄,生死考验面前,英雄不必每次都要有所表现,每次都顶在前面,说破了也没有必要去证明个什么。英雄也是血肉之躯,不是刀枪不入的神灵……如果各部队不注意保护自己的英雄,将来就算我们获得了全面胜利,那些能打的英雄先后光荣了,剩下的那些还多是不在一线出生入死的,老百姓们会怎么想?

"再说了,以后有你打大仗的时候,这次就这么一个主攻任务,旅里既然考虑了,咱就要执行命令做好协同。"邱静怡笑了笑,说,"还有呢,总不能每次都让你们冲在前头,人家部队也想出几个英雄嘛。"

这才几天时间?一个大记者的态度变化就这么云里雾里?上次还劝我要争取主攻任务抢什么头版头条,这次却当上说客来了?李前志有些看不懂似的望着邱静怡,直到把她看得眼光游离了,这才听到了她的真心话:"你的意思我懂。既然你们营这次也有配合任务,那咱们想个办法,上次我不是告诉过你了吗?我还等着你的战果上头条呢。"

李前志回到连里有些闷闷不乐,没承想一会儿通信兵过来找他,当着他的面,姜成玉和老马两人,一一交代了这个极为"突然"的战斗任务:带领一排,立即出发,配合三营阻援。

"就别想主攻的事了,能有这次机会,还得感谢贵人相助。"连长的话只说到一半,李前志有数了,但他表面上一点也没有显露,只说了句"坚决完成战斗任务"之后,急匆匆地忙自己的准备去了。

这次,老马与姜成玉两人想到了一处,这一仗安排了李前志是不假,更重要的前提是,必须保证李前志出色地完成这个战斗任务。为此,他俩同时想到了一个人,那就是机枪手孙大旺:"连里知道你受了些委屈。不过,眼下这份委屈还得受下去,只要小日本一天不出中国,再大的委屈你也得顶着;就是你们做了无名英雄,连里记着这笔账。"

"实话跟你说吧,全师上下都知道李前志。既然这样,你们更要打出咱们连的威风不说,还得保护他活着回来。换句话说,不管怎么说,英雄不能有闪失……孙大旺,我告诉你,这次战机难得,给谁就是谁的机会。我们营也想打主攻,可是旅里不让,教导员也与他们翻脸了,那个三营长如同一条几个月没吃过肉的恶虎,抢到嘴里的主攻怎会吐出来?"事到如今,姜成玉只能摊牌,"上次,我和指导员碰到了旅长和政委,两位旅首长当场作了指示,说别轻视了李前志的影响力,小鬼子不也是一直叫嚣着寻找'李前志部队'作战吗?眼下,抗战刚刚开始,我们就要打李前志这张牌,这张牌只要捏在我们手里,对小日本就有威慑作用。"

"我懂。只要我在,排长他就不会少一根毫毛。除非……"孙大旺的声音,被姜成玉一个严厉的手势给制止住了,"这次是突然袭击,而且还是夜袭,讲究速战速决,机场那边一旦打响,一时半会小鬼子也派不出多少援兵,何况三营长又是个偷袭老手,我们不会吃亏。"

"记住,一个个的都给我活着回来,要是身上哪里少了一块,回头找你算账!"老马上前,轻轻地拍了拍孙大旺,"这次阻援,是策应主攻营安全撤退。据情报侦察,机场附近四十华里范围,并没有日军精锐部队,弄不好,你的这挺机枪都没机会说话。这次打援,上级担心动静大容易暴露,只要求我们派出一个尖刀排。本来这个任务,一开始还轮不到我们。"

孙大旺若有所思地点了点头,算是完完全全听懂了两位连首长的意思。

两天后的那场夜袭,还真让老马盘算准了。这次漂亮的偷袭,主攻三营以牺牲十几名战士的代价捣毁了日军机场,而且激战全在机场内发生。等到兄弟部队从机场撤退之时,负责断后增援的一排,并没有遇到日军援兵,直到孙大旺他们撤到安全地带,他那挺机枪还没有派上用场。

只是老马和姜成玉没有料到,就在一排撤退回来的另一条小路上,独立营派出的这个排的领头羊,不幸踩响了地雷。

后来,据野司通报,上个月一次反扫荡战斗中,附近一个村的民兵在一排返回的那条路段上,曾埋设过地雷。哪知道原定来此扫荡的日军临时改了道,而那个村的几个埋雷民兵在阻击日军的遭遇战中,又无一意外地全军覆没。

偏偏不幸的是,一颗该死的地雷,被疾速撤退的一排无意中踩响了。

那人,就是返回时冲在最前面的李前志。

李前志被背回来时血肉模糊,任凭全排兄弟如何号哭,也不见一丝反应,怕是半路上就咽了气。闻讯赶来的姜成玉和老马两人,脸色阴沉得比此时的李前志好不了多少。看到孙大旺和那几个兵如同霜打的茄子,两个人也就没有再埋怨什么了。

这一仗打得漂亮,算是给一二九师长了脸,奉命主攻的兄弟营伤亡不大,独立营友情阻援的一排也没有遇到战事,只是在半路撤退回来时,牺牲了一个同志。

偏偏这个人就是李前志，而且英雄临终之前居然没有留下遗言，哪怕是那么短短一句也好啊。

张道明在第一时间闻讯赶来了。

因为夜袭出其不意，日本人一时还不清楚是中国哪支部队所为，再说夜袭又干净彻底地解决了机场200余名守敌，并成功地带回了十几具遇难烈士的遗体，旅里命令传达下来，为防止日本人疯狂反扑，夜袭战斗中牺牲的烈士遗体必须尽快就地掩埋。

独立营与兄弟三营防区靠得不远，既然人家找好了一块朝阳的山坡，两家就在一起将烈士遗体快速掩埋了。

一条几十米长的宽沟很快有了，山石遍布自然难以挖深，但足以让勇士们的肢体不会暴露在外。一具具遗体被抬了起来，再手把手地传递着，轻轻地放进了沟内紧挨着躺下。没有棺木，没有墓碑，没有仪式，还没有来得及为他们留下一张遗照，甚至都来不及给即将长眠于此的他们换一身干净新衣。

看到宽沟里的李前志眼睛还没有闭紧，似乎还有什么话语想要交代，孙大旺的眼泪再也抑制不住了。他这一哭，连同随后赶来的连长、指导员还有排里的几个弟兄齐齐地哭起来。张道明走上前来，众人的目光又一起凝望着，等教导员拿定主意。

张道明在几个战士的搀扶下，缓缓滑进那条宽沟。看到李前志身下潮湿的新土，他从怀里掏出了一枚勋章。那是前些年在根据地时，旅长亲自奖给他的。现在李前志就要走了，旅里还不知道这位英雄的离去，要是旅里追问下来，他自己也没有想好如何回答，他所能做的就是不能让李前志这个闻名全旅的英雄，就这样无声无息地离开人世。

"好兄弟，我知道你闭不上眼，那是你还不放心走，丢不下一个排的弟兄。不要紧，不是还有哥哥我吗？听哥的，安心走你的路。小日本他妈的猖狂不是吗？先让他们蹦跶，谅他们也折腾不了几年。这以后，到了那边，你还是我们独立营的人，还得给我们睁大眼睛，替兄弟们多看着点。别忘了，你是英雄，咱们自己家一路打出来的英雄。咱八路军英雄就要有英雄的样子，你看好了，咱独立营没一个孬种，小日本再狂再凶，我们照样敢与他们拼刺刀，谁要是含糊那就是没尿性的软蛋。以后要是哪个兄弟胆子虚了，你在天之灵就暗地里搭把手；看到哪个小鬼子躲着放黑枪，你就上去掐他一下……好兄弟，自打你从那边过来，兄弟们这些年都看在眼里记在心上。在那边与在我们这边不一样啊。我们这边牺牲的，那是打日本，是革命烈士，不像以前你在那边是打内战，伤的是自家兄弟……兄弟呀兄弟，你成了英雄之后担子重了，都没睡过几个囫囵觉。我知道你累，也一直想与你说道说道。唉，可今天，你先好好地睡一觉，我代表全营弟兄送送你……"蹲在土沟里的张道明泣不成声，他把自己的那枚勋章别在李前志胸前，又捧了几捧泥土，轻轻地洒落着。

　　有人递过来一些砖块，这就等于给他们每人的头颅之下塞了只"枕头"。爬出土沟的张道明背过身去，不忍看到那一堆堆新鲜泥土扑向躺在沟里的十几个弟兄。三营和独立营战死的，都是中国好兄弟啊。"兄弟们，一路走好……等着我们报仇雪恨！"眼泪汪汪的张道明盯牢了远处的一峰山梁，又低头看准了这条宽沟所处的方位，直到把这一切刻在心底之后，才对着晋东北上空哭喊起来："前志啊前志，我们的大英雄！三营的这帮兄弟，你们都是英雄！

你们干得漂亮，你们都是中国人今生今世都要记住的英雄。等我们打出了新中国，就是以后建国七十年八十年一百年一万年，人民都会记住你们，你们是真正的英雄！只是现在，我们还不能给你们造个新屋，可我记住了这座大山这条宽沟，独立营今天来的人，一个个都装在心里了。等打跑了小日本，只要我张道明不死，只要咱独立营还剩下最后一个人，我们都会来这里寻找你们。到那个时候，再把你们请出来。这地方太闭塞了，这么潮湿，咱们给你们换个场子，让你们晒晒太阳透透气，胳膊腿伸得直直的；要是哪天我也倒下了，我给后来的弟兄们托个梦。相信我，我张道明说话算话！……英雄们，听我一句劝，先省省心，趁早上路。"

几个兵过来，想把这道土坎砸实一些，张道明止住了："小弟兄，轻些，再轻些，铁锹太冷太沉了，他们刚睡着，用手拍拍就行啦。"

很快，那条宽沟就在他们的眼前消失了，眼帘里新生了一道长长的土坎，新鲜的土层如同山坡上划过的一道伤痕，连一个标志物也没法留下。这以后，战场往前方越拉越开，有谁知道，道土坎之下掩埋的是为国战死的十几名八路军战士，其中还有一个数次在延安大报上风光无限的大英雄？他们家人知道吗？他们亲人又在哪里？等以后打跑了小日本，我们还能不能找到这道土坎，还能不能将烈士遗骨送到他们的家乡隆重安葬？

谁，能给一个回答？

到了该告别的时候了。泪眼汪汪的孙大旺一步一回头。那么一个好端端的李前志，就这样离开了自己，悄无声息地融入了这片山林，从此再也寻他不见。此时，他多想李前志从那条宽沟里爬出来，再从那道山林里走出来，两个人哪怕是说上几句话儿：兄弟，我错怪了你，你多担待点。唉，以前那些磕磕绊绊，真他妈的不值一提。

7

李前志牺牲了。第二天，张道明在电话里哭着向旅政委报告这个噩耗时，一向温文尔雅的政委头一次发火了。

电话里很快换成了旅长的咆哮："张道明，给我听好了，别说他小日本一个中队，就是他狗日的一个联队一个师团，也换不来一个李前志。"

第二天，旅长和政委亲自来到了独立营。独立营建营这些年来，旅里两位最高首长一齐下来兴师问罪，这还是头一回。一见面，旅长就是一顿臭骂："谁让他上去的？这次端鬼子'鸡窝'，没有安排独立营打援，好好查一查，谁让他上去的？你们营就这个排能打仗，其他的都是草鸡？为什么偏偏要派他上去？"

简陋的会议室里，全营排以上干部集体哑然，只有旅政委一个人发飙："培养一个英雄，容易吗？一个英雄牺牲了，对部队士气有多大打击？要是让日本人知道了是我们的李前志牺牲了，他们会做什么样的反动宣传？你们考虑过吗？"

站在屋子一角的张道明，只得低头挨训，自始至终也不敢辩白一声，他更不想说出是邱静怡的那份好意。本来这次战斗没独立营的份儿，只是邱大记者私底下找到了旅里一位政工首长求情，这才争取到了这样一个指标。

英雄辈出

李前志的英雄事迹，经过邱静怡的润笔，在延安大报上发表了一大块。当初那张李前志回头一眸的扛枪造型，成了这篇通讯的压题照片。

为了战局需要，这篇通讯并没有准确发布李前志殉国的消息，只是报道李前志所在部队又打胜了一个大仗。

张道明说："既然李前志的存在，能让日军望而却步，我们干吗要自揭痛处，让侵略者心安理得？"为此，旅里还做出精密部署，"要让日本人知道，八路军的英雄不会轻易倒下，我们的队伍英雄辈出，从胜利走向胜利。"

平型关大捷之后，八路军三个师对日作战都闹出了不少动静，引来全国舆论一片叫好。新年一过，抗战形势日益严峻，日本人对八路军根据地的蚕食力度不断加大。与此同时，旅里布置了开展杀敌竞赛的专题活动，要求所属部队学英雄见行动，保存力量，坚持以游击战为主的作战方针，力求积小胜为大胜。

开始的那几天，张道明双眼喷血，恨不得见谁骂谁。好在过了些日子冷静之后，他先后几次来到一连安慰着："一个英雄倒下了，千万个英雄站起来。别忘了，我们是一支英雄辈出的部队。"

张道明告诉姜成玉和老马，从培养李前志的过程中，我们摸索出了培养英雄的经验，只要耐心挖掘英雄的苗子，就不愁在全营范围内再推出一个李前志。我们这支英雄辈出的部队有这么个好传统，一茬茬英雄都是踏着前人足迹成长起来的。只要我们全力培养，这支部队将会英雄辈出勇往直前，一个英雄辈出的部队，打不烂拖不垮，关键时刻派上去，那就是攻无不克战无不胜。哪支部队也不是一出娘胎就会打仗，功勋部队，还不都是一仗一仗地打出来的？

也许是受到了张道明的鼓舞，姜成玉大胆地提出一个设想，那就是尽快拿出规划，从现在起就要树立孙大旺这个英雄模范，力争在几个月内，使之迅速成长为李前志那样的英雄，与当初向李前志发出挑战的兄弟部队英模相比，气势上绝对不会输给他们……

姜成玉与老马两个人正说得起劲，旁边的张道明心里却早就有了新的谋划：眼下时机还不成熟，培养或是制造英雄要进行全盘考虑，并不是哪个能打仗就能重点培养。种种迹象表明，抗战是场持久战，弄不好真要打上不少年。你别看日本人一副不可一世的样子，其实那只是表象；敌人哪怕武装到了牙齿，也并不可怕，如同一只狼，哪怕它的爪牙再锋利，但是它的眼神要是萎缩了，心里想的事也不占理，这就是一只病狼。与这只狼相比，小日本能好到哪里去？怎么说他们也是贼，摸上门来的贼就是再有胆子，那也是虚的。接下来，要想办法俘虏一个日本兵，经过教育使其成为一名真正意义上的反战同盟英雄。这样一来，这名反战同盟英雄在咱们这支英雄辈出的部队里并肩战斗，成为世界反法西斯战斗的人民英雄，这样的宣传对于大日本军国主义绝对是个摧毁性打击，那种快感简直如同往这些狗日的裤裆里，塞进去一颗拉了弦直冒烟的手榴弹……

这个想法的产生，使张道明的心情好了些，为此，他到一连蹲点了几天，并亲自向新任的一排长孙大旺下达了这个艰巨任务。

"一排长，按照教导员刚才的要求，把任务再重复一遍。"面对姜成玉的命令，孙大旺一个立正，扯开了嗓门："报告教导员，报告连长指导员，我们一排受领的任务是：从现在起，一排二班战士王孝忠，改名为李前志，我们要让晋东北的小日本鬼子知道，那个让他们闻风丧胆的大英雄李前志刀枪不入，如铁塔一般挡在眼前，吓也要把他吓得半死！"

"好！大家别忘了，从今天起，王孝忠这个名字，就在我们独立营的花名册上不复存在了，但我们会记住他，记住为我们这支英雄辈出的部队隐姓埋名的痛苦与付出，记住他为中国人民的抗战事业所做出的默默无闻的贡献。从现在起，王孝忠就是我们的大英雄李前志。我们之所以选中了他，不单单是他们的五官和身材长得相像，重要的是王孝忠有与英雄一样舍我其谁的胆识与信心，更重要的是我们要让李前志这个英雄永远活在我们这支队伍里。"张道明猛地挥动了一下手臂，这才清了清嗓子，声音透出一种清冷，听得人汗毛直竖，"大敌当前，一支部队单靠一两个英雄，那是镇不住鬼子的。在今后的战斗中，我们还要培养出更多的王前志、赵前志、马前志，要让侵略者知道，在我们这支八路军队伍里，我们的英雄就是天地之神，就是人中之龙，就是钢板一块，任你火烧水烫枪打炮轰，照样伤不了一根毫毛……只是，大家还要注意保密，等抗战胜利的那天，独立营只要还活着的，由我领着你们大家，再带上印着李前志相片的那几张报纸，咱们把英雄的尸骨请出来，护送到他的家乡棺木厚葬，再向他的家人登门磕头……我想，李前志要是在天有灵，他是不会怪罪于我们的，要怪，也只怪这狗日的小日本！大家记住了没有？"

"我记住了，我们全排记住了。"孙大旺举起右拳，"请首长放心，也请首长转告我们的团长旅长和刘邓首长，我八路军一二九师独立营一连一排全体战士，向党中央毛主席表决心：李前志永远是我们的英雄排长,今后,我们排哪怕打得只剩下一个班,李前志就是班长;只剩下一个人,这个人只能是李前志。我们就是拼光了血本,李前志也不能倒下,我们要像守卫阵地保卫战旗一样,保护好我们的英雄……大家有没有决心?"

"有!"几十只拳头一齐戳向天空,几十支长短枪一齐伸向天宇,伴着一声声铺天盖地的嘶吼,在初冬的晋东北大地一路泛滥,掀动群峦之间此起彼伏的龙吟虎啸:

"英雄不死!"

"英雄万岁!"

鲜花岭上

/刘鹏艳

引　子

因为主题创作的事，我往鲜花岭跑了好几趟，乡里接待的干部都嫌烦了。他们县是将军县，他们乡是英雄乡，每年来考察、调研、祭拜、缅怀的人一拨接着一拨，再加上红色旅游和扶贫产业开发，基层干部几乎全年无休。我自己也觉得不好意思，一方面是没有办法带来直接的经济效益，另一方面对这种创作所能够带来的社会效益也实在没有信心。我小时候就不喜欢命题作文，我喜欢上天入地神游八荒地胡扯。稍微有点耐心和爱心的老师就说我具有"天马行空的想象力"，严肃刻板的老师则直接批评我"跑题跑得都没边儿了"。长期以来一直因为某种原因在单位靠边站的我爸，从小就教育我："人嘴两张皮，你不要管别人怎么说，你只要做你认为对的事。做成了以后也别嘚瑟，因为无论你做得有多好，照样有人横挑鼻子竖挑眼。当然了，就算你做得再差劲，也有人欣赏你，喜欢你，比如我和你妈。"

还是引子

　　岭上的几户人家，像是散在层层叠叠的大山里的几粒草籽。他们在平均海拔千米以上的高寒山区住惯了，不觉得寂寞和清苦，我却因为低估了山里初春的寒意，迎着扑面的料峭山风，暗暗叫苦不迭。乡里搞宣传的小周提醒我："刘老师，这户人家的'人瑞'有一百多岁哩，要采访他，得做好心理准备。一是他说什么，你未必听得懂；二是你说什么，他未必听得懂。"

　　乡里把小周"发配"给我，我起先还有些担心这个年轻人不肯配合我工作，同车坐了一程，才发现他对文学事业抱有罕见的热情。更巧的是，我们要去的花溪村，正是小周的老家。我想小周的意思是，这里地处三省五县的交界处，翻个山头就不同音了，况且老辈儿人不作兴讲普通话，沟通难免有困难。不过有他当我的翻译，这趟总不至于白走。我笑笑，继续跟在小周屁股后头往老韩家去。

　　县档案馆里一批沉睡了半个多世纪的珍贵资料，引发了我一探究竟的兴趣。根据档案记录的年龄推断，我将要采访的这位韩姓老者已经一百零五岁，不过小周不以为然地说那时候的出生日期都没个准头，他曾祖父和韩家老大是同一年生的，活到今天也不过一百零四岁，怎么韩家老二倒有一百零五岁？我只好开玩笑地说，历史善于开玩笑，我们的工作就是揭开它的真面目。

　　在此之前，我已经翻阅了县委党史办公室于20世纪不同年代收集整理的一部分调查访问资料。最早一批资料的调访时间大约在1960年,那时,亲历过那段历史的很多当事人尚在人世,我想,他们对历史的叙述虽支离破碎,却较为真实地反映了当年的历史侧影。每份材料之前,都附有正规的党史资料标签,大多数调访材料在"可靠程度"一栏都被标上"材料真实,可供参考"的字样。

1960年,家住花石公社鲜花岭大队花溪小队的韩世良四十五岁。他曾在苏区打过游击,后又随红军转战西征,不过因为受伤掉队,未能把革命进行到底。1960年7月28日的调访材料,是由当时该公社的一名张姓工作人员记录整理的,韩世良在这份材料上,以第三人称的叙述视角,向公社的张干事口述了以下经历:

民国十九年八月初九下午,当地民团头目黄顾七队伍百余人从毛竹坪开至宋家河,包围六区第八乡苏维埃政府,苏区负责人及骨干姜廷云、梁朴山、舒志友、韩世良等九人被捕。在毛竹坪的郎氏祠,九人遭到了严刑拷打,但坚不吐实,未让敌人套问党员名单和苏区经济状况的奸计得逞。当天晚上,在被押往大桥头执行枪决的路上,姜廷云侥幸逃脱,余下韩世良等八人,高喊着"中国共产党万岁"的口号,倒在敌人的枪口下。敌人的劣质土枪未能杀死韩世良,他佯装死去,躲过凶残而愚蠢的敌人,最终死里逃生。

这份材料被命名为《钢铁制成的革命死不掉》,并由花石人民公社出具了"此人(系)参加(者)之一,亲自经历,口述是实,我们认为可靠"的上报意见。

1981年10月17日,另一名袁姓工作人员重新调访了时年六十六岁的韩世良老人。在这份名为《韩存让死里逃生》的第一人称叙述材料中，主人公韩世良的名字已经改为韩存让，并且与前述材料有了少许细节上的出入。毕竟二十年是一段并不短暂的光阴，在修改历史之前，岁月已经修改了记忆。又名韩存让的韩世良这时候已是直奔古稀的老者，当年的那些红色回忆被永远地压缩在生命的最初阶段，这个脚步变得越来越蹒跚的老人，很难借助筛漏般的记忆复原历史现场的细部肌理，只有历史"骨架"被当作标本固定在那里——被捕的革命者坚持理想，绝不叛变，劣质的土枪让他死里逃生。

让我们回到那个难以辨识具体日期的日子。按照 1960 年版的调访资料，韩世良被捕是"民国十九年八月初九（笔者注：阳历 1930 年 9 月 30 日）"，到了 1981 年，韩存让在自述材料里笔录的被捕日期是 1930 年 8 月 9 日。在排除了笔误的可能之后，也还存在历法的误差，我无法通过材料确认那个血腥的日子。但有一点是可以肯定的：射向韩世良，或者韩存让的子弹，前三发都没有打响，一直到第四枪，他才倒在血泊中。

韩世良中了"两根条"（两粒土枪子弹）——一根留存颈内，一根从后脑进、鼻梁出。也正是因为两发子弹都击中头部，行刑的团匪才放过了他。

很难想象那个命运吊诡的夜晚，被击穿了头颅的革命者是如何从另外七具同志的尸体中爬出来，一边吐血一边跑向家的方向。

韩世良是半夜时分苏醒过来的，屠杀已经结束，敌人也早已远去，但他身上的枪药却起了火。也许是因为致命的重创，也许是由于极度的恐惧，韩世良一动也不敢动。身上的衣物，甚至是皮肤，都毕毕剥剥地燃烧在夜色里，显得有些诡异。他不由得想到了革命的火种，在这一小片撩开沉沉夜色的光明中死去，也许是对一个革命者的临终安慰。躺在身旁的七位同志，让他很快接受了自己与死亡之间切近的距离，毕竟求仁得仁，他再次闭上了双目。

幸运的是，他碰上了"跑反"的群众。

宋河碾坊的劳万镒挑着担子经过桥头，在他身后还有何守亮等附近居民，都是韩世良的乡邻。路边的火光引起了他们的注意，几个胆大的家伙翘首望望，是一堆死人哩！那个年代，人的命贱，饥馑、瘟疫和战乱，使村民们见惯了暴尸荒野的惨状，他们只是顺手泼了几瓢水，浇灭尸体上的火星子，就摇着头走开了。没有人在意死的人到底是谁，乱世里最大的善良是保护活着的人。

乡邻的不忍之举意外地救下了韩世良。也许是几瓢凉水让他从迷离中彻底清醒过来，而清醒的疼痛从死亡边缘召唤回了他求生的欲望，他慢慢爬起来。头晕得厉害，疼痛咬噬着他，把沉重的身体撕裂成无数条影子。一条影子摇摇晃晃地试着迈出一步，另一条影子也咬牙坚持地跟上来，血泊中影影绰绰化作无数个分身的韩世良终于迈开步子，向家的方向跌跌撞撞地跑去……

现在回望这段"可靠"的历史，绝大部分细节已经无法还原，仅以1960年和1981年两个版本的调访材料为例：1960年韩世良的口述，较为详细地描写了民团团丁对八位革命者执行枪决后，提着灯笼查验尸体的情形。当时韩世良"未有打死，也装作打死了样"，而"枪手未走也不能动，有的说要补枪，有的说现在不用补了，已经打死了"，"手里还提着灯笼"，"韩世良看得清清楚楚"。团丁们离开后，"附近的邻居跑反回来，担着担子"，路过时因见"几个死人身上着了火"，故"顺手泼了几瓢水"，"之后又担起担子就走了"。"不觉过了一会儿,韩世良同志就清醒了过来","咬牙坚持爬起来,看看左右没人,就往家里逃走"。从这段描述当中,基本可以推断,韩世良被击中头部时尚且清醒,随后陷入昏迷,路过的村民好心地浇了几瓢凉水之后,他才苏醒过来。但到了1981年,再次采访韩世良时,已改名为韩存让的老人是这样说的:"当时昏过去了,到半夜时分,我醒过来,发现身上因枪药引起了火,但不敢动弹。碰巧,宋河碾坊跑反的劳万镒挑着担子从我身边过,附近居民何守亮也赶来看,用饮马的水瓢兜水把火泼灭。我仍不敢出声,等更深了,我爬起来,头发晕,试试还能走,就向家里跑……"

韩世良被击中后,究竟是佯装诈死还是陷入昏迷?究竟是先醒来,亲眼看着乡亲们泼水救自己,但不敢声张,还是好心的乡亲们泼了几瓢凉水,才把他救醒?这些细节对那段宏大的历史来说并不重要,不过我从中捕捉到的重要信息是:即便是当事人亲口讲述的历史,也会因为前后抵牾而语焉不详。我企图获得的"真实的历史",依然模糊不清。

死里逃生的韩世良一路吐血,为了不被人发现,他把一腔热血吐在草丛里。回到家,母子俩抱头痛哭。蓬门荜户里甚至没有一件可以替换的衣裳,看着儿子身上烧得破破烂烂的血衣,母亲只好把婶娘压箱底的大红袄拿出来。就这样,穿着一件滑稽的女式红袄,韩世良带着母亲准备的一点干粮,连夜(一说"第三天头上")向邻湾、高埠一带找组织去了。

韩世良后来在彭家坊医院就医,并于一个月后伤愈出院,随六区大队在高埠一带打游击。1932年当地部队被迫转移,他也随队伍西征,半道儿上掉了队,一路摸爬滚打狼狈回乡。作为一个不彻底的革命者，他幸运地看到了中国革命的胜利。光阴荏苒真容易，回首沧桑一百年。一个偶然的机会，我得知韩世良尚在人世，埋头材料堆里苦于创作动机明显衰弱的我，忽然产生了对韩世良进行第三次采访的念头，那些关于遗忘和消失的打捞，是让我更接近历史，还是无意中远离历史呢？

进入历史的方式

韩世良的家离小周家的老宅不远，直线距离两三分钟也就到了，但村里曲里拐弯的小路（有些是不是路也很难说，我们一度从废墟中穿过）还是让我有些迷糊，似乎我穿过的不仅仅是现实的野径，还有历史的迷障。初春的乡村人声寥落，虽然还在正月里，打工的青壮年们却已经像候鸟一样飞出去，只偶有一两只警惕的老猫或土狗，幽灵般错身而过，想打听东南西北还真打听不出门道。幸亏热心的小周引着我，不然我恐怕会迷失在这个不大的村落里。

抄小径，上大路，乡间的"村村通"一直接到韩世良家的水泥台阶下，敞亮的二层小楼，看得出新农村的气象了。光洁如镜面的外墙瓷砖在阳光下闪烁放光，从地面一直贴到屋顶。小周在门口高声叫"婶子"，一个裹着围裙的妇人迎出来。这是韩世良的孙媳妇，事先打过电话，见到我们便脸上堆满笑容张罗着进屋坐。

进得堂屋，正中供着天地君亲师的牌位，两边是"普天感应诸佛神圣""韩氏堂上历代宗亲"。"祖德流芳"的匾额高悬。供台上左右两只瓶子，一只插着粉色的塑料牡丹花，一只插着枣红木柄的鸡毛掸子。另有一盆白里透红的塑料寿桃和一只黑色的摩托车头盔，不怎么搭调地并列左右。供台下的方桌用红绸铺盖起来，桌腿下整齐地摆放着几张塑料红凳。一切都井井有条，现代和传统的元素混搭着，透露出乡村宗族社会与时代兼容之后有些庄严又有些怪诞的气息。

"俺爷一直等着哩。"韩世良的孙媳妇引我们穿过堂屋，走进左首的厢房，撩起门帘朝里唤一声："俺爷，领导来啦！"我们也赶紧打招呼。那位鸡皮鹤发的世纪老人端坐在轮椅上，见我们进来，嚅动了一下口唇。

围炉坐下，新泡的热茶端上来，水汽氤氲，吃透了水而变得肥大翠绿的茶叶片载浮载沉。屋内格局甚是简单，一床、一桌、矮凳、茶炉而已。白墙上贴着的一张红通通的年画儿倒是醒目无比，两边写着"红日东升山河壮，东风浩荡气象新"，当头"红太阳"三个大字，中间是伟人的巨幅头像，灰色中山装，正面微侧，平和而富有深意地凝视着远方。

就在伟人的眼皮子底下，韩世良的孙媳妇拎挲着双手，略有些紧张地望着我们，那条暗红格子围裙使这个身材矮小的农妇在客人面前显得更加腼腆和拘谨。事先我们在电话里简单沟通过，但她大约并没有听清楚我的来历，还以为从省城来的必然大有来头，于是一口一个"领导"。这个长期以村庄为生活半径的妇人已经年过半百，但是见到陌生人，脸上还是会泛起羞涩的笑容。面对这种朴素的信赖，我反倒无从解释。她一直站在韩世良身边说："俺爷是红军哩。"我点头："今天就是想听听老爷子说说以前的事。"她马上抬起胳膊碰碰韩世良："俺爷，你和领导说吧，说你参加革命的事呀。"

我从一进门就注意到韩世良老人的口唇哆嗦得厉害，起初我还以为他是想和我们打招呼，后来才发现他的嘴巴一直没合上，就那么上下抖动着，像在呓语，又像控制不住自己的唇肌和颌骨。他嘴唇颤抖了一会儿，才发出含混的声音来："俺……十来岁上头，就，参加革命了……先是童子团，后来打游击……"

他的语速很慢，我却听不清楚，几乎每句话都要靠"翻译"。他的孙媳妇先"翻译"一遍，小周再"翻译"一遍——除了乡音难辨之外，老人的话只有主要照料者才能理解，因此不得不经过两次传译才能听懂。我感兴趣的问题，当然也要这样翻两遍才能传到韩世良的耳朵里去，就这还不能担保，思维迟缓的他，是不是在意义损失了两次的情况下还听得明白。

我费劲地把耳朵竖了半天，采访效果却不理想，只依稀听了个大概：韩世良受当地革命思潮和父兄的影响，先是参加了儿童团，在村里站岗放哨送鸡毛信，后来又参加了游击队，钻山穿林，和当地民团周旋。他们的队伍虽然缺枪少炮，但还是重创了县保安大队。再后来队伍不断发展壮大，有了番号，就和正规的国民党部队打仗。有打得赢的，也有打不赢的。打不赢就跑，跑到山外面，跑到平原上，跑不动了，被打得七零八落，他受了伤，跟不上部队，就成了流失人员。

其间，孙媳妇不断提示，甚至根据韩世良发出的语焉不详的"啊、啊"声，越俎代庖地替他说话。我姑且认为她是明白他真实的意思表示，也许关于当初投身革命的故事，韩世良和小辈儿们说过很多遍，现在韩世良思维跟不上了，她反倒比他更熟悉这个故事。我问韩世良是不是还有个名字叫韩存让，孙媳妇跟着翻译：

"俺爷,你叫过韩存让没有?"

"啊,俺在童子团,让俺听墙根,俺听过地主婆子和她家的长工说,粮食都藏起来,就算给狗吃,也莫给穷人吃……"韩世良答得驴唇不对马嘴。

"俺爷,领导问你,叫没叫过韩存让这个名?"孙媳妇赶紧给韩世良纠偏,又问一句。

"莫的吃,哪有的吃哩?"韩世良还是听不见。

大致来说,我感兴趣的问题,韩世良一律听不见;韩世良说的那些,我又听得糊里糊涂,没什么意义。当真就应了小周的话,"一是他说什么,你未必听得懂;二是你说什么,他未必听得懂"。韩世良沉浸在自己的世界里,说到激动时,"啊、啊"地手舞足蹈,孙媳妇就像哄小孩似的,不停地安抚他,说:"领导都听着呢,知道你那时候干革命不怕死,流过血,受过罪哩。"

我有些尴尬,听意思,这家人把我采访的目的理解成了给老头落实政策。我暗自摇头,既然韩世良是红军流失人员,待遇方面大约是赶不上那些有身份的老革命,这是历史问题,也是他的个人问题,我鞭子再长也及不上,别说我手上连根短鞭子也莫得。

不过他说的听墙根的事倒有意思。他说听墙根的时候知道地主婆的儿子和孙子都要回来了,就兴冲冲地跑去报告。他之所以感到高兴,是因为地主婆的孙子是"反革命童子军",他们打过架,"反革命童子军"就骂他,说他们一家都是"赤匪"。

"反革命童子军",也即当时国民党在各地建立的与中共儿童团相对立的少年儿童组织,早已经成为一个僵死的历史符号。和平时期的孩子们可能很难想象,在读书的年纪去侦察敌情、站岗放哨、传递情报是怎样一种人生体验，但在当时的革命环境下，从七岁到十六岁的孩子们都和他们的父辈一样，郑重地拿起武器，全副武装自己的身体和头脑，整齐地列队进入壁垒森严的革命阵营。在价值观、人生观和世界观都尚未成熟的年纪，他们的选择，往往只是父母兄长的选择，或者仅仅是地缘性的生态结果。比如韩世良参加童子团，就是因为他的长兄韩世新是当地儿童团总部的负责人。他说的地主婆的孙子，当时应该跟随父母居住在县城白区附近，是苏区革命者们监视的对象。

在县档案馆的现存资料中，很难找到当年国民党领导下的童子军的情况说明，我能够查阅到的调访资料，是1960年成文的《一个村的童子团发展及任务》，由当年六区第三乡第九村苏维埃政府童子团员口述而成。由那篇文章大致可以推断出，当时在国共两党的拉锯战中，双方对于儿童的思想武装也达到了针锋相对的地步。在苏区，所有七到十六岁的儿童都拥有一根四尺长的红木棍，那是他们标配的武器，也是红色身份的标识。作为革命储备的他们，都以"先锋队的后备军"为荣。站岗放哨，盘查往来路人，对于没有介绍信的可疑人物，拘送乡苏维埃政府处理，这些都是童子团员的日常任务。甚至在夜晚，孩子们也会组成"听话队"，悄悄地摸到村头屋后，在墙根下偷听该户人家是否说"反动话"，那些逃跑的"反动派"夜间是否秘密潜回村庄。除此之外，孩子们还"反对浪费、禁止烟酒、反对封建迷信、禁止烧香纸、锻炼身体、参加先锋队"。

在紧随上述文章之后的另一份材料《先锋队的建立和任务》中，我发现当地苏区的先锋队员几乎是童子团员的成人版，他们的任务同样是"站岗放哨，查看坏人，夜间组织'听话队'"。也就是说，在当时的苏区，所有的孩子和他们的父辈一样从事着热火朝天的革命，因其年纪小，反而更容易麻痹敌人，发动自己。虽然并不能理解革命的内涵和意义，可是丝毫不影响他们高呼"打倒土豪劣绅，打倒反动走狗"的口号，把红旗插遍村落山冈。同样的，白区的孩子们似乎也有理由在成人的引导下组成朝气蓬勃的童子军，为"剿灭赤匪"做出一个"好孩子"应有的贡献。

当然，在严酷的阶级斗争面前，每个人的选择都是历史的选择，孩子也不能例外，当他们选择了一种生活方式，也就选择了一种进入历史的方式。

历史的两种讲法

小周和我说，韩世良后来当过白匪。

哦，原来是这样。我大概能够理解韩家那种谦卑而热情的态度了。

暗沉的长夜即将过去，但在那个天亮之前的黎明，渴望光明的人们还要面对很多血淋淋的惨痛遭遇。

1932年9月，红军主力撤离当地苏区后，国民党政府立即推行了"一、'匪'区壮丁，一律处决；二、'匪'区房屋，一律烧毁；三、'匪'区粮食，分给'铲共义勇队'，搬离'匪'区之外，难运者，一律烧毁"的"三光"政策，并提出"驻进山头，杀尽猪牛，见黑（指人影）就打，鸡犬不留"的凶残口号。仅在鲜花岭下的柳林坊，"铲共义勇队"就一夜之间挖坑五里，活埋三千九百多人。在河湾附近的付家坪，不足七分面积的月亮地，先后枪杀、活埋了二百五十六人。

有关这块月亮地，还有多少血雨腥风的故事沉埋在红色的土地里，不得而知，我只知道当地"血染月亮地"的传说神乎其神。我去鲜花岭采访时驱车经过那里，还能感觉到阴风飒飒，毛骨悚然。正是太阳西垂的时候，渐渐稀薄的暮光里，身边的一切都变得抽象起来。然后，夜色一点点漫上身体。这是乡下最纯粹的夜，在夹道的山腹间穿行，犹如在墨色的海洋里泅渡。无边的黑暗中，一束孤冷的车灯照向莽莽的山体。经过那处有名的月亮地时，仿佛从那个血红的历史记忆中惊悚地穿刺而过。春秋轮转，当年的魅影早已不复存在，但因为故事到处流传，那一小块月亮形的山坳成为苍远的历史标的，镌刻在青山之间、人心之上。

当时的革命斗争是复杂而严酷的，敌我双方在山腹中惨烈拉锯，你来我往，哪里有共产党，哪里就有"反共队"，被捕的共产党人高呼"共产党是杀不尽、斩不绝的"，奉命强化政权的"兴复委员会"就会愈加疯狂地捕杀革命干群。

历史在前进之前，陷入了一种曲折的循环。

当地红军主力转移后，韩世良随部队离开家乡，但中途他因为负伤掉了队，最后只得辗转回乡。这一段个人经历，有两三年的时间是空白——韩世良只用了一句话，就概括了这段在档案里"历史不清"的说法。"先么……躲起来养伤，后来么……替人放羊，"他说，"俺当过羊倌，唉，一个子儿一个子儿地攒路费呀……那要靠走路么，啥也莫得，有时候就讨饭，一路讨饭走回来哩。"从秦岭南麓跋山涉水地回来，他总共走了两千多里地。

韩世良当过一段时间的羊倌。离开家乡，替人在坡上放羊，日子突然就静下来，能够专心地看羊儿吃草，听风吹断崖。春风已过，竟然还是严冬。昔日把红旗插遍山冈的革命者们遇挫后，放弃了大片根据地，由红军守护的苏区在国民党部队的"围剿"下火速沦陷，一颗颗红心被挖出来，暴尸荒野。韩世良不敢回家，怕回去被"还乡团""铲共队"的人揪出来，开膛破肚，点灯熬油。晃来晃去一年两年地过去了，他在大山的褶皱里藏着微弱的心思，风吹来，细细的关于未来的念想，密密麻麻地积成一张网，越想，越觉得心里不甘。他到底年轻气盛，断崖是山的挫折，但崖是死的人是活的，他妈的崖都断了就不能从旁边绕过去？他现在不想当初了，只想往后的日子咋过，难道还是一条老路走到黑，这样躲一辈子？世道乱得很，大抵乱世出英雄，他还年轻，好歹这几年见过了一些世面，哪能长久地闷在山里放羊？憋也把人活活地憋死了！

这是革命退潮后某个秋天的青天白日，阳光照着他青白的头皮，冒出腾腾的热气。入秋了，渐渐凉薄下来的空气却并没有泼冷韩世良躁动的心，在山里东躲西藏的韩世良刚一生出这样的念头，立刻就按捺不住地甩掉了手里的羊鞭。

看那年月的情势，昏头昏脑的韩世良好像只有三条路可走：要么是共产党，要么是国民党，要么就只有埋头继续在山上放羊。他咬了咬牙，额头跳出几道青筋，血管里突突地奔着几条纠斗的虎龙似的。

投靠邻省某县的民团头子韩鲁农，可能是韩世良日后蒙上污点的错误选择。但那个秋天漫山遍野的春光实在是障人眼目，他没有感到奇怪，在他眼里，层林尽染和百花争艳并没有太大的区别。他沉浸在乱世枭雄的想象里，是跟着一支军队打仗，还是伙同一群流氓火并，都不是问题，他的问题是不想躲在山上放羊，他要光明正大地回到主流社会里去。

韩鲁农的名头够响亮的，在当地的记载里，韩大队长被"招安"前，曾单枪匹马躺在棺材里，把自己和炸药一起运进县城，炸毁了一段明代城墙，迫使县太爷吐出一大笔银票消灾。后来日本人打进来，韩鲁农也血性不改，顶着一床破棉絮爬上猴儿洞，活捉过一个荷枪实弹的日本人。韩世良在他手底下当个小队长，也算是背靠大树，择木而栖。

站在客观历史主义的立场上来看，韩世良的革命道路半途而废之后，转而投奔了反革命阵营，这种叛徒行径，很难被日后胜利的革命者们理解和原谅。但他的初衷，可能并不是与革命为敌。就他的经历而言，在生命早期识见过太多的血腥和死亡，这可以使一个人更坚定，也可以使一个人变得退缩和识时务。加入民团，在当时对于背负"匪逆"之罪的韩世良来说，大抵具有生存学上的意义。

民团是国民党地方政权的武装力量，不是正规的军队，当地民众对它的称呼也不一而足。在韩世良的档案里，对于"历史不清"的描述，最具体的那段儿，也不过是有人检举揭发他曾经加入韩鲁农的"小保队"。这段材料最初出现在1967年，一个叫何干生的人，声称亲眼见过他混迹于小保队，打劫过路商贩。当时韩世良极力否认，但最终因为这段糊里糊涂的历史，他的后半生过得不那么清白。

国民党军纪向来不好，更何况地方上鱼龙混杂的小保队呢，纪律松散而人心庞杂，大伙儿都是来扛枪吃粮混一口饭的，"清剿"

打仗时战斗力不是很强,而一朝绥靖成功,暂且安稳,倒打起"靠山吃山靠水吃水,靠着手里的枪杆子发点儿洋财"的歪主意。

如果不是碰巧有熟人看到韩世良打劫蚕丝商人,估计这段历史不会出现在他的档案里。

苏区被血洗后,韩世良颠沛流离,纵然山高水长,他凭一双脚掌也能走回朝思暮想的老家。只是,回家待不下,不如就在附近山头上做个望乡的人。本家的民团头子韩鲁农,在邻省某县是个跺一跺脚地都要抖三抖的人物,他谎称自己是从老家逃荒出来的,投在其门下。韩鲁农给了他一把土铳,就算是自己人了。但韩鲁农并没把韩世良放在身边,韩世良所在的那个排,直接听命于最高长官高排长的安排。这天秋高气爽,高排长预备到金沙畈做点没本钱的买卖。

高排长是个粗人,长得也粗,虎背熊腰,一脸疙瘩。他挑拣兄弟的标准很简单,顶好是和他一样,牛高马大,粗手粗脚。韩世良恰好符合这个标准,便扛上枪和高排长去金沙畈了。

对于有枪就是草头王的年代来说,法律形同虚设,这也实属稀松平常,今日不知明日事,乱世总有人浑水摸鱼。今天你打过来,明天我打过去,除了红白两军,还有土匪和日本人,日子凌乱而破碎。有那么一些人,天生就是发乱世财的,不问良心,良心在乱世不值钱,有时还误命。韩世良这些年也悟了些道,活命、吃饭,这两样总是不错的。能额外发点儿洋财更好。真要说起来,还真没有比打劫更省心省力的事儿了,所以拦道儿抢几个钱这种琐碎事,各个地盘上都不少见。不过高排长是军人,不拿自己当土匪看,只图财不害命,明火执仗地抢下货物,把无辜的事主吓得抱头鼠窜也就罢手了。

高排长没有斩尽杀绝，是给自己留条后路的意思，他也晓得举头三尺有神明，作恶者不能做绝。韩世良听话，不过在一旁唬个样子，连枪栓也没拉。没想到这拨人里头有个货，被抢的时候缩着脑袋没敢言语一声，过了不知道多少年，忽然跳出来做证，指着韩世良说："就是他！"

"地主婆的孙子，"韩世良激动地给我们说，"他陷害俺哩。"

他口中"地主婆的孙子"，就是写黑材料检举揭发他的人，大名何干生。按理说何干生的材料坐不得实，因为他本人的成分不好，指认韩世良当白匪的时间也对不上。他说韩世良打劫的时候，日本人已经进山了。这明显不符合事实，韩世良1935年还给坚守在莲花台上打游击的妇女排送过军粮。后来他一直在乡里务农，伺候老娘，帮衬守寡的大嫂养活俩侄子，不问世上青红皂白。不过事情已经过去那么多年了，记忆和岁月一样颠沛紊乱，何况当时的政策是发现历史问题，并不是搞清楚历史问题，何干生就识相地改口说，也可能是1935年以前。这样一来，韩世良有口难辩了，他说自己那段时间在外面讨饭和放羊，但没有人能够证明他说的是实话。

到底是何干生诬陷韩世良有历史问题，还是韩世良妄图逃避历史问题，两种说法针锋相对，相互抵牾，足以生长出很多恩怨情仇。我忽然意识到，也许直到此时，我才开始真正进入读者想要的——小说。

岭上开遍映山红

"俺哥走的时候,俺嫂子挺着个大肚子……"韩世良陷入悠远的回忆。他脸上的老人斑一块连着一块,说话的时候,随着面颊一起抖动,跳着斑驳的影子似的。他被岁月削得极瘦,脸上只剩一张皮,比纸还薄,一说话抖得簌簌作响,像风吹落叶,让人心一揪一揪的。

竹林前面,小河湾,一户渔樵耕读的人家,世代相传了很多年。到这辈儿,两个兄弟,一个聪颖,一个俊俏。聪慧过人的那个,早早跟上新时代的步子,大踏步地向前迈出了与父辈迥异的人生。他告诉尚且懵懂的弟弟,从来没有救世主,只有靠自己。现在觉醒的人们已经把炉火烧得通红,趁热打铁才能成功。弟弟为哥哥的话所深深折服,十来岁的他已经长身玉立,俊模样更是讨人喜欢,房前屋后的婶子们,都说日后要给他说个漂亮媳妇。他羞赧一笑,心想,俺才不要你们说媳妇哩,俺要和俺哥一样,实现英特纳雄耐尔,不要做奴隶,要为真理而斗争,做天下的主人!

就这样,韩世新、韩世良两兄弟,像两滴活泼的山泉水,叮咚有声地汇入了当时汹涌澎湃的革命赤潮。

然而风云陡然色变,那年,面对敌人疯狂的"围剿",为保存实力,韩世新所在的主力部队首先撤离家乡。西斜的秋阳射进竹林的时候,竹林侧畔的河湾还没有被完全染红,碎金似的水波荡漾在初秋的明媚里,耀人眼目。韩世新新婚不久的妻子正在河边浣衣,她的腹部已经骄傲地隆起，在微倾的光线中透出圆润的光晕。这种显山露水的孕相让婆婆很是心疼，总是拦着不让她去河边捶洗，但她是个闲不住的贤惠媳妇，洗衣篮里的每一件衣物都藏着丈夫的气息，甚至连他的体温都还未退去，叫她如何放得下？

他不常回来，回来时身上都臭了，她一面红着脸嗔怪他，一面伺候他换掉又脏又臭的衣衫，眼底、心里都是细密的柔情，丝丝缕缕地缠绕上来，绕得他头晕。他捉住她的手，柔声道："好梅儿，你要照顾好自己和肚子里的孩子。"她单名一个"梅"字，他总是轻声细语地唤她"梅儿"，从来不像四邻的爷们，粗门大嗓地吆喝"屋里头的"。

她敬他、爱他，视他为她的星辰，光耀着大地和她的人生。他年纪轻轻，已经是红军某部团长，她倚着他，便能享得春风的煦暖和铁骑的威猛，就连他平稳而有力的呼吸，都让她心中好生欢喜。那日他骑着高头大马来娘家迎她，把她抱上枣红马的马背。战马油亮的皮毛擦着她的脸颊飞在晚风里，仿佛无数撩拨的手，她忽然就想把脸埋进他的怀里，幸福地流一场泪。可惜四周都是年轻的小战士，他们笑眯眯地看着他和她，让她不能不端起做嫂子的矜持。

她嫁给了他，就是嫁给了自己的一生。

那时候她还不知道几个月后会发生什么，战无不胜的红军先后发起多次战役，粉碎了敌人数次"围剿"，歼敌的神话在根据地到处流传。空前兴盛的村庄飘荡着胜利的红旗，漫山遍野的映山红呵，烂漫得如同天上的彩云。谁知道转瞬就风流云散呢，她万万想不到，被红色整个儿连成一片的苏维埃，被狂飙突进的革命赤潮席卷的人们，都想不到。

就在梅惦念着韩世新的时候，韩世新所在的部队正绕过河畔的竹林全速前进，神出鬼没地消失在一条土路的尽头。他骑在那匹把梅迎娶进门的枣红马上，望了望身后被斜阳削得明暗错落的竹林，心中发出一声幽阔的叹息。昨天算是告别吧，但他什么也没有说，她还以为他和以前一样，今天去，明天就回来了，或者十天半个月，最多不超过一个月，他总会回来一趟，或者托人带个消息，让她知道他无论在哪里都念着她。这个傻姑娘呵，他说什么她都是信的，哪怕他说他化作了天上的星星，每到日落时便探出头来吮吸她梦中的眼泪，她也深信不疑地把这些情话藏起来，悄悄回味，好好做梦。

梅在小河湾浣衣的背影，错过了韩世新深情的回眸。要到若干年后，梅等了又等，盼了又盼，才在一纸烈士证明面前，破碎了她旖旎而多情的梦。她想也许是她对他的牵绊，才使他在战场上失去了方向，他被一颗流弹从脑后击穿身体，在躲过了黑暗的袭击之后，却倒在曙光升起的地方。

在此之前，为人新妇的梅和老实巴交的公婆都在山沟子里为韩世新、韩世良两兄弟牵肠挂肚。

婆婆焦心地说："老大走了，老二总不能再走。"

公公就叹口气："这可由不得咱。"勾着头在地上磕烟管子，笃笃的，半天又抬起头来，眯着眼说，"这天变得可快。"

"俺们把老二叫回来吧，当初就不该把俩孩子都送出去哩。"

"你做得主？"公公摇摇头，"是福不是祸，是祸躲不过。"

梅的肚子长得飞快，她摸摸肚皮，那里伸出小手小脚搅动得她心慌。听说小弟韩世良所在的游击队也改编进了主力部队，他哥前脚走,他也捎信来,说是要转移。她想他们兄弟俩不晓得可遇得上,若见上面,丈夫可是第一声便问,梅和孩子可好?这狠心肠的,丢下她便走了,她下次见到他,要在他胳膊上狠狠咬一口,印上她的牙印儿,印到他的心口上去,好叫他知道,她是他的妻,他去哪里总不能瞒着她。

可是,他瞒着她,也是为了她好吧?他一定是怕她的眼泪弹子。

他娶她的时候就说她哪里都好,只有一样,动不动哭鼻子,这可叫他挠头想了三个晚上,到底要不要娶她做媳妇。她抬起手来,擂他的胸膛,嗔道:"谁要你娶哩?"他便捉住她的手,放在自己胸前,柔声道:"好梅儿,俺不娶你,这辈子可后悔哩。""那咋还要想三个晚上?""嘿,是得好好想想,想想今后咋能不让你哭鼻子么……"

想到这里,她的眼泪又下来了。她抹抹眼睛,吸一口气,低头对肚里的孩子说:"娘不哭哩。"

想到孩子,她便越发地心疼婆婆。她怀孕之后,因为有了肚子里的这块肉,竟生出和做姑娘时全然不同的心来,好像是,以前那个叫梅的少女,一下子从这世上消失了。她很少再感到羞涩和心如鹿撞,想到韩世新的时候,心上、身上都是火辣辣的,有点嗔怨,有点委屈,甚至有点想撒泼耍赖。她有时真想骑上一匹战马披风沥雨地追上他,捉住他不管不顾地质问:"咋不想想俺娘俩儿呢?"这,都是因为她做了母亲吗?她想婆婆真是难心哩,若是她,她可舍不得把她肚子里的肉,一块,两块,都迢迢地丢出去。那是她的肉、她的心呀,她怎么可以丢出去,给人家的刺刀做肉囊,给人家的子弹做靶子？

她因而陪着婆婆掉了几场泪。

婆婆拉着她的手说："俺这一屋子爷们，一个比一个心硬，从没听过一句知冷知热的软乎话。打你进了门，娘可高兴坏了，只有俺娘俩说得着话哩。"

她便也拉着婆婆的手，乖巧地应承："娘多有福气，不说世新，就说爹和世良，哪个不是人见人夸？"

"他爹拉强得很，生下的儿子自然也是不落人后的。"婆婆歪着头笑一声，不久却又挂上愁容，"要俺说，人怕出名猪怕壮，不争那些有的没的，安生过日子才好。偏他们几个，都是主意大通天……"

公爹在农会里干个负责人，加上是红军家属，事事赶在人前头，哪有往后退的道理？她也不能拖后腿，因而支持革命也那样勤勉，缝制军衣，打草鞋，替红军医院洗绷带。她做这些的时候，觉得离世新近了一些，心里便不那么慌了。

"娘呀，你说，世新他们啥时候能回来？"她还是忍不住胡思乱想。

"俺要是知道，俺是土地奶奶。"婆婆拍一把大腿，做出憨头憨脑的泥胎样子，把她惹笑了。笑着笑着，眼里禁不住淌出泪水来，可是稀奇。

她们这样苦中作乐的日子也并没有多少，红军一走，土地上的日子也难挨起来。原先大片大片的红军田，轰隆就变了色，成了白花花的盐碱地，除了长人头，竟长不出庄稼来。还乡团带着全副武装的国民党部队杀回来，打出的口号是：坚壁清野，鸡犬不留。失去红军庇护的苏区，沦为任人蹂躏的柔弱妇人，乡民三天两头的跑反，便成了家常便饭。不跑不成哩，若是让还乡团抓住了，男的砍了头丢在地里，女的绑了卖出山去，那真是叫天天不应，叫地地不灵。

梅大着肚子，这样的颠沛更是让公婆忧心。每回婆婆都护着她，可再怎样赔着小心，究竟敌不过粗糙的日子，终于有一天，她在颠簸的山道上疼得弯成了一只虾。"娘呀，"她一手的冷汗，湿漉漉地胡乱抓了一把野草，呼地跪下来，"疼！"

"坏了，怕是要生了。"婆婆用力扶着她，只是千钧的力道往下坠，硬是扶不住。

山下，烧村的火光熊熊，浓烟滚滚，口鼻里几乎闻得到尸体的焦臭味。跑反的村民拖儿带女，呼爷叫娘，挑着担的、抱着罐的、扛着铺盖的，顾不上野径里伸出的钩子，被锯齿样的荆条扯着衣襟、撕着皮肉，就这样疯疯癫癫跌跌绊绊地往山上跑。他们是踩着尸体在奔逃哩，若跑得慢一点，自己怕就成了垫脚的尸身，所以啥人也不敢停下来。

婆婆无法，几乎是半拖半拽地把她抱进附近的草丛里。

梅疼得晕了过去，她不知道山下的大火烧起来的时候，公爹为了掩护村里人上山，落在后面，叫还乡团给抓住了。为首的那个，大名黄顾七，人称"黄七爷"，可以说是"苦大仇深"——当年农会闹起来，第一个拿来开刀的，便是恶霸地主老黄家。他兄弟黄顾三，就是梅的公爹一锄头挖死的，这是血仇。血疙瘩解不开，硬是要拿血来偿。两年前韩世良落在黄顾七手里，在劫难逃地吃了"两根条"，可那孩子命大，夜里捂着颈子上的血窟窿逃回来，竟逃得一条小命。这一回,他七爷万不能饶了老韩家。

梅抱着一对早产的双胞胎回来,才晓得公爹让还乡团的豺狗撕了,死无全尸。据说那几条狗都是绿眼,锯齿,一身缎子样的黑毛,吃了心肝脾肺还不甘休,把骨头也嚼成了渣子。婆婆号啕一声,瘫在地上,那个拼不成人形的丈夫,真是要了她的命。

房倒屋塌,几缕青烟袅袅送上天去,仿佛魂灵的诵唱。村子烧成白地,比盘古开荒还干净。梅痴呆呆地抱着她的孩子,胸口一阵胀痛。头顶有老鸦聒噪地盘旋,孩子哇哇哭起来,她撩开衣襟,却发现自己并没有一滴奶水。雪落下来,悄无声息地跌落在丧失了生机的荒原上,起初零零星星,渐渐铺成一地鹅毛,覆盖了那一大块绝望的伤疤……

韩世良嘴里呜呜哝哝,说不清楚话,他实在是太老了,老得连他的话都上了年纪,泛黄,打卷儿,皱皱巴巴,如何也捋不平整。我却听得入了迷,好像走进一片秘境,四周生长着残酷的童话和使人心旌摇荡的歌谣。他收集了满满三大本当地民谣,都是革命年代口口相传的"非物质文化遗产",当然,因为缺乏权威认证,他不大好意思拿出来。我再三请求,他的孙媳妇也在一旁撺掇:"叫领导看看哎,你自个儿当宝贝,那作不得数么,要领导认可哩。"

韩世良没想到我读得津津有味,他也高兴起来,"啊、啊"地挥舞着枯柴棒一样的手臂,向我描述那个年代的情景。

鼓儿不要敲哎,
锣儿不要嚓哎,

鲜花岭上

听我唱个"穷人调",农友哎!
大家莫见笑哎嗨哟。

穷人真好苦哎,
衣裳破了无布补哎,
忍饥受饿说不出,农友哎!
瘦得皮包骨哎嗨哟。

禀告二爹娘哎,
去把扁担扛哎,
东逃西奔度日光,农友哎!
只为度日光哎嗨哟。

小狗梆梆咬哎,
开门往外瞧哎,
前面来了两乘轿,娘哎!
主人和大少哎嗨哟。

主人来得早哎,
地面没打扫哎,
桌椅板凳没摆好,主人哎!
莫慌下轿哎嗨哟。

主人下轿门哎,

叫声小庄人哎,
床铺给我扫干净,庄人哎!
好摆大烟灯哎嗨哟。

大烟瘾过了哎,
白炭火来烤哎,
老母鸡汤要炖好,庄人哎!
精肉把浆炒哎嗨哟。

吃了两三天哎,
主人才发言哎,
今年课稻没给完,庄人哎!
替我把家搬哎嗨哟……

  这首《穷人调》简直是一部叙事长诗,洋洋洒洒上千字,详尽工整地唱诵出底层农民从悲惨生活、受尽压迫到觉醒抵抗、投身革命的全部历史动作。歌谣四句一节,合辙押韵,以民间小调配以朴实无华的歌词,既有情节,亦有画面,俚语活泼,细节传神,男女老幼皆传诵无碍。尤其难能可贵的是,作为启发阶级觉悟的宣传工具,它居然充满了审美意义上的人情味儿和幽默感。
  韩世良说这首《穷人调》大约流行于民国十八年(1929年)春。那是一个荒凉的春天,因为饥馑,各地竟纷纷传出吃死人的荒唐消息。《穷人调》通俗易懂的农民口语,加上韵律音节朗朗上口,既切肤之痛地道出穷苦民众的悲惨与悽惶,又美轮美奂地描绘出革命成功后的盛世欢颜,一时传唱成风,家喻户晓。彼时春荒蔓延,食不果腹,官府横征暴敛之外,尚有地主和工商业主的沉重盘剥,加之军阀连年混战,兵丁夫役不断,到处民不聊生,一曲启发阶级觉悟的《穷人调》,使深受封建地主残酷压迫和剥削的广大农友团结起来,拧成一股绳。就是这样凛冽而又炽烈的春风,吹皱了山乡死水般的生活,孕育出反抗的种子。那些唱着《穷人调》的穷人终于从"东奔西逃度日光"的蒙昧中愤然觉醒,举起刀矛和锄耙,集结在红旗下,如一股奔泻的洪水,把早就在民间悄悄进行的秘密而小范围的地下结社活动势不可当地推向高潮。

这正是立夏的前夕,春潮澎湃,万物催发,革命的力量也在悄然凝聚、浩然生长,等待着一次石破天惊的爆发。

村头的映莲家,韩世良不晓得走过多少趟。其实也不是映莲家,是映莲家门前的三口井——别处的井都是一眼便是一眼,这井却有三眼,乍一看还以为是三口井,因此得名,远近人家都来挑水吃。据说这水比别处的都甜些,拿来淘米和面,米面都格外地甜丝丝、香喷喷,可稀罕哩。村里的何姓大地主,曾财大气粗地扬言要把三口井买下来,结果遭到了乡人的集体反对,为此还酿成一桩血案,以韩世良的爹为代表的一众乡民与何大地主斗法,敲破了何老爷的脑袋,掰折了何家几条走狗的狗腿。

韩世良却不稀罕这些,他稀罕的是,每天能借挑水的工夫从映莲家过,见到映莲的爹,光明正大地唤一声:"俺叔,出门哩!"见到映莲的娘,便周到而得体地问候:"俺婶子,吃过了?"若是映莲的弟妹跑出来,他也能逮住他们,嘻嘻哈哈打闹一番,叫他们咯咯笑着扭成麻花来求饶:"好世良哥,放俺过去吧,俺让俺姐给你绣荷包呀。"因此老韩家的水缸总是满的,挑水扁担简直长在韩世良肩上,扭扭捏捏不肯下去。

比起韩世良的扭捏来,映莲倒大方,她把又黑又亮的大辫子往身后一甩,说出话来脆崩崩的:"嘿,世良,你这一天要挑几趟哩?家里水缸可够大的。"

韩世良脸红了,然后红着脸陪映莲一起笑:"是么,家里缸大,俺娘叫俺挑得勤些。"

"你娘可叫你再帮俺家的缸也挑满哩?"映莲接着打趣他,"俺弟弟妹妹都小,俺爹俺娘又没你这样勤快的儿。"

韩世良的脸更红了,手脚也不知摆在哪里好:"俺给你挑水吧。"

村里要发展童子团,映莲也积极参加了。她说世新哥说得对,没有人天生应该贫穷,打倒土豪劣绅,造一个新世界,俺们只给自己交课稻!韩世新号召村民们团结起来反对天命论,映莲挥着拳头跟着喊,声儿比韩世良更高。看着她因为兴奋而红如赤霞的圆圆的脸蛋儿,韩世良挥舞胳膊的幅度也更大了。

岭上的关帝庙,是一座有着两百多年历史的古刹,风吹日晒雨打霜覆的,竟不颓圮,反倒凭借香火日渐鼎盛起来。庙子起初是当地大姓袁家的香堂,后来招僧住持,成为方圆百里百姓朝拜的圣殿。三进的院子,坐南朝北地胡乱供着关公、地藏、观音、东岳、吕大仙等诸路神仙菩萨,终日香烟缭绕,梵音与俗声不断,磕头礼拜、求签问卦者络绎不绝。若是逢上正月初六火星会、十月十九观音会等仙佛盛会,更是人山人海,热闹非凡。照当地的习俗,为求神佛庇佑，往往要在神像上搭一块红布，曰"披红"。这"红"年年月月地披下去，神仙菩萨们的脑袋上均是厚厚的一摞红幛。这红幛子披挂在神佛座前，因沾染了佛性仙气，那是万万动不得的，谁想竟让一帮少不更事的红小鬼们破了神通。

这是1929年秋六区二次暴动后的一天，六区苏维埃和十三个乡级苏维埃政府已经相继成立，韩世新被推选为六区童子团大队长，麾下集结有近千名童子团队员。这群革命小将站在初升的红日下，毫不客气地向封建传统势力发起了冲锋。破除封建迷信，也即破除既得利益集团的威权图腾，这是大无畏的革命口号之一，加上各路神佛身上披挂的供奉与革命的隐喻色不谋而合，一场红色抢攻在所难免。

韩世新这几日正在为红领巾的事发愁，他们童子团的基本配备是一根结实的红色木棍，外加一条鲜艳的红领巾。考虑到当地山高林密，树棍子好解决，但红领巾一时无法筹措。韩世新当即在鲜花岭西街的袁氏祠召集队员开会议事，展露出一个十五岁少年出色的领导才能。

几张方桌摆成的临时讲台，成为韩世新崭露头角的大舞台，他尚未全然抽条的身体几乎是一跃而起，跳上了几尺高的讲台，接着抖擞地立在台子中央，虎虎生风地挥起了胳膊："各位兄弟姐妹，俺们童子团成立了，每个童子团队员，不再是父母面前的淘气娃，而是革命队伍中的一分子……"三百多个孩子和他们的父母站在台下，欢声雷动地拍起巴掌。那些借着送孩子名义赶来看热闹的成年人，还从没有见过这样能说会道的娃娃，你看他站在台上侃侃而谈，把"穷人为什么这样穷，富人为什么这样富"说得透彻明白，让好多蒙着双眼在生活的惯性中一味劳作,而不知被谁缚住眼睛手脚的大人都如醍醐灌顶。

　　映莲和她爹,也在台下听得津津有味。韩世良胸脯挺得高高的,很为自己有这样一位了不起的哥哥感到自豪。他的目光追随着他哥有力的胳膊,那胳膊挥起来,他便也跟着挥动起来,攥成拳头的手伸向空中,咚咚地似要把天庭捣出血窟窿来。映莲也跟着喊,跟着挥胳膊,圆圆的脸蛋儿笼着一层红通通的霞光,照得边上的韩世良如沐光辉,靠着映莲的半边身子,也是滚烫的。这时候台上的韩世新巧妙地把破除封建迷信的必要性,与统治阶级的险恶用心联系到了一起:"神都是假的,它们不过就是一块块泥巴,那是富人用来蒙哄穷人的泥胎,是统治穷人的手段哪!"台下顿时轰然。紧接着韩世新的问题接踵而至:"俺们童子团的队员们需要红领巾,怎么解决?"

　　这突然抛出来的问题,便如同投向湖面的巨石,众人交头接耳,嘈嘈切切,有说向父母要钱买的,有说找人借的,更多人想不出好办法,抓耳挠腮地干着急。韩世新当即胸有成竹地再次振臂高呼:"俺们就向菩萨老爷借来用,大家说好不好!"

　　一道划破夜空的惊雷在头顶炸裂似的,顷刻照亮了几百颗蒙昧的心灵。是哩,神仙菩萨都是假的,是万恶的富人用来迷惑哄骗俺们穷人的玩意儿,再是披红挂彩,也解不了俺们穷人肚里的饥,御不了俺们穷人身上的寒,不如扯下神仙菩萨身上的红,俺们干革命去!

　　台下掀起一片叫好声,随即"打倒土豪劣绅""破除封建迷信"的口号响彻会场,数百人的队伍浩浩荡荡地向关帝庙进发,一时间风雷激荡，人心沸腾。

韩世良跟着队伍往关帝庙去，见映莲和她爹兴奋地说着什么，脚步不停，人人都被一股莫名的力量催发着，好似一波一波的潮涌，滚滚地把黑压压的人头推进了关帝庙。不一会儿，上下两重大殿和院子里都站满了人。与以往人满为患的仙佛盛会不同，这回人们摩肩接踵地进得殿来，只是嗡嗡地立在泥胎塑像前，并不跪拜，令宝相庄严的佛菩萨惊讶万分。

韩世新首先一跃而起，跳上神座，伸手揭下一匹披挂在塑像上的红布。

"打倒土豪劣绅！"

"破除封建迷信！"

呼声再起，风云色变，一转眼，在韩世新的带领下，扯下的红布在众人面前堆起一座燃烧的小山包。少顷，一条条鲜艳的红领巾飘扬在颈项间，犹如一簇簇跃动的火焰。大人孩子们欢声雷动，又跳又唱，朗朗笑语争先恐后地飞出关帝庙。

因为爱情

说到哥哥韩世新，韩世良的脸上会露出崇拜和惋惜。他是因为哥哥才走上革命的道路，但哥哥却因为先走一步，走出了永别的姿态。这是他没有想到的。在当时那个小山村，韩世新的确比大多数人更早一步投奔革命，如果假以时日，共和国的历史上也许会有他浓墨重彩的篇章，就像那些在战场上建功立业的开国将军一样。

韩世新的部队打到平汉线以西，遇上了大轰炸，原先凝成一只钢拳的队伍开始溃散。韩世新的战马被炸断了一条腿，号啕着沦陷在弹坑里。顾不上马了，人都顾不上，飞起的断胳膊断腿砸着天砸着地，呼啸的炮弹从脑后来，被轰炸得失去听力的耳朵却以为山河宁静。那一刻韩世新一定是听不见任何声音，只有梅的私语在耳畔回响："俺等你回来哩……"

要等到多少年后，家里人才把韩世新的魂魄招回来。那时候两个双胞胎儿子已经长成精壮汉子，在梅身旁一站，像是两尊门神。和岭上那些走出去却再没有走回来的红军战士一样，人死在外面，魂飘在路上，得招魂入墓。

1954年，韩世良记得清楚，政府把一纸烈士证明和一百多元抚恤金送到老韩家。大嫂子听到这消息，咕咚栽倒在地上。等了好多年，盼了好多年，也翻来覆去想了好多年，早想到了，韩世新怕是回不来了，这天杀的狠心汉子哟！可是没有这纸证明，她还是宁愿他在外面做了大官，只是忘了他们母子。悠悠醒转过来，她把丈夫临走前一天换下的那身衣服，从樟木箱子底下翻拣出来，抖抖索索地，捧给韩世良："给你哥办事吧。"

照规矩，一个儿子紧握芒槌，一个儿子高执葫芦，在房前屋后把父亲韩世新的名字喊了九十九遍。离恨天之外，那个漂泊了二十二年的孤魂，终于找到回家的路，悠悠荡荡地，落在自家门前。

岭上又多了一座衣冠冢。

"就那，那拐子……"半下午的阳光投在岭上，有明亮的暖意，韩世良坐在轮椅上指给我看。说了一上午，他执意留我吃午饭，吃了饭又接着说。我本来担心老人家精神不济，他倒更来了精神，让孙媳妇推了轮椅出来，就在院子里，一边晒太阳，一边喝茶聊天儿。

我随着他手指的方向看过去，远山如黛，金色的暖阳勾勒出春天明媚的轮廓，山腰那里一片斑斓，是早春的山花，一簇簇地开了。上午刚进村时感受到的那种清冷和寂寞一扫而光，我不由得站起来，张开双臂，深吸了一口山里甜美的空气。

随着革命力量的巩固，各区各乡纷纷展开拥军参军活动，随处可见披红挂绿的革命群众在震耳欲聋的锣鼓和鞭炮声中，光荣而自豪地走进红军队伍。父送子、妻送郎，要求参加红军的青年络绎不绝，像是无数滴水汇入一条河流，大山里的春潮挡也挡不住。大哥韩世新报名参军后，韩世良也跃跃欲试，要不是他娘拦着，他一早就找队伍去了。

娘有娘的打算，已经有个儿子送出去了，咋不算支持革命么，难道让她老了，还没个儿子在身边送终？爹说娘老观念，娘就跟爹争："你个老东西倒是赶新潮哩，咋个那时候生下闺女就送人？"娘揭了爹的老底，爹就不说话了。

正月里，韩世良听映莲唱"正月里来是新春／我劝我郎当红军／红军处处打胜仗／一心为人民"，心思就动了；到了二月，映莲又唱"二月里来是花潮／我郎政府打介绍／条子打到苏维埃／向红军里跑"，不免抓耳挠腮；三月里头，那歌声飘得更远，"三月里来是清明／我送我郎当红军／乡亲送到大门外／胜利定完成……"这一下韩世良急得上蹿下跳，连去映莲家门口挑水都莫得勇气了。

映莲有一副好嗓子，哪座山头的小调，到她嘴边都能流淌成蜜。她人甜，声儿也甜，韩世良听不得她唱小调，最是听不得她唱那首《十二月送郎当红军》。映莲唱得他脸臊，唱得他心慌。他听她唱到"七月里来是秋天／我郎游击无鞋穿／缎子丝鞋做得有／你不回来端"，死活要去乡苏维埃打介绍信。他娘说，俺莫得缎子鞋给你，你寻下个媳妇给你做么，俺就放你去。他只好赤头红脸地跫回屋去，到放水缸的墙根坐下，抱着扁担生闷气。娘拿话堵他哩，他偏找不出话来挡。有心和映莲说一句，又不知说哪样，难道他挑水路上把她一拦，没脸没皮地说，好映莲，俺去当红军，你给俺做双鞋吧！这也太荒唐了！可是他不去参军，就连和映莲说句话的勇气也莫得，真是急死个人哩。

也不知是老天有意促狭他，还是成全他，那天下午他去送鸡毛信，正好赶上黄顾七的民团把乡苏维埃围得死死的，他和姜廷云、梁朴山等苏维埃负责人一起，结结实实地给包了圆儿。等到映莲该唱"八月里来是中秋／我郎游击到南山／我怕我郎挂了彩／痛苦也忍耐"的时候，他裹了血衣，连招呼也没来得及打，直奔高埠找游击队去了。

这一路的九死一生自不必说，他娘也是吓坏了，多少年后还心有余悸。可惜韩世良没和映莲说上话儿，映莲也不晓得韩世良咋个突然就没了影儿。韩世良心里揣着秘密，打起仗来甚是勇猛。那时候也不知咋的，不怕死哩，也不是不怕死，是想不到死。想到的只是映莲圆圆的脸蛋儿，红通通地挂在天边，有时笑眯眯地望着他，那是赞许他活捉了几个国民党部队的散兵游勇；有时候皱眉头，那是对他不满意，遇上冲锋陷阵，没有第一个冲上去。他们游击队在林子里钻，满山转悠，没个固定地点，有时候也能钻回来。后半晌偷偷摸进屋，娘见了他，心里一惊，抖抖索索地摸摸胳膊腿儿，全须全尾，欢喜得什么似的。娘又摸着黑，打了鸡蛋面条端给他，趁他稀里呼噜吃得不抬头，就说："映莲问起你，俺说你跟着部队打游击，她也欢喜哩。"韩世良心里便定了，天亮跟队伍出发，腿脚更有劲儿了。

这样山不转水转地，在山里神出鬼没的韩世良，倒比先前天天打映莲家门前过的时候还得劲些——映莲真给他绣了鞋子，虽不是缎子鞋，但软和贴脚，好像是，她扯过他的一双大脚，一寸一寸比画过，哪里该紧，哪里该松，哪里裁出合脚的弧度，半分也不错。他哪里舍得穿在脚上哟，裹了几层揣在怀里，再是山高林密，再是枪林弹雨，没有往后退的道理。

他想要不了多少日子，他也和他哥一样，骑上高头大马，准把映莲娶回家去。他嫂子不就是在一个大雪天遇上他哥策马奋蹄的高大身影的吗？他哥骑着枣红马，嘚嘚地往山上去；他嫂子挎着竹篮子，然往山下来。山道上窄得很，错不了身子，他哥情急之下只好生生刹在那里，战马一声长嘶，人立而起，把他嫂子吓得跌坐在地上。这一幕，韩世良没遇上，但他在脑子里拉洋片样过过很多遍：白雪，红马，盖世英雄，那是何等的气概！后来他哥送他嫂子回家，也是郎情妾意，水到渠成——嫂子扭了脚脖子，只能顺从地给他哥扶到马背上。马脖子上的熟铜铃铛，一路丁零作响，把这一见钟情的两个年轻男女送到云端上。那熟铜铃铛，做了哥哥嫂子的定情之物，他嫂子搁在身边，摆在床头，焐得暖暖的，一直到他哥再次骑着枣红马来，把她娶进韩家的门。这样的爱情，是韩世良所渴望的。不过映莲到底咋想的，他还摸不清楚。她是给红军做鞋，还是给他韩世良做鞋，这一点他娘没给他说。他娘只是把映莲做的鞋拿给他而已。但那又有什么关系呢？他打仗那样勇敢，队长都夸他哩，总有一天，他能和他哥一样，骑上高头大马，把映莲娶回家去。

日子一晃就到了1932年的秋天。这年也稀奇，好像是红军一走，山里就落了雪。大雪无边无际地扑下来，像是扑落一整条雪白的山脉。山里冷得慌，漫天漫地的雪，把路封住了，把村庄封住了，也把人心封住了。别的不说，就说河湾那块月亮地，小保队先是开枪，后来活埋，两百来口人硬是填了坑。那七分地，给死人填得满满当当，活人没法下脚，就任它去。落了雪，落了泥，落了烟云，埋在地下，那些魂魄还能跳到人面前来，手舞足蹈地呜呜地哭："俺们死得惨哪，俺们死得冤哪！"人被鬼魇住了，出不得声儿来，只能躲在深山老林里瑟瑟地抖，想着，这样的日子啥时候是个头。

红军走后，映莲一直在盼，盼着红军回转，也盼着韩世良回来。这是韩世良没有想到的。这个傻小子，郎骑竹马来，绕床弄青梅，这样的感情，不比他哥他嫂子的一见钟情更让人牵挂？他竟茫然不觉，还以为他回回从她家门前过，她的那两句俏皮话，不过是打趣儿。她恼他鲁钝得像一块木头，又爱他的老实可靠，便偏不让他晓得她的心意似的，总是捉弄得他红头涨脸才抿着嘴儿笑起来。她听他娘说，他中了"两根条"，她大眼睛一扑闪，泪珠子差点滚下来；后来又听他娘说，他参加了游击队，她欢欢喜喜地做了鞋子送他，他却一点反应没有，叫她生了好一顿闷气。可是，他走了，她的心又揪起来，天天在村头引着颈子盼，盼有那么一天，他还挑了那副油光光的扁担来，两只水桶在身前身后晃呀晃的，红着脸说："俺给你挑水吧。"

映莲跟着跑反群众没头苍蝇样乱哄哄地跑过几回，亲见着村庄烧成白地，人血淌成了河流。她再也不愿意这样懦弱委屈地等下去、盼下去。既然注定要用鲜血把这片土地染红，她也有一腔热血可流哩！

在敌人的反复"清剿"下，留下来坚持斗争的革命武装活动范围逐步缩小，因为难以立足，两路分散的游击师不约而同地选择了海拔超过一千六百米的莲花台作为坚持斗争的根据地。十八岁的少女陈映莲，唱着"青山绿水陡石崖，为了革命上山来，坚决与敌斗到底，誓死保卫苏维埃"的民间小调，一甩又黑又亮的大辫子，提着一口气踏上了莲花台。

命运对于人的捉弄，或许就在于把误会和错过丢进了岁月的褶皱。

如果继续留在鲜花岭，韩世良和陈映莲或许会沐浴着敌人的枪林弹雨，成为一对忠贞的革命情侣。他们相互爱慕，彼此扶持，走得再是颠簸坎坷，也望得见彼岸的幸福。然而亡命天涯的韩世良在遭遇挫折后因为孤独而"大彻大悟"，他觉得自己之前所走的路似乎是个笑话，无人关心，更无人喝彩，一个人走在绝路上，即便姿势再潇洒，又有什么意义？于是在一个鸟尽弓藏的秋天，漂泊在异地他乡当了两年羊倌的韩世良，经过深思熟虑，壮士断腕般地选择了苟且回乡。

这个决定谈不上聪明，只能说是对命运的委曲求全。

便衣队与联保主任

韩世良说起映莲的时候,脸上泛起了温柔的涟漪。当爱情穿过漫长的岁月抚摸他脸上的皱纹,故事变得旖旎而生动,那个与革命干系重大的故事本身却无关革命。我陷入一阵恍惚,仿佛垂老的韩世良在初春的阳光下回复了英俊的青春容貌,正意气风发地挑着两只溢满水的木桶,随着肩头那条油亮的扁担上下起伏,有节奏地摆动着年轻的身体。他的脚步富有弹性,轻盈地踩动了脚边鹅黄色的蒲公英花瓣。一些清水洒落在受孕的春天,由此生长出葳蕤的希望。

"既然回来了,怎么不继续参加当地的游击斗争?"我问韩世良。也许是因为我的无知触动了韩世良的隐痛,他嗫着牙花子说:"俺、俺当时,也支持革命哩……"

我后来才意识到,这好像是他第一次听懂我的问话。

韩世良一路讨着饭回家,他娘见到他的第一句话是:"俺的孩哩,就是死,俺也不让你再走啦!"母子俩抱头痛哭,这劫后余生般的重逢让韩世良的嫂子也哭得肝肠寸断,她扯着韩世良问:"见到你哥了没?"韩世良的回答自然是让嫂子失望了。梅背过身擦擦眼泪,又强展笑颜,温言对婆婆说:"世良回来是好事么,娘莫哭了,那么难的日子都过来了。"韩世良的老娘这才醒过来似的,拉着韩世良交代道:"俺孩命大,几次死里逃生,阎王爷不收你,你要晓得好歹哩。这世道乱得很,俺们不求大富大贵,只求平平安安。你去西桥头找你幺爷，就说回来了，余下的，啥也别说。"韩世良诺诺应了，趁黑摸到西桥头。

西桥头的联保主任韩仲华，论辈分是韩世良爷爷那辈儿的堂兄弟，两家关系不远不近，但因为韩世良的老娘和韩仲华的夫人是表姊妹，这就有了说话的余地。后来韩世良能留在岭上专心莳弄稼穑，全仰赖幺爷的照拂。按韩仲华的说法："奶奶的，这世道看不明白么，看不明白就瞎蒙吧。有奶便是娘，不管是啥党，都得要吃要喝。俺们过俺们的，两边不得罪，这错不了吧？"

当时在岭上，这样"两边不得罪"的"两面政权"为数不少，保甲长白天公开为国民党办事，夜晚秘密为共产党工作；壮丁队白天为国民党守防，晚上协助便衣队向地主征粮。熊家河的一个老地主，在家里拉了民团，筑了碉堡，就这样的铜墙铁壁，也怕哩。国民党搜山时便衣队把几个伤员送到老地主家，就那么大马金刀地"隐蔽"在碉堡里养伤，任谁想得到？韩世良的老娘死活不让韩世良再上山打游击，但不拦着他给山上的游击队送粮送药。虽说这事都听韩仲华的安排，但韩世良心里是乐意的，就是因为利用国民党部队白天搜山、晚上撤回据点的空隙，他配合便衣队四处筹粮，再次见到了映莲。

粮食藏在毛竹里，迎面见着了，以为是打竹子的，剖开毛竹一看，才知道那空心里头全是实的。就像他对映莲的那颗心。见着了，心怦怦地跳，他捂着它，怎么也捂不住似的，反倒扼得它难受，几乎要呼地跳出来。映莲的大辫子一早就剪掉了，他晓得那份苦，整天钻林子，累了，困了，就在山洞里、草窠子里打个盹儿。养着条大辫子，实在是多余，累赘，有时候还能拖住人脚，叫人陷入不测的危险中去。他见着她的半个侧脸,还是那样红通通的,圆脸蛋儿,好像有绚烂的霞光笼着她,使她周身都是圣洁的光辉。她正忙着给伤员裹绷带,一道一道的,细心得很。他刚想开口叫一声"映莲",旁边一个便衣队的同志拿胳膊捅捅他:"走,俺们再走一趟。"

这样走到第几趟,他不记得了,有时见得着,有时见不着,见着了又说不上话,只能远远地看一眼,好像是,隔着山,隔着水,隔着几度春秋。就是这说不明白的几个春秋,让他有些害怕见到她。见到她如何说呢?说是自己的队伍被打散了?说自己负伤掉了队?说这一路逃荒要饭才回的家?她要是问他怎么不去找队伍,他咋个回答她哟!他臊眉耷眼地低下头来,那颗怦怦跳的心,渐渐回到胸腔里,只好尴尬地搓搓手,下山去。

山下有他的娘,他的嫂子,还有哥哥留下的两个双胞胎娃娃。他现在是家里唯一的男丁,说不上顶门立户,总不能让一家子妇孺给他筹粮去。韩世良把那声卡在嗓子眼儿没喊出口的"映莲"落回肚里,一步一回头地走到山脚,望望身后,山高林密,黑压压的一座影子压下来。他攥紧了拳头,心想日子还长哩,有他在山下,断不能让映莲他们饿肚子。

便衣队里有个叫"老斗"还是"老窦"的,韩世良和他说得上话。两人配合办过几回差。韩仲华后来干脆安排韩世良专门和这个老斗接头,筹到棉布、雨伞、帐篷什么的,都由他们运上山去。老斗和韩世良说,韩仲华是个滑头的,起先不大配合他们工作,等到便衣队采取奔袭、夜袭等手段,镇压了一批反动保长和恶霸地主,这才肯骑在墙头两边倒。韩世良说,俺幺爷不是个坏人,他想得长远哩。老斗就笑,屁,他若看得到"长远",就不会做墙头草。韩世良心想老斗说得也对,也不对,一时糊涂劲儿又上来了,好像看到自己在坡上放羊,羊吃草,草一直长到天边去,远看草色近却无。他不敢和老斗说自己以前也打过游击,只说家里少不了男人,他娘、他嫂子、他哥留下的两个没见过爹的娃娃,都得靠他。老斗表示理解,说他家五个兄弟,老四就留在家里伺候老娘。老斗还说,等俺们胜利了,俺要给俺娘把没尽的孝都补上。

这天韩仲华把韩世良叫去,却半天不说话,只捧着腮帮子,一副愁眉苦脸的样子。韩世良以为他牙疼,就说:"幺爷,俺知道邻湾有个挑牙虫的,要不俺这就去邻湾走一趟。"韩仲华摆摆手:"不是牙虫的事,是便衣队,不晓得从哪里打听到运粮队从岭上过,这就要在俺们地盘上动手哩。俺的个天妈妈,这下子搞得,你说,上头正在弄啥'雪地搜山',俺们这拐子,要是出了这档子事,直接给共产党送大礼,这不要人亲命么!"韩仲华"哎哟、哎哟"地叹气,把韩世良也闹得牙疼,心想韩仲华待他不薄,这个忙要帮。

怎么帮呢?韩世良找到老斗,折了一根树枝,蹲在地上画圈。老斗莫名其妙地看韩世良唰唰画得起劲,先是画了几道圈,又画了几个叉,圈圈叉叉地连成一片,像是张地图。

"啥?"老斗还是不明白。

"这是月亮地,这是付家坪,"韩世良给老斗解释,"小保队在这里埋过人,大白天也没人敢从那里过,鬼哭得凶。运粮队得绕着走,从这拐子,"韩世良手里的树枝往上一斜,"这是山嘴,叼得住一队人马,但是到了这拐子,"韩世良又画一个圈,"就不行了……"

韩世良利用自己以前打游击的经验和对地形地貌的熟悉,有理有节地说服了老斗提前下手,避免了便衣队在韩仲华的地界设伏劫击运粮队的危险打算。后来那五百多担粮食和物资轻松落在便衣队手里,韩仲华也得以明哲保身,韩世良功不可没。

"世良,你是个人才哩!"老斗这样夸韩世良,大手一挥,拍在韩世良肩上。韩世良窘得满脸通红,赶忙扔掉树枝,两手在胸前划拉。他可不想当啥人才,他得在家里老老实实地种地,伺候老娘,照顾寡嫂和两个嗷嗷待哺的娃娃,这之外,他想得到的就是映莲。映莲在山上可好?他山重水复地想着她,想得心都痛了,却没有机会让她看到。只有等到胜利的那一天,他迎她下山来,让老斗给她说说他为便衣队和游击师做的那些事,好让她知道,他并不是一个逃兵,一个懦夫,一个叛徒。可是,啥时候才会胜利么,他又懊恼起来,想到老斗的话,便好像看到映莲对自己生出怨言——她埋怨他哩,他不过和韩仲华一样,是个看不到"长远"的墙头草呀。

那些如花的姑娘与他的逃逸

我问韩世良,他们鲜花岭的姑娘,是不是都长得像花一样。

这回韩世良居然也听懂了,他颤颤巍巍地数着名字说:"映莲,玉兰,菊香,金桂……她们,都可好看哩。"

花一样的名字,花一样的年华。

在鲜花岭,提起莲花台上的八姐妹,人们会津津乐道。那是一群花一样的姑娘,人们说,她们在岭上开得那样绚烂,用生命成全了一部传奇。这传奇便也如漫山遍野的花一般,开在众口相传的故事里，开得活色生香。而在此之前，我是从冷冰冰的历史材料开始认识她们的。泛黄的故纸堆里，无数英勇的战斗故事，所有的英雄人物都拥有同一张板正的面孔。在某种逻辑上，英雄是没有性别的，所以你也很难从中记住八个女性的名字。她们永远只能作为一个群体出现，她们的历史标签都是：烈士。

这个初春的午后，黄水晶般的阳光洒在百岁老人韩世良的身上，整整一个世纪的沧桑，在他衰老的躯体上拓印出动荡的波纹。他和我说起她们，我支起耳朵，生怕错过一个字。我怕错过与韩世良的谈话之后，那些活生生的故事，再也不能从死的历史里复活。

在韩世良的故事里，因为映莲，他与她们产生了奇妙的联系。

映莲就像韩世良心尖上的一颗露珠，他小心翼翼地惦记着她，生怕稍一用力，她就碎了，空了，化为乌有了。她在山上，他在山下。山下起风的时候，他就想，她那里的山风不晓得有多猛，她的帐篷怕是都吹得东倒西歪。她的头发丝飞舞起来，跳着狂醉的舞蹈似的，想要赶走多日的疲劳，她伸手拢一拢它们，使它们安心地配合她的手术刀。山上不敢点灯，怕引来搜山的敌人，靠松明子燃起的那点光亮，她得用三层床单裹住，再给伤员换药。她的一双大眼睛因此没那么明亮了，熏燎得像是在太上老君的炼丹炉里折腾过，迎风流泪。风不晓得心疼她，照旧吹得呜呜响。他躺在床上，烙饼似的，翻来覆去地想，把心都想痛了。隔壁老娘咳一声："世良，你咋还不睡哩？"他慌慌地把眼睛闭上，呜哝一句："这就睡了。"

山下落了雪，他心里更不得劲，想着山上不晓得有多冷，她的棉衣棉被够不够厚实。其实想也是白想，趁着大雪封山，县上又在搞什么"雪地搜山",那就是让莲花台上的人断炊么。莫得吃的,映莲他们怕是连野菜也挖尽了。那些灰灰菜、岩韭菜、花儿菜、山羊桃都难觅踪迹,春天还早,天总也不亮,红军寸步难行,隔上里把路就有一座森严的碉堡,搜山清剿频仍不断,映莲有多久没吃上一顿像样的"饭"了?仅有的那一点耐寒的野菜熬成的糊糊,映莲一定舍不得自己吃,她还要拿给那些伤员哩。她虚弱的身体里已经没有一点热量了,可搜山的敌人一来,她还要背着一百多斤的伤员满山跑……呀,他想得头都痛了,也想不出她哪里来的力气。隔天早上,嫂子见他熬得通红的眼睛,就问:"世良你昨晚咋又没睡哩?"他只好低头错身走开:"俺给西桥头扛活去。"

西桥头幺爷家,能见到老斗;见到老斗,就能得点山上的消息,韩世良因此不吝惜给韩仲华卖力气。

这天在韩仲华家,化装成挑货郎的老斗从肩头的货挑子里拿出一块手表,得意地问韩世良:"你瞅这是啥?"原来便衣队在下山冲活捉了黄顾七的妻弟兼副官葛某,将他绑上了莲花台,一番攻心教育,收效不赖,葛某下山后即送来五百块现洋及手表、西药若干。韩世良惊讶道:"不知黄顾七可善罢甘休?""他奶奶的,不善罢甘休更好!"老斗伸手胡撸一下满是疙瘩的脸,"老子的弟兄们都憋坏了,就等着大干一场。"

老斗说这批药可金贵,山上妇女排的同志们都盼着呢。没有药,伤员就只能硬扛,她们看自己精心伺候的伤员挨不过恶化的伤口,天天哭鼻子哩。韩世良替映莲他们高兴,巴不得自己也变成伤员。山下的日子过得窝囊,他宁愿跟着老斗他们痛痛快快地打一场仗,哪怕断胳膊断腿儿,流血、流脓,反正有映莲给他缠绷带哩,一圈一圈地,就能把心上的伤裹上。他看着她红通通的脸蛋儿,便心满意足了,她若能为他流上一滴眼泪,他便立刻死去也值得。

韩世良问老斗,妇女排的同志可打仗?老斗说,打么,俺们红军不分男女,扛上枪就能打白狗子。韩世良就想,当年映莲羡慕他们男娃娃,参军打仗,光荣得很,现在她可比他当年还威风,就像老斗说的,能拿兽骨片磨的手术刀干细活,也能拿"汉阳造"跟白狗子拼命。他比她高出一个头,见她却要低下头来。她还记得他吗?他还能见到她吗?他心里打着鼓,决定和老斗打听打听。

"陈映莲?"老斗歪着头想了想,一拍大腿,"俺晓得她哩,数她最爱哭鼻子。"

老斗说映莲心软,最见不得伤员折腾。可山上那条件,咋能不折腾?别的不说,做手术没有麻醉药,都是咬着牙硬扛。有一回映莲给伤员取子弹,那子弹可狡猾,嵌在骨头缝里,卡得死死的,偏偏没个抓手,医疗器械什么的,根本谈不上,只有一把镊子。映莲看着红肿发亮、流脓不止的伤口,先自手软了。她嘴里嘶嘶地抽着冷气,额头冷汗直冒,从被子里拆下来的棉絮做的消毒药棉根本止不住血,没多会儿她就把自己给疼哭了。那台手术,映莲是一边哭一边做完的。这笑话,莲花台上的人都知道。

"后来敌人搜山,伤员要转移,陈映莲又哭了。人家问她,你咋又哭?她说伤员的伤本来都要愈合了,这一转移,缝合的线就得崩开。你说,这姑娘可有意思?"老斗哈哈一笑,"俺们红军战士,个个都是铁打的,哪能忍不住这点疼?"

韩世良想着映莲的眼泪,心尖儿上的那颗露珠颤了一颤。

老斗话稠,说了映莲,又说菊香。因都是从花溪村出去的,老斗还以为韩世良是帮村里人打听。

"那丫头,年纪最小,十四还是十五,比一杆枪高不了几寸,力气倒不小。伤员要转移,她二话不说就往身上背,脚还在地上拖半尺,"老斗比画着,"就这也能一口气背出几里地去……"

老斗说的张菊香,韩世良也认识,他离家时,菊香还小,常躲在她娘身后,见人只露半个脸。怎么如今也上山了,胆子还这样大,钻山洞,打游击,都不在话下。韩世良更觉得臊得慌,同村的两个女娃娃,老斗都认识,这下可把他给比到地缝儿里去了。他有些后悔和老斗打听映莲的事,自己腌臜自己。

往家去的路上,韩世良耷拉着脑袋。路边的浮雪存不住,早就被一只只脚踩成泥泞,高处的积雪却未融化,在北风里雕塑成令人仰望的姿态。白皑皑的群山的轮廓就耸立在不远处,仿佛一座座高贵而神秘的巨大塔林,唤起了韩世良再次朝圣的勇气。抬起头来的韩世良深吸了一口气,快步向家中走去。

他再次向母亲提出上山打游击的事,谁知竟引来母亲的号啕大哭。

"山上是有金么还是有银哪?你去了俺怕是等不到你回来哩!"母亲悲戚的神色像大雾一样漫上眼角的褶皱,紧接着泪水滚滚落下,水汽和雾气便一同泛滥着,使韩世良迷失在浓重的负疚感里。梅也在一旁拭泪,像是怕参与这重大的决定似的,悄悄转身出了屋去。母亲哭得更汹涌些,几乎上气不接下气:"你大哥一去么,几年没个音信,俺盼得眼瞎,盼不到一点光……你这又要上山……俺一个死了男人的孤老婆子,原不指望什么,你倒想想你两个侄儿才多点大?靠你嫂子一个,怕早晚得跟了别人的姓,俺们老韩家算是绝了后啦……"

母亲哭得韩世良百爪挠心,有心劝一劝,说句"嫂子不是那样的人",想想也是白说,这事原就不是嫂子的事。嫂子是好嫂子,哥走后,拖着老的,带着小的,硬撑到他回来。他回来了,她松口气,他也替她松口气。他谢她还谢不过来哩,不能刚回来又撂挑子,让她寒心,还道他老韩家的男人没一个指得上。

晚上,歇了半晌的雪又下下来,纷纷扬扬的,撕棉扯絮一般。熄了灯,雪地里的冷光还照得四处明晃晃的。韩世良的眼睛闭不上,一闭上眼,映莲就跳出来,红通通的脸蛋儿叫白雪擦得更红了,气咻咻的样子。她跳着脚怨他,怨他是胆小鬼,是革命的叛徒。他有心掩住她的嘴,她却扭头瞪他一眼,那眼神,是根本不屑骂他。她瞪他瞪得可凶,瞪一眼,他一个激灵,比她狠狠骂他一顿还让他胆战心惊。

他睡不着,溜着墙根在雪地里划拉。脚在地上划拉一下,雪窝子就呼哧陷落一下,好像是,有个兽物在雪地里钻来钻去。嫂子"吱呀"一声拉开门,望一眼,叹一声:"世良,你可想好了,山上不比山下,只怕是难回头。"韩世良一怔,他在外面的时候就想过这问题,回了头,还算是个啥?只是没想透。再说,回来的日子也并不容易。嫂子却倚着门框,像有话要说的样子,他不禁想问问嫂子,嫁给大哥,可想过回头?

莫回头,嫂子说,凡事莫回头,女人家就是这样。那么男人呢?男人更是如此,大丈夫做事莫回头。这是嫂子的观念,所以大哥一去不回,她也不怨。倒是韩世良跑回来,她先还想,这是咋回事?再一想,才明白。只是婆婆欢天喜地,她也不能赶他走。她用她那并不丰富的革命理论与韩世良讨论出路问题:"上山么,那得抱着回不来的心思呀,和你哥一样。娘由俺照顾,俺没得外心,只是,你想好,到底是为了啥上山?"

这一下把韩世良给问住了。

"映莲、菊香她们走的时候,俺也想过要上山哩,"嫂子幽幽地说,"可俺扔不下孩子,还有娘……俺听说,妇女排的罗排长,怀里也有个奶娃子。为了掩护同志,她的娃娃就死在怀里……"

嫂子口中的罗排长,原是她娘家村里的,闺名叫秋红,做姑娘时两人见面总要嬉笑打闹一番。那时候日子长得很,太阳升起来,老半天还爬不到山后头。日头不转到山后边,她们便不能偷偷溜出来,总要等到家里的活都歇了,才能头抵着头说悄悄话儿。罗秋红的眉眼细长,斜斜地吊到鬓角,和戏里的人物有几分像。梅便打趣她,日后也找个戏里的人,两口子好夫唱妇随。谁知竟说准了——后来,罗秋红两口子都到了部队上,成了并肩战斗、亲密无间的好同志。这段夫唱妇随的婚姻,本让梅羡慕,然而去岁冬月里国民党搜山,夫妻俩被打散,罗秋红先是失去了丈夫,后来又失去了刚刚出生十个月的孩子。

"听说就在老鸹山下的荷花塘,"嫂子叹息道,"她是排长么,她下的命令,要跳塘。也是莫得法子,只有塘下能藏人……"

韩世良听嫂子说罗秋红的事,心里乱得很,罗秋红背上还有孩子,她明知道冬月里塘底下有多冷,大人耐得住,孩子咋受得了?想到孩子撕心裂肺的哭声,韩世良皱紧了眉头,要是换作他和映莲……

嫂子是想说,他不是那样为了革命啥都豁得出去的人吧?他心里想着的，也根本不是什么革命，不然也不会半途而废地跑回家来。嫂子这瓢冷水浇得韩世良从头凉到脚，再回屋里躺下，脑子里的映莲就变成了罗秋红的模样。其实他也没见过罗秋红，罗秋红是方是圆，是黑是白，都一团模糊，他不敢细想，怕想得太细，心里的映莲就真的变成了罗秋红。

大雪下了一夜，到天明时，韩世良摸到墙角的扁担，同往常一样说了声"娘，俺挑水去"，便踩着笃厚的雪窝子，朝映莲家门前的三口井方向挨过去。他娘在身后叮嘱一句"当心井沿上都是冰"，日子便如往常一样，又车轱辘般转着圈儿开始了。

也就是这一年，最冷的时候，韩世良听到映莲牺牲的消息。

在当地革命史的记载中，映莲的牺牲是教科书式的，韩世良说到这段的时候也没有加入过多的个人情感。也许在他看来，用感情来描述映莲的牺牲，是对映莲的亵渎。

韩世良只是平静地说："本来，她是可以活下来的……"

映莲有副倔脾气，韩世良和她一起长大，最熟悉她的脾性。小时候和男娃娃打架，映莲明知道在体力上吃亏，也不肯低头，非得抓挠得对方变成花脸，这才罢休。"俺不是好欺负的！"她好像不知疼似的，昂着脑袋，一瘸一拐地往回走。往后小子们就记住了，莫惹映莲哩，惹了她一准变花脸。

韩世良从来都是顺着映莲，他没有说过一句惹映莲生气的话，更不敢做下一件惹映莲生气的事，可这也不能得到映莲的好脸色。映莲从不给小子们好脸色，她说小子们只会"戳包"。就连地主家的少爷，她也敢摆冷脸子。乡里闹起来以后，她跟在世良的哥哥世新后面喊口号，看世良的眼色才和顺起来。韩世良难免觉得，要是

没有革命这档子事,映莲或许不会搭理他。映莲牺牲的消息传来,他想着她那性烈如火的脾气,便如亲见到那天的场面一样:

一定是映莲身上的医药包暴露了她的身份,敌人威胁她说出伤员的藏身之处,否则就活剥了她。皮鞭紧跟着贴上来,狠狠地咬下一块块勾着淋漓血肉的破布条,雪地映着血光,分外触目惊心。雪花在飞溅的血珠中舞蹈,这些来自天空的精灵从未见过如此鲜艳的绽放,它们拥抱着映莲破碎的身体,裹住了她的鲜血和沉默。

家,早被烧光抢光了,父母兄弟也已经被杀光抓光了,革命者和敌人之间的界限和仇恨是天然的,这是两个阶级的对垒,至死方休。但愚蠢的敌人似乎并不清楚映莲的立场,在他们看来,一个黄毛丫头,是没有明确的政治目的和阶级观念的,她参加革命的初衷也许只是因为一张"蛊惑人心"的宣传单,或者印在墙头的一条口号式标语,没准儿,就是饥馑之下招徕人心的一碗棒子面儿粥。抓捕她的长官甚至"苦口婆心"地晓之以理、动之以情,企图劝说这个"失足"的姑娘回心转意,做个"堂堂正正"的人,毕竟一个年轻姑娘跟着"赤匪"钻山林、藏石洞、吃野菜、穿破衣绝非长久之计。

然而在倔强的映莲眼中,对于尊严和幸福的定义和反动派的看法是背道而驰的。韩世良想,映莲正是嫂子说的那种认准了路便不回头的女子。所以在日后档案馆的史料中,留下了这样大义凛然的遗言:"我们的尊严,就是不屈地战斗;我们的幸福,就是打倒国民党反动派,让老百姓过上当家做主的日子!"映莲的话,韩世良一个字也没有重复,他只是轻轻地叹息了一声,如烟的岁月就把他的爱人湮没了。

韩世良说,那位"爱惜年轻的生命"的国民党长官没能挽救冥顽不化的映莲。最终,她理了理鬓发,扯了扯身上被鞭打得稀烂的单薄衣衫,昂首阔步地走向了活埋她的土坑。当她跳下去的时候,漫天飞雪搅着枯枝败叶在怒号的狂风中觳觫,这是二十岁的青春唯一的陪葬,而那句"共产党万岁!红军万岁!"永远地定格在1935年的冬天。

被映莲掩护的伤员同志们,后来一路爬回了村,从国民党仓促掩埋的土坑里扒出了她的遗体。一位大娘脱下了自己的破棉袄。一位大爷脱下了自己的蓝布衫。映莲破碎的身子终于被温暖地包裹起来,虽然依旧体无完肤……这是一个关于青春和信仰的故事,韩世良说得断断续续,有头无尾,他似乎极不愿意触碰那个被盖棺论定的结局。

一个道德两难的故事

韩世良和我说起罗秋红的事,与当地革命史的记载略有不同。在他看来,陈映莲是罗秋红手下的兵,当时受罗秋红的教育很深刻。罗秋红为了革命,牺牲了自己的孩子,所以陈映莲也必须有钢铁般的意志,舍身当烈士。他这样曲解历史,让他的孙媳妇感到非常难堪,忙在一旁找补:"俺爷,你说啥呢,干革命就得有不怕死的精神,书上说视死如归,就是这个意思,你莫瞎解释。"韩世良翻翻眼皮,嘟囔几句,听不清楚,也就罢了。他与罗秋红的关系不大,我猜从他嘴里,并不能掘出深刻的历史内涵。

想来,在革命史中读到的罗秋红的形象,与韩世良心目中的那个罗秋红是有出入的。究竟哪个罗秋红更真实呢？这似乎一点也不耽误重大的革命历史进程，因而显得无足轻重。我心底却有一个声音，怂恿着我在这篇小说的结尾，通过一位卷入革命暴风眼的母亲看到的中国革命最严酷的那一面，把鲜花岭上的故事讲完。

游击战争时期，莲花台上的妇女排排长罗秋红最大的牺牲，可能就是1934年冬为掩护十多名红军指战员，活活捂死了自己刚刚出生十个月的儿子。这个故事后来被广为传颂。在常见的革命叙事版本中，那个叫小蓬头的婴儿是为革命牺牲的，他的母亲为了在敌人的眼皮子底下成功掩护战友，忍痛把他按进了冬月的水塘。但我更愿意把小蓬头的牺牲看作一个道德两难的故事。这样也许更符合人性，也更符合一位母亲对故事的讲述。

1934年冬天，这是我人生中最严酷的一个寒冬，命运像是跟我开了一个天大的玩笑，让我先后失去了丈夫和孩子。他们都是我生命中最重要的人，可是我无法保护他们不受伤害。在当时的环境下，人人自危，成人无法保全孩子，很多母亲眼睁睁地看着孩子饿死在自己怀里。但我更加不能被原谅，因为我亲手送走了那个天使一样的婴儿。他已经会喊妈妈了，对我微笑的时候令人销魂。他才十个月大，眼睛和头发一样乌黑闪亮。因为我们出没在山林，居无定所，风餐露宿，大人尚且人瘦毛长，也就没有工夫给他剃头，他的头发老长老长，同志们都叫他小蓬头。

我和小蓬头的父亲是在国民党十一路军某团搜山时被打散的，当时他在放哨，而我在临时的驻地给小蓬头喂奶。听到枪声，我就知道情况不妙了。剩下来的同志们不多，枪更少，而四周武器精良的敌人虎视眈眈。我们共产党人是不怕拼命的，但在这种实力悬殊的情况下，拼命的唯一结果是全军覆没。红军主力转移后，我们的游击战争打得很艰难，眼下这十几个同志，是筛子筛下来、箩子箩下来的仅存的宝贵力量，不能硬拼，只能迅速撤离。

老鸹山下的荷花塘是个能藏人的地方，附近树丛子密，万一被发现，也可以在水中和敌人拼个你死我活。我背着孩子跑到水塘边，见满塘霜打的荷叶铺满水面，每张枯叶都有斗笠大小，人藏在下面，岸上瞧不出所以然。那天很冷，跳塘的决定是我下的，后来我想，也许这个决定本身就很愚蠢，是它把我陷入了绝境。

一跳下刺骨的水塘，我就意识到自己犯了个天大的错误。腊月里的冷水把孩子激得哇哇大哭，这一下我手足无措了。他原本是个很乖的孩子，打出娘胎就跟着我们出生入死，过河钻林，打枪放炮，从来不哭不闹，但是他毕竟才十个月大呀，娇嫩得像梦中的蓓蕾，怎么受得了这彻骨的寒气？

敌人已经翻过山头了，很快就要逼近我们藏身的荷塘，我的心跳得如擂鼓，怦怦地砸在小蓬头的哭声里。我的心肝哪，你不要再哭了，哭得为娘如五雷轰顶。那些跟着娘跳下塘的叔叔、伯伯，他们的命都攥在你的手心里呀。不，不，是攥在娘的手心里，只要我捂上你的嘴，就……

电影中我们也常常遇到这样的情形，英雄们往往需要牺牲小我来成全大我。即使在道德的天平上，一条生命的分量和十条生命的分量并无绝对的倾斜，但就生命保全的自然法则而言，十还是大于一，于是，它决定了人们在进行道德两难选择时，总会大概率地偏向于多数生命的挽救——如果你手中有一个按钮，按下去，一个无辜的人肉炸弹会被提前引爆；但如果不按，他将会带着体内的大当量炸药引爆人群，在注定造成伤亡且没有第三种选择的情况下，你按，或是不按？

回到那个可怜的母亲做出选择的这一刻：

我不知道，我不知道怎样做才能让我的后半生不被巨大的愧疚和痛苦折磨。杀死自己的孩子，这是不可饶恕的错误，虎毒尚且不食子，我怎能禽兽不如？可是，眼前这十几条活生生的生命，他们和我情同手足，并且是因为我的一声"令"下，才造成了他们深陷绝境的困局。如果我留下孩子，同志们将无一幸免，孩子最终也无法活命；如果我不让孩子发出声息，倒有可能保全有生力量，看到希望。是的，不能让孩子发出声息，我的手紧紧捂了上去，就一会儿，孩子，就一会儿，等敌人走了，妈妈就能抱你上岸了。四周的水那样冰冷，我的手更冷，更冷……

很遗憾，母亲没有想到她想象的那"一会儿"会是整整六个小时。六个小时以后，敌人在山那边的集合号声才让游击队员们如临大赦，浮出水面。

孩子的身体已经和冬月的塘水一样冰冷了，即使母亲散发着奶香的胸膛也不可能再温暖他幼小无助的身子。

女人在战争中的生育，本就是一个悲伤的话题，生和死，一对孪生兄弟，注定如影随形。从罗秋红发现自己怀孕的那一刻起，她就无时无刻不在担心孩子的命运。还记得那天,她在大雪盈尺的深山老林里产下麟儿,"产房"是一块露天的石头,丈夫彭乃应脱下身上的旧衣裳包裹住孩子,她当时就冒出个该死的念头:这孩子不能要!在山上打游击没吃没喝的,一夜还要钻几十条山沟子,孩子留不住啊。可是丈夫说,红军一定会打回来的,到时候孩子就能过上好日子了。这个愿望没能实现,丈夫看不到了,他在那场战斗中被捕,受尽了非人的折磨,临死时被割成一条一缕的,惨不忍睹。他说他是一棵结了籽的菜,敌人能砍掉他这棵菜,但永远扫不尽撒在地上的菜籽,那些埋下的籽儿,总有一天要出土的。说得多好啊!

　　阳光打在韩世良被岁月削刻过的苍老面颊上,奇怪的是,那深深浅浅的老人斑和皱纹反倒使他沧桑了整整一个世纪的面容饱满起来。在一种神奇的光晕的笼罩下,他哼唱起很多年前那支无师自通的革命小调:

　　　　鲜花岭上出太阳,
　　　　革命历史第一章,
　　　　工农专政打天下,哎嗨哟——
　　　　建设共产喜洋洋……

我的外婆代号L

/刘鹏艳

刘云彬

我怀疑她从未有过自己的名字。

尽管我非常郑重地从母亲手上接过的那张泛黄的纸片上,姓名一栏赫然写着"刘云彬"三个字。

我母亲的手抖得厉害,她像我这么大岁数时就已经不由自主,喝杯茶能把金黄色的汤水泼洒得到处都是,好像我们家贴满了金箔。所幸的是除此之外她多年来非常健康,不仅看着我成家立业,还有了自己的子孙。现在她终于到了大限之年,我望着她翕张的嘴唇,似乎能听到空气流动时曲径通幽的哨音,正从衰竭的肺腔里一点点释放出最后的频率。这尾调俏皮的哨音让她吐字不清,滴滴答答,像电报密码。我把脑袋凑近一些,再凑近一些,耳朵抵在她的嘴上,做成一个扩音喇叭。

"你,你外婆……她……她的……烈士证。"

母亲把写有"刘云彬"名字的脆黄纸片递到我手上,轻飘飘的一张,再轻轻一搓就会化为齑粉。我小心翼翼地接了,一时间却不知该把这么贵重的东西放在哪里好,只好挓挲着手,望着油尽灯枯的母亲,用力地点点头。她的目光已经飘走了,先是在那把灰色绒布面的靠背椅上停留了一会儿,接着就飘到了更远的地方。那把灰色绒布面的靠背椅,现在静悄悄地支棱在时光里,我想起我母亲对它的一见钟情——当时虽说有夺人所爱之嫌,而且我们家也并不缺少一把椅子,但她还是坚持把它带回了家。后来她就常常坐在这把椅子上,陷入遥远的沉思,像是享受一种更为遥远的拥抱。

我母亲郑重其事地放在我手里的,是一张很有年代感的烈士证。她说是一九五几年接到它的。但也不一定。因为过大荒的时候她为了能多领几斤粮票找了它好一阵子,怎么也找不着。那么大概是到了一九六几年,县里才通知她,她母亲的烈士证终于发下来了。由于年代久远,黄纸片上落款的时间和暗红色印章糊成一团,再也无法考证。我母亲的记忆也变成了碎片,拼凑不出完整的样子。只记得,那一批领烈士证的有好几户人家。前门老周家,隔壁老吴家,就连屋拐头的老庞家都领了证。我母亲就想,这证怕也不值几斤粮票。按老辈儿的说法,咱乡当年一起出去闹革命的乌泱乌泱的,哪家哪户没有红军?

杜曼藜

听说我外婆在上海当过舞小姐。

消息传到乡里的时候,我母亲已经十八岁了。母亲不肯相信,但在外头跑单帮刚刚返乡的杨大白话一口咬定,是十年前还是八年前,他亲眼在上海的百乐门舞厅里看见了我外婆。那时候她的名字叫杜曼藜。她穿得很妖艳，和她一样妖艳的还有手里的鹅毛扇。

她拿鹅毛扇这么左一扇，右一扇，就把男人的魂魄勾走了。他们乖乖地跟在她浑圆的屁股后面，穿过《夜上海》迷离的乐声和梦幻感十足的霓虹灯，把上海的夜揉搓得汁水淋漓。

香喷喷的杜曼藜总是能在男人惊艳的目光中成为焦点，不管是生张还是熟魏，她都如鱼得水。她裹着一席面料精良、裁剪合体的旗袍，轻盈地掠过舞池，像一只借着气流穿过微茫细雨的美丽云燕。每个男人都以和她共舞一曲为十足的骄傲，他们谈起她的时候像是谈起某一位享有尊荣的名媛或者贵妇，绝不像是在谈论舞女。

她的歌喉也不错。但她很少登台，除非身份特别贵重的客人提出非她不可的要求，她才会踩着独有的风韵轻移莲步，登台献歌一曲。她唱得情思婉转，每个跃跃欲试的音符都像在谈恋爱。靡靡之音温柔地围绕着她，她柔软的身段则整个儿包围了浪漫的歌曲，让演唱成为一种绝对完美的、表情达意的行为艺术。

要知道点歌的人与普通的看客大有不同，往往能透过氤氲在霓虹中的浪漫气息，看到闪烁的荷尔蒙凝结成细小的颗粒，在她周遭发出奇妙的光芒。这样的时候即使没有身体接触，他与她也能完成一次密谋般的对话，从而达到具体而充分的交流效果。

杨大白话当然没有这般口才，能够传达出杜曼藜的神韵之万一，不过他朴素的评价还是让没见过杜曼藜的人心驰神往——他流着口涎说："她是个让人见了就睡不着觉的女人。"

三小姐

　　后来族长出面，给了杨大白话一笔封口费，才没让刘家的三小姐在乡里变成妖精一般的存在。母亲跪了一条街向每户人家哭诉："大爷大娘，叔叔婶子，你们给评评理，国民党都打到台湾去了，这红旗底下，竟还有这样黑心肠的人。他杨大白话这样诋毁我母亲，我绝不与他甘休！"

　　乡里乡亲多年，家门口的池塘明白深浅，哪户人家都知道我母亲是刘家三小姐的私生女，却顶着刘家的半边天。十八年前，三小姐回来的时候，一张秀气的鹅蛋脸寡白寡白的。她好像刚刚从地狱里爬出来，脸颊凹陷得厉害，原本比西窗下的海棠还要娇艳的春色从她不满二十岁的脸上消失了。她的祖父，一个在县衙里供过差的老乡绅，颤抖着双手把一个瘦得像耗子似的婴儿从她怀里接过来，一时老泪纵横。

　　"你怎么把孩子生下来了？"祖父问得蹊跷。

　　"到底是一条命哩。"三小姐答得却从容。

　　她伸手掠掠耳边的碎发，又整整孩子的襁褓，一脸平静，瞧不出这短短一年多的时间，她历经了怎样的惊涛骇浪。祖父却知道，她的倔强和叛逆都伤筋动骨地刻在身体里。数月前，他几乎散尽家财，把她从国民党的大狱里捞出来。其时，夏天丰沛的雨水冲刷着大地上的沟壑，在看似坚固的地表形成了无数走向复杂的溪流。她踩在污水横流的青石板街道上，方口猪皮鞋里的白袜子已经变得乌黑。微微隆起的腹部让她瘦削的身体显得有些滑稽，街旁卖南货的店铺里投出一抹晕黄的灯光,不偏不倚刚好打在她蓬草一样的头颅上。这般光景的孙女让祖父看得凄凉,忍不住红了眼圈。潇潇细雨中,只听她口里含混不清地喃喃道:"我们共产党人是不会屈服的……"

刘淑媛

很长一段时间,我母亲都不能原谅我的外婆——她把她生下来,往乡下一丢,就远走高飞了。尽管太祖告诉她,"你母亲不得已才丢下你",她还是终日陷落在一种弃儿的自伤里耿耿于怀。

太祖生了三个儿子,但三个儿子都不长命,到了我外婆这一辈,只留下三个女孩儿。这三个女孩儿也都很命苦,大小姐出嫁不久便殉夫而亡,空留下贞节烈妇的好名声;二小姐自小便是个病秧子,养在闺阁里从不出户,拖到十八岁上,终于病死了;三小姐倒是身强体健,人也聪明伶俐,最是惹她的祖父疼爱不过,可三小姐也最让她的祖父头疼——他送她去省立女子高中读书,倒读出了满脑子稀奇古怪的新潮思想,后来她还带着她逆天改命的新思想不知所终。

我母亲问起太祖时,太祖总不肯正面回答她。

"我父亲是谁?"

"是你母亲的同志。"

"他叫什么名字?"

"他叫……王革命还是李革命?我不记得了。"太祖颠顶而又狡黠地眨眨昏花老眼,啧一下嘴,"他们的事,我搞不懂。"

面对语焉不详的太祖,我母亲有几分恼怒。她觉得父母根本就没有想过要生下她,在那种颠沛流离的白色恐怖下,生孩子确实是一种愚蠢的拖累。但他们不想生她,还是把她生了下来。这就更让人恼火。

我母亲需要填写各种注明家庭关系的表格的时候,她就把母亲那一栏写上"刘淑媛",父亲那一栏写上"刘革命"。"淑媛"是我外婆做姑娘时的闺名,至于"革命",既然我外婆把我母亲留在刘家,父姓也就改成了"刘"。

傅慧珍

我母亲的诞生是个谜。她曾经试图查找自己的身世,但是一无所获,这让她越发坚定这样的信念:自己来到这个世界根本是个错误。因为我外公连个名字也没有,所以有名有姓的我外婆便成为她执着的对象。终于有一天,她从一本书里看到这样一段故事——一个身怀六甲的女革命者被捕入狱,但仍旧不屈不挠地同敌人做斗争——不禁对号入座地把那个女革命者和我外婆联系到一起。

这本书叫什么名字她早就不记得了,但她记得很清楚,女革命者叫傅慧珍,鹅蛋脸,齐耳短发,有一双明亮的眼睛。我母亲不是个爱读书的人,她之所以读到这本书,完全是因为她的同学推荐她读一读。那时候也没什么文化娱乐生活,我母亲初中毕业后待业在家,闲来无事,感觉自己越长越像蘑菇,就接受了他的好意。事后她才想到,他可能是想通过借书还书这一套把戏来追求她,于是立刻把他和书都拉入了黑名单。

但是傅慧珍已经刻在她的脑海里了，怎么赶也赶不走。她想傅慧珍在狱中的时候，除了和敌人做斗争，有没有想过腹中的孩子会迎来什么样的命运呢？像傅慧珍那样，具有无私而彻底的革命性的人，怎么还有时间和精力拿来谈恋爱和怀孕呢？这真是让人费解的一件事。她越想越觉得傅慧珍就是自己的母亲，她的母亲就是傅慧珍。

她结合太祖昔日的描述，把我外婆嫁接到书里的情节中去，终于搞清楚了自己的身世：

我外婆被捕后，一直拒不承认自己的共产党员身份。由于她身怀六甲，敌人一时倒也拿她没有办法。后来她托人带信给太祖，由这个愿意捐出一半财产给政府的老乡绅出面保释，才得以出狱。太祖的另一半财产，大多捐给了替政府办事的公务人员。这些经办人可不是贪得无厌的无耻之徒，他们很有分寸地拿走了太祖的钱，既让他的孙女毫发无损，又使他保留了在乡间基本的体面。

我外婆出狱后却不愿跟随太祖回乡，她说她还有更重要的事要做。她在一家红十字会医务所里产下了一名女婴。也许是因为从一出生就频频历险历劫，好不容易才得以顺利来到人间，她给这个孩子起名圣宁。从血泊中抱起孩子的那一刻，她的心头涌起难以言喻的复杂滋味。这个小小的人儿，是她和爱人之间革命的浪漫主义的产物，在这个幼小的生命来到人世之前，她还没有郑重地考虑过作为一个母亲的责任和重担。她和所有忠诚的革命者一样，从没有把对个人问题的考量凌驾于革命的问题之上，然而现在她实实在在地触碰到了这个柔软的小生命，忽然就多出了莫名的忧伤和焦虑。

她踟蹰在深秋的街头，不觉风吹叶落，一片飘零的枯叶落在她孱弱的肩上。她恍惚了一下，时光流转，从春到秋，故乡早已被坚定的革命脚步甩在了身后，她回不去了，可是，孩子怎么办？她看了一眼怀里的圣宁，这个嗷嗷待哺的小生命，似乎在国家的革命尚未成功之前，首先引领她完成了一次女性本体的革命。

邓　红

有一年家里来了贵客，一个鹤发童颜的老太太，举手投足都是老革命的范儿。据说是北京来的正部级老干部，我母亲告诉我，这是我外婆在江西时的战友。

我们家，甚至我们市里，全都是又惊又喜。由市里的专门人员安排，我们在当时最高档的稻香楼宾馆宴请了老太太。市电视台还扛来了摄像机，导演谦卑地站在角落里，向我们摇手示意："当我们不存在，你们尽情聊。"

部长老太太深情地说起了她和我外婆邓红的故事。

"我是1932年下半年在中央苏区认识邓红的，当时她是机要员，负责译电工作。"老太太的满头白发成为镜头中最醒目的标签，在富丽堂皇的巨大枝形吊灯下放射出水晶般的光华，她笑着看看我母亲，"像，真像。"

镜头推到了我母亲脸上，在那里，观众将看到邓红的影子。

1932年下半年，由上海绕道广东、福建赶赴江西的我外婆，化名邓红，出现在吴淞口的一艘外国商船上。她将从海上航行到广东汕头，再从汕头到大浦、潮州，沿途翻山越岭，风餐露宿，还要冒险穿过敌人埋下的竹签和铁蒺藜，去往她的圣地。

在瑞金城下的沙洲坝，她望见了掩映在村落中作为中共中央机关的几栋灰瓦房舍。这片自由的天地让她忍不住激动地叹息了一声。

"邓红是从大地方来的，我们怕她一下子适应不了根据地的生活，就常常找她谈心。那时候国民党的数十万大军重重包围着中央苏区，盐巴和粮食都运不进来，同志们只好吃硝盐和死去的动物尸体。浮肿病是最常见的，连走路都发飘，更不要说正常的工作了。"部长老太太忆起往昔的峥嵘岁月，分外感慨，"邓红的工作就是与白区的同志进行电讯联系。"

深陷包围圈的中央苏区与外界的联络十分困难，无线电成为中央苏区同上海党组织及其他根据地进行联系的唯一通信工具。电台和密码，是中央根据地的核心机密，也是整个党中央的生命线。依靠那些工作在秘密战线上的同志，党中央才能及时了解敌人的动态；依靠这些看不见的红色电波，党中央的声音才能及时传到各个红色根据地，领导各地的反"围剿"斗争。正是由于电台和密码的重要性，邓红他们所要承担的责任和面临的生命危险也比普通战士大得多。敌人的轰炸机往往是冲着他们来的，炸毁通信设备，切断苏区与外界的联系，这比歼灭一个师团更让国民党部队兴奋。

"那时候，邓红常常要揣上密码本和纸笔，躲进深山去办公。"老太太回忆道，"他们秘密工作的隐蔽地点距离机关十分遥远，来回都要跋山涉水。"

我们眼前浮现出二十一岁的邓红，脸上已经有了风霜的痕迹，然而依旧焕发着灼热的青春光彩。她穿过荆棘丛林，直到身上的衣服划得稀烂，全身血迹斑斑。这些血是为了保证密码本的安全而流的，每一滴鲜血的背后都承载着党中央的重托。这样紧张而又艰苦的工作一直持续到长征开始，她再度怀孕，由于行动不便，无法跟随部队转移，上级指示她回到上海继续从事地下工作。

这样说，我母亲至少应该有个弟弟或者妹妹。听了部长老太太的介绍，我母亲有些激动，忙打问那个孩子的下落，还有孩子的父亲是谁。老太太遗憾地说孩子最后没保住，因为队伍转移前，邓红最后一次跑进深山里收发密电时遭到了敌人的轰炸，她不幸流产了。至于邓红的爱人，好像姓胡，是江西本地人，当时他们刚刚结婚。

我母亲非常失望，看来她并没有一个弟弟或者妹妹，她还是那样孤独。那个姓胡的男人，也不大可能是她的父亲，她隐身在历史褶皱里的父亲可能早在1932年以前就默默无闻地牺牲了。邓红去中央苏区时，当年在家乡闹革命单纯追求妇女解放的幼稚劲儿已经翻篇了，无论是生活经验，还是斗争经验，都在她身上丰富起来。如果那个孩子顺利出生的话，起码有一个名正言顺的父亲。

谢思璇

根据县档案馆提供的资料，我外婆在上海时期的化名叫谢思璇，她曾经作为潘汉年的女伴，出入名流麇集的国民党高档会所。她脱下了穿戴已久的学生装，像当时上海时髦的上层妇女一样，换上了珠光宝气的流行装扮，挽着中共"特科"领导人潘汉年的胳膊，款款走进星月闪耀的宴会厅。灯红酒绿，觥筹交错，上海的头面人物谈笑风生，指点江山，像是半个中国的涨落进退都在他们的股掌之间。年轻漂亮的谢思璇如一尾金色的锦鲤,轻摆罗裙周旋其间,把应酬话说得天衣无缝,成为潘汉年的左膀右臂。

她早已迅速成长起来,不再是那个从大山深处走出来的学生妹。她喜欢歌舞升平背后潜藏着的暗流涌动的危机,喜欢与浪漫主义相纠缠的冒险和面对惊心动魄的时刻肾上腺素分泌的快感。即使类似于送文件这样简单的日常任务,也冒有极大的风险。租界里的警笛和骚乱总是如影随形,往往是提着警棍的"红头阿三"举起胸前的警笛呜呜一阵狂吹,路上的行人便被呼喝着像牲口样被赶来赶去。杂沓纷乱的脚步中也无暇分辨什么,只能跟着众人像无头苍蝇一样乱跑。这时她手中提着的小皮箱就显得那么沉重,随着它在无数条惊慌失措的腿脚之间恶作剧似的晃动,她的心脏都跟着突突地跳出了胸腔。她必须让自己冷静下来,若无其事地走上前去,面对印度巡捕的搜查和询问,展现出泰山崩于前而色不改的镇定。

她和那个叫杜曼藜的舞女没有一点关系。

我母亲一直对杨大白话的胡说八道耿耿于怀,那年领到我外婆的烈士证,她第一时间不是缅怀和悲伤,而是觉得自己终于拿到了真凭实据,于是找上门去,把杨大白话狗血淋头地骂了一顿。我母亲虽是外婆的骨肉,却全没有骨肉至亲的那份情感联结。多年以来她饱受神经性背痛的折磨,我给她找过无数次医生,中西医都没用,最后还是一个心理医生一语道破天机:这种躯体性反应来自她和她母亲僵化的关系。

"她没有力量感,因为背后缺少支撑。"心理医生这样告诉我,尽管我不大听得懂。

我所能理解的就是,我母亲要强的性子和果敢的脾气都是硬撑的。也许在夜深人静的时候,她会躲进黑暗的角落,像只受伤的猫一样独自舔舐伤口,但在太阳升起之后,绝不允许别人看见她的虚弱。

在白区和潘汉年一起从事地下工作,让我外婆引以为傲。潘汉年卓越的统战才能声名远播,他儒雅的风度和渊博的学识令她仰慕不已,而潘汉年也不吝溢美之词地夸赞她接人待物大方得体。她在后来的一些材料里写道:"不管和什么人他都能谈得很火热。三杯(酒)下肚,这些人的话多起来。汉年善于引话,不知不觉间就将我们所需要了解的情报从敌人嘴里套出来……"看来,潘汉年风雅的谈吐、从容的行止都让她印象深刻。我母亲一度无聊地从中揣测,也许我外公也是这样的人。

老 L

在重庆的那段时间,我外婆代号 L。

作为地下党,她居无定所,身份多变,一会儿是小学教师,一会儿是茶楼老板娘,一会儿在街角摆香烟摊子,一会儿去教堂做修女。你可以看到胳膊上套着菜篮子跟人讨价还价的她,也可以看到坐着小汽车到处赶赴饭局和舞会的她;你可以称呼她张太太,也可以叫她赵阿妹。有时她在暗夜里悄无声息地翻译密电码,有时又在青天白日的大街上跟交通员接头。她今天是一个人,明天又是另一个人,前一秒钟还穿着曲线玲珑的旗袍与男人打情骂俏,后一秒钟就是面目沧桑的乡村妇人,臃肿得让男人多看一眼都嫌烦。

她拥有很多个名字,但没有一个使她觉得安全。往往是等不到她对自己的新名字产生认同感,这个名字就被弃如敝屣地作废了。她必须不断变化,以保持名字的新鲜,到最后她能记住的就是,她是一个不需要名字的地下工作者。如果她的名字被任何人记住,包括她自己,那都将是一种巨大的危险。

老L他们传递情报的方法包括信鸽、密电和各种暗号,有一次她去接头的时候,看见一条破裤衩挂在门边的筲箕上,就知道不能上楼了。她立刻折身,装作忘了什么东西似的,一边拍着脑袋,一边朝马路上走。路过那个佯装看报纸的探子的时候,她甚至还主动和他打了个招呼,并向他借来打火机,优雅地点燃了一支雪茄。

像这样在敌人眼皮底下化险为夷的情况比比皆是,可能是运气好,老L在敌人的情报名单上出现了好几年,但一直没有暴露。

我母亲怀疑我外婆从来没想过自己在乡下还有个女儿。那对革命者来说确实是个负担,再说也没有时间——我外婆常年在外面东奔西跑,冒着杀头的风险,这占用了她整个的生命。我母亲因此内心里是拒绝我外婆的,她们母女之间像是一片凉透的年糕和另一片凉透的年糕,热不起来,也粘不到一块去。尽管在此之前,同一块年糕不分彼此地存在过,她在她的身体里,同体同命地度过了那么艰难的日子。

我母亲不记得了,不记得在外婆子宫里的温暖和抱持,只记得她们分离后,绵延一生的寒冷和孤独。她跟我说,政府给她发烈士证的时候,她一点也不觉得意外。她拿到烈士证,倒是哭了一场,不过不是为我外婆哭,而是因为确切地知道了外婆终于不在人世,她为自己哭一场罢了。

我母亲幼年时便知道自己是个无父无母的孩子,遇到难过的事情，常常忍着不哭，这一次大哭，让身边的人都惊讶不已。他们还以为她们母女之间没什么感情呢，谁知我母亲竟哭得可用惨烈来形容了。

她

烈士证上用楷体字写着"刘云彬"三个字，这让我母亲感到非常陌生。她多年来熟悉的那个口头上的母亲，一直是"刘淑媛"。不过政府是不会搞错的，她接过烈士证，一时间有些恍惚，仿佛自己才是那个被追认的烈士。

据说刘云彬是我外婆第二次去上海后为自己改的名字。与掩饰身份的谢思璇不同，这是日后将出现在历史档案中的烈士的名字。

从中央苏区回到上海后，她在内山书店见到了冯雪峰和邹韬奋等人，也和潘汉年再次接上了头。这家由鲁迅的日本朋友内山完造开办的进步书店，成为安插在白区的一颗重要的红色棋子，联络了各地汇集上海的共产党人。

她经常到书店去，也许并不是为了和联络人接头。她本就是个爱读书的人，按太祖的说法，如果当年她不是读了那么多乱七八糟的书，也不会干出那么多在本分人看来乱七八糟的事。她随身的小箱子里，有一本《少年漂泊者》，后来成为县党史纪念馆的文物被珍藏起来，连我母亲也只能隔着玻璃柜观瞻。

我母亲没有读过这本书，但她知道这是国民党统治时期的禁书，因而也有几分佩服我外婆。换作是她，她可不敢把禁书带在身边到处跑。她是我太祖说的那种本分人，不怎么爱读书，也不喜欢冒险，除了踏踏实实工作之外，一辈子把生儿育女当作最可靠的事业。所以她不能理解她的母亲，不能理解母亲对她的抛弃，更不能理解她母亲生生剥掉自己的血脉和已为人母的身份，只为了成为一名纯粹的理想主义的革命者。这一切都让人疑窦丛生。

外婆深深伤害了我母亲，一直到很多年之后，我母亲提起我外婆的时候，还是难有起伏的感情色彩。说到外婆，我母亲会用"她"来代替，叙述的语调平静无波，仿佛那是一个和她全无干系的陌生人。

"她"对她的确是陌生的。她没有吃过"她"的奶，也没有享受过"她"的拥抱，她甚至不在"她"目光所及的地方。想到这里，我母亲才会掩面而泣。不过那都是在静寂无人的时候。

除了那次拿到烈士证失声痛哭，我母亲唯一一次当着外人的面哭泣，是因为我坚持把她拉到一个咨询师朋友面前，请他为我们做了一次家庭系统排列。我母亲年纪越来越大，她的神经性背痛也越来越严重。我到处寻医问药，但丝毫不能缓解她的病痛。有一次我和一个咨询师朋友共赴饭局，鉴于他祖上是中医世家，我就随口问了一句，有没有什么偏方可以治疗这种莫名其妙的神经性背痛，没想到他给我推荐了一种非常现代的新奇疗法。

如果我拉着我母亲去看心理医生，她一定以为我疯了。所以我要了点小聪明。

"这只是个游戏。"我对母亲说。事实上我听到那位咨询师朋友眉飞色舞地提出"家排"疗法后，确实挺感兴趣的，这听起来很像一个角色扮演的游戏。

"我都这么大年纪了。"母亲觉得我有些荒唐。

"那您就当是陪我玩吧，"我央求道，"我最近在写一部关于家族史的小说。"

这样一说我母亲才同意。

复活的外婆

外婆在我们生活中已经消失多年，不仅我们没有见过她，就连我母亲也对她毫无印象。县党史纪念馆成立的那一年，我们作为第一批参观者，看到了纪念馆西墙上挂着她作为党史资料留存的一张复原照片。放大后的影像十分模糊，瞧不清面孔，只依稀见到白衣黑裙的学生装扮。推算起来，这应该是1930年左右的外婆。

我母亲盯着那张模糊的面孔看了好久，先是站在一两米开外的地方眯着眼睛看，后来走到近前，身子抵在展示革命文物的玻璃柜台上，仰着头看那幅悬挂在矮柜上方的"刘云彬烈士"遗照。她的眉头蹙得很紧，目光咬住照片上的人，好像在探寻什么秘密，过了好久，终于还是叹息一声，垂下头来，读不出任何意义的目光软软地掉落在那本残损的《少年漂泊者》上，噗噜跌碎了。

对我母亲来说，外婆像一个符号般的存在，如果她不承认外婆，那么自己就没有来处；但如果说这个面目模糊的年轻女人就是她的母亲，她又丝毫找不到母女之间那种情感的联结。她陷入深深的困惑当中，虽然日常看不出什么异样，我却知道她心里有个硬邦邦的死结，就那么刺生生地扎在心窝里。

在后来那次充满命运的偶然性的饭局上，我的咨询师朋友提到他新学习到的一种充满神秘意味的心理疗法，可以通过情景再现和角色扮演，使死去的关系和人奇迹般地"复活"。虽然听起来更像是巫术，但它确实是一门在临床上给无数家庭带来福音的科学。于是我们决定试一试，也许可以帮助我母亲穿越混沌的历史，和素未谋面的外婆见上一面。

我们选择了一个温和的四月的午后，风和阳光都正好。母亲午休后精神不错，她说准备好了，可以跟我去见她的母亲。这个说法本身就很有趣，好像我们真的能见到死去多年的外婆似的，扑面的春光让我们有一种穿越的感觉。

在一间布置典雅的斗室里，咨询师问我母亲："您觉得您的原生家庭是什么样的？"这个问题让我母亲费了一点脑子。虽然咨询师已经向这位固执的老太太解释过什么叫原生家庭，她还是陷在自己简单封闭的关系构图里不能自拔。"我们家只有我和我太爷两个人。"她咬着嘴唇说，"早就没人了。"

"您父亲和母亲呢？"

"我从没见过他们。"

"但他们还在那里。"

我母亲不说话了，她舔舔发干的嘴唇，不置可否。

我们因为人手有限，无法扮演我母亲原生家庭里的全部角色，只好用两把灰色的绒布面靠背椅代替太祖和我外公，由我来扮演在这段关系中最重要的人——我的外婆。我母亲则恢复了她小孩子的身份，无助地站在角落里，听从咨询师的导语，把自己和母亲放置在同一段关系当中。

"您觉得您和母亲的关系是怎样的？"咨询师慢吞吞地问道，"如果现在她就在这里，您可以根据心理距离的远近让她随意站在这间屋子的任何地方。"

"她……可以在那里。"我母亲想了想，有点不确定地说。于是我按照母亲手指的方向，站到了她对面的另一个屋角。

咨询师接着问："她要怎样才让你感到舒服呢？或者你心里的母亲，应该怎样？她这样看着你可以吗？"这时候我正与母亲四目相对，我看到她的眼神如受惊的小兔般闪过一丝痛苦的痉挛。

"她……"我母亲不自觉地避开我的视线，把目光转向了咨询师，"还是不要吧……我不想让她看我。"

于是我按照咨询师的导语转过身去，把背部暴露在微颤的空气里。咨询师再次问我母亲："现在好一些吗？"

"是的，舒服多了。"我母亲好像嘘了一口气。

在接下来的时间里，我们不断调整位置，最终形成了我母亲和一把椅子并肩站在一起，遥望对面我的背影和另一把椅子的侧方的局面。由于地方有限，我母亲同意我离她近一些，因为我的侧前方还得再放一把椅子，那是她的父亲。在她看来，父亲应该更遥远一些，但我已经抵着墙壁了，所以不得不离她近一步。我估计，如果这间房子够大，她会让我们都站到天边去。让我感到奇怪的是，那把象征父亲的椅子并没有和我一样，绝对地背对着她——她认为父亲可以浅浅地侧着身看她。

两把椅子一前一后钳制着我，我陷入一种莫名其妙的沮丧情绪中去，不久全身紧绷，如芒在背。我非常想回头，但是一种奇怪的力量牵引着我的颈椎似的，使我不能回望，再说我母亲事先也说了不让我回头看她。这种感觉很难受，如同腹背受敌，受尽煎熬。所以当咨询师询问我的感受时，我就如实相告，让我母亲大吃一惊。

"你为……，为什么要……回头？"她的声音又尖又细，不像是成年人的口音，但是因为嘴唇哆嗦，反而有些含混不清。

咨询师再次慢吞吞地问她："如果她想回头看你，可以吗？"

我母亲呆了一呆，接着茫然地摇摇头，又点点头。

我缓缓地转过身来，见母亲面色苍白，瘦小的身子瑟瑟颤抖，像是被雨水打湿翅膀的幼蝶。我眼里一热，竟怔怔地流下泪来。这一下引爆了我母亲，她立刻号啕大哭，不管不顾地扑到我面前，抱住我的腿伏身而泣，把自己哭成了汹涌的海洋……

那一天，我母亲把多年积攒下来的泪水都倾倒在了我身上，不，是倾泻在我外婆的身上。她哭得那样伤心，像个越过千山万水和千难万阻去见母亲一面的小女孩。我紧紧地拥抱她，像她多年前抱着我一样。我分不清怀抱中的是母亲还是孩子，她是母亲，也是孩子。

从那天之后，困扰了我母亲多年的神经性背痛奇迹般地消失了。不过，让我的咨询师朋友哭笑不得的是，老太太固执地搬走了他办公室里的一把椅子。

逐 日

/刘鹏艳

> 梦是私人的神话,神话是众人的梦。
>
> ——题记

梦 华

A

很多年后她的梦里还充斥着纷沓的脚印。它们把她的梦踩得支离破碎,也把她的身体踩痛了,痛得她忍不住失声号哭。她从梦里惊醒,发现窗前落满或金黄或苍褐的梧桐叶。一夜秋雨让黎明显得更加深邃,锦绣的枯叶湿漉漉地贴着地面,沿阶铺满了小院。她叹息一声,再也无心睡眠。人老了,瞌睡自然少,她倒并不在意这具日益衰老的身躯被荒唐的梦境剥夺掉完整的睡眠。这些年来她总是做着这样身临其境的怪梦,梦里她被纷乱的脚步踩踏得痛不欲生,她却不会感到应有的愤怒。不,愤怒,这种情绪对她而言太奢侈了,她还从未因为愤怒拒绝过命运,即使在那段最不堪回首的往事里。

她摸到墙角的一根拐棍,颤颤巍巍地站起来。一双三寸金莲滑稽地杵在地上,现在有了三支"拐棍"。她看着自己的脚,它们可真是小巧,落地时的接触面积不会比那支拐棍大多少。就是这双小脚,早先时候惹人艳羡,后来却遭到鄙弃,连她自己也恨起来,恼自己有如此一双秀气的残脚。不过眼下,她已经这样老了,她像接受命运一样接受了它们。一阵窸窸窣窣之后,它们踩在铺着锦绣落叶的石阶上,踩着清晨有点梦幻的山的影子,生出笃笃的回声。

她站在院子里仰头看看,天边寒星未落,挂着1932年秋天寡白的月亮。

还是一个多月前,老洪来过家里一趟。那时她大着肚子快要临盆了,不免唠叨了几句。老洪紫色的面皮涨得通红,却没有多余的言语,捋起袖子把家里的缸挑满水,又把劈柴都归整到灶屋后头,撂下一句:"俺走了。"桂芝就不管不顾地跳上去,扯住他的袖子:"你走,走了莫要再回来!"她的两只好看的大眼睛忽闪忽闪的,长长的睫毛上挂着一点晶莹,让男人硬起的心肠一下子软下来。

"莫要闹哩。"老洪只好柔声哄她,队伍就歇在一箭之地的佛堂坳,太阳下山就要转移,眼下日脚已经转到屋后了。他撕扯着她黏上来的手,起先还有些顾忌,女人拧着劲儿不让,他的力气渐渐就大起来,弄痛了她。女人早就蓄在眶子里的泪止不住地流出来,洒得他一身潮漉漉的,走了好远,心头还湿得难受。

景荣跟在身后,憨憨地喊了声:"爹,你啥时候再回来?"老洪扭头,挥挥手,让他回去。他还是咬着指头跟着,不愿就此回到流泪的母亲身边去。近来母亲总是流泪，她告诉他，是叫灯油熏的，或是风大，或是烧锅的柴太湿了，总之柴米油盐风霜雨雪都有让母亲流泪的道理。才八岁的他懵懵懂懂的，并不晓得那些道理。可是到了父亲这里，母亲往往理屈词穷。方才母亲还气恼地失声喊叫起来："俺不懂那些大道理，你只说一句，是要劳什子的革命，还是要俺和景荣？"母亲用力把景荣往父亲面前推去。景荣吓坏了，一心想躲在母亲身后，母亲偏不让。她扯着他细瘦的胳膊，又拖又拽，挺起的大肚子吓人地横在他眼前，像座压得死牛犊的山包子，他不敢动了。

最后是爹把他拉过去，息事宁人地说了一句："这是做啥子么，俺又不是不回来了。"

"你啥时回来？"母亲不依不饶。

"革命成功了就回来嘛。"

"要是不得成功呢？"

"咋能不得成功呢？"父亲的底气明显不足。

父亲和母亲就革命能不能成功的问题争不出名堂，在母亲看来县保安大队比赤卫队兵强马壮，父亲他们根本没有胜算；父亲却说母亲的眼光短，这不是县保安大队和赤卫队之间的战争，而是反动政府和人民之间的战争。母亲就红着眼说，人民的锄头扁担，倒比政府的长枪大炮还硬？父亲不和母亲争了，关于革命能不能成功的问题不是争论出来的，得打仗，不跟着红军打仗，他就回答不了她的疑问。母亲还要说什么，父亲甩开了母亲的手，一步跨到门外。母亲哇地一下哭出声来，父亲却挨了鞭子似的逃得更快了，眨眼已经穿过院子。母亲倚着门框喊景荣："去，跟你爹走！"景荣就跟着父亲跑出来。

父亲挥挥手:"回去,景荣,和你娘说,爹很快就会回来。"景荣嘬着指头,一时没打定主意,是听母亲的话继续跟着父亲,还是听父亲的话回去安慰母亲。父亲板起脸,呵斥一句:"还不回去!"他便胆怯地住了脚。

桂芝倚着门框,身子软软地瘫下来。她想她还是不如他的革命,就算加上景荣,加上肚里的孩子,她还是拴不住他。那是个啥妖精啊?勾走了她的丈夫,她孩子的父亲。

日子往前翻,隔得不长,她还欢迎过革命。那时候满坑满谷的红军田,她指着立碑的土地跟老洪说,真是换了人间。那碑,后来被柯老三的还乡团砸得稀碎。"红军田"三个字四分五裂,东一块西一块地抛在荒野里。同时抛在野地里的,还有农会主席和妇女主任的尸体。只能算是残躯,桂芝不忍看。农会主席先是被点了天灯,剩下一口气,被丢出来,让狼狗撕了;妇女主任被赤身裸体地绑在河滩上,乳房被割下来了,还在叫骂……她骂得可狠,河面上都染了她的血,也不能让她闭嘴。到了夜里,河滩呜咽,没人敢去收尸,化成厉鬼的妇女主任就哭了整整一夜。

桂芝就是那时候开始担心老洪的,尽管老洪啥也不是,不过因为脚力健,给赤卫队抬抬担架、挑挑粮食。她给探家的老洪说:"俺们不干了吧,犯不上搭条命。"老洪不信她的话,仍旧大大咧咧的:"去屎,柯老三蹦跶不了多久!"

桂芝带景荣回娘家,父亲逮住活蹦乱跳的景荣问:"你爹还在外面瞎跑?"这光绪二十二年的老秀才教了一辈子书,一双长满白翳的高度近视眼几乎要贴到外孙的脸上。景荣害怕地瞅瞅桂芝:

逐　日

"俺娘不让说呢。"桂芝忙拉开景荣："爹，莫吓着孩子。"老教书先生长叹一声："罢了，你们当真为孩子好，就莫要把日子不当日子过。"桂芝因为小半年没见着老洪，心下正凄惶，父亲这一句，可捅在她心窝上了，她哇的一声哭出来："爹挑的好女婿，怎么又来派他的不是？"老教书先生一呆："当初只道他老实可靠，未承想，世道变了，他也变啦。"

教书先生揉揉昏花老眼，眼前白色的云翳让他看不清咫尺之地。他的耳朵倒不聋，好多似是而非的话传到他耳里，他辨得清楚明白。那些新式学堂里，带头起来闹学潮的正是他的学生。他摇摇头，这些昔日的莘莘学子，今日的青年教师，没有从他那里传承稳妥体面的中庸之道，而是嫁接了西人的激进哲学，成为一种重要的新思潮的传播者。他们甚至一度来游说他这个老师，言之凿凿地启发他打开世界的另一种方式。

他已然垂垂老矣，自然不会中蛊，但心中也难免疑惑。饱读诗书的他，并非一辈子读死书的书呆子，因而更加明白，思想对于读书人来说有多么危险。女婿是他众多学生当中的一个，只是因为家贫，仅靠赁来的几分薄田安身立命，没有机会从土地上走出去。当初老先生千挑万选，把女儿交付给他，多半还是由于洪家的家风纯朴，与土地建立了亲厚的关系，过日子不至于凌空蹈虚，陷于无稽的思想的汪洋。因膝下仅有一儿一女，老先生待女儿同儿子一般金贵，倒不图什么荣华富贵，他只希望她平安顺遂。如今，老先生要重新考量这种安全性了。

桂芝在娘家待得心烦意乱，父亲的话不仅没有给她以慰藉，反倒让她更加惶恐不安。她同父异母的兄弟桂堂，历来是个不安分的。父亲的学生里面,那些越是闹得凶的,他越是与他们走得亲近,打得火热。桂堂悄悄探头过来,神神秘秘地告诉姐姐,他们农校的马克思主义学习小组要捐枪哩,搞不好是掉脑袋的事。桂芝唬一跳,桂堂倒满不在乎,说这事只同姐姐讲,父亲并不知道。"我晓得姐夫在替谁做事,"桂堂说,"他有好几个同窗在我们那里教书哩。"

桂堂说的是胡运之、方从山他们几个,和老洪同在桂芝父亲跟前读过几年私塾。老洪专事稼穑后,他们却去上海、武汉这样的大地方游历,见识便大不一样。桂芝怀疑,老洪口中譬如"革命"这样幽灵般的词,正是胡运之、方从山之流教给他的,虽然他们也并没有见过几面。

"这正是让柯老三害怕的地方!"桂堂兴奋起来,青春洋溢的面庞上,泛出年轻男子恋爱时那样的潮红,好像他找到了使他动情的对象,"你信不信,一点火星子,就可以把整片山头烧起来。"桂芝吃惊地看着弟弟,高热的状态似乎让他头顶上蒸腾出一股逼人的热气。

但愿老洪莫要这样发癫才好。桂芝杌陧地想,老洪和桂堂可不一样,他不是十七八岁的愣头小伙子,他有她,还有景荣,他可不能这样莫名其妙地让什么"山火"给烧糊涂了。

可偏偏事与愿违。

打起仗来以后,她再见不着老洪。听说他们的队伍就在山头转悠,今天是白马寨,明天是燕子河,只是不见人。这莽莽苍苍的山体藏住了一切可疑的踪迹,不仅柯老三找不到"赤匪",桂芝也找不到自己的丈夫,不得不听天由命。有几回闹得狠了,柯老三还从外面请了人来拿"匪",坡上捋一遍,谷底捋一遍,村里又捋一遍,烧的烧,毁的毁,凡有人的地方,莫不是鬼哭狼嚎。

桂芝拉着景荣,随着人群跑,东倒西歪,磕磕绊绊,如何也跑不利索。她的小脚这时候真是遭人恨。在娘家时的那一点矜持,现在全成了笑话。人家的大脚凌乱起来也还罢了,她细细碎碎的,又多了几分麻烦和难堪。有好几次,她被自己绊倒在地,连带着景荣也在地上打滚。一只脚没躲过她,狠狠地踢在她这块绊脚石上,又骂骂咧咧地跳过去。她赶紧用身子护住景荣,慌不迭地爬起来。

人群里有娃仔在哭:"娘吔!爹吔!"几十只脚踩过去,瞬间腔不成调,碎了一地。桂芝顾不得前后左右,只能把景荣的小手拉得更紧一些。他是她的命呢,宁可命不要了,也不能丢了他。于是母子俩紧紧扯拽着,昏头昏脑、跌跌撞撞地跟在人后面跑上山去。

山上啥都没有,吃的喝的穿的戴的都丢在村里,也不敢回头。回头就看见狼烟四起,家的方向都成了灰烬。那会子毕毕剥剥的火焰在身后汇成一条口吞活人的火龙,大家伙儿只顾往山上拼了命地奔逃,哪里还顾得周全缸里的粮食、笼下的鸡鸭、圈后的猪狗?农人的那一点家当,也是不经烧掠的,眨眼就灰飞烟灭。

有人嘟囔:"要死了吔,哪还有活路么!"

跟着就有了骂声:"日你柯老三的祖宗!俺们找红军去。"

冷不防又有人蹦出来抱怨:"还不是闹红闹的。"

"就是,害人哩。"旁边立刻有帮腔的。

也有披头散发疯疯癫癫的家伙,自顾捶胸顿足:"乱世啊,人命贱得很哟!"

在酷烈的现实面前,人群很容易就像被砸碎的碑一样四分五裂。

桂芝脑子发昏，山高林密，云遮雾罩，一点光线也透不进来，看不清也听不清。在颠沛的汪洋里打着漩儿，这茫茫的林海让她仓皇得全没了做人的方向。她只能搂着景荣觳觫地想，老洪在哪里呢？

那段日子，做娘的都拿柯老三吓唬不听话的娃仔："柯老三来了啊。"

其实，做娘的比娃仔更惧怕这个魔头，好像柯老三一来就得死一回。

比死还可怕。好多女人被柯老三抓去，先是明晃晃的刺刀逼着问："你家男人哩？"要么就是："你兄弟哩？"不说，有让你好受的。说了，也讨不了好。左右是拿来杀鸡儆猴，衣裳剥了，赤条条地随那些兵油子腌臜取乐，完了像牲口那样捆上，卖出山去，这辈子再也休想见到丈夫儿女父母兄弟。

想想，桂芝就后脊梁上发冷，更加紧紧地攥着景荣的手不放。

景荣在她面前转来转去，小手拨拉着一根稻草，鼻头还点着一抹灰。"娘，爹可得回来呢？"他像小鸭子般跟在母亲身后，看她在砧板上当当当地忙活，又往锅里添水，往灶里加柴。桂芝挺着肚子，眼底闪过一丝忧惧，但仍展颜笑了一笑："傻儿，哪个人不回家呢？等你爹干成了事，自然就回来了。""爹在干啥呢？""在……帮人找个叫'幸福'的东西。"实际上老洪给桂芝说的是"为苍生谋幸福"，这话文绉绉的，说给景荣也瞎掰。"谁个丢东西了？"景荣追着问。"山里的穷亲戚。""那东西难找吗？""难找得很哩。"

逐　日

B

很多年后他的梦里还穿透着炮弹呼啸的声音。那声音像是龇牙咧嘴地刻印在魂魄里，一刻也挥之不去。隆隆的枪炮声不绝于耳，上天入地都逃不开，他想要躲过它，就得把自己埋进层层叠叠的尸体里去。可是他一个人的气力太小了，那么多的死人，横七竖八的，一具垒着一具，把他目力所及的坑谷都堆填满了。漫山遍野的尸体呀，密密麻麻，挤挤挨挨。他搬不动那么多尸体，就得咬着牙，竖着耳朵，听枪炮轰鸣呼啸。

到现在他还忘不了那时的山，郁郁苍苍，缠缠绵绵，像女人的手，抚摸着相思的每一寸肌肤。尽管在平原地区生活了这么多年，崇山峻岭和戎马倥偬对他来说早就成了史前的记忆，可是，就像身体里残留的弹片，没有一刻他不与它共度人生。他抚摸着身上的疤痕，腋下有一块，腹部也有，大腿那儿也藏着一块，还有脑壳上的头发窠子里也嵌了一小块，扒开花白的头发，还能摸到塄坎儿。肥厚的增生提供了一种滑稽的手感，伤口周边比他原本的皮肤嫩得多，又滑又腻。这些新生的皮肤因为迟到了三十年，总也赶不上其他组织体的生长。

他龇牙咧嘴地仰起头，好像这么多年过去，疼痛依旧新鲜。

他的身体是在西撤的路上被打成筛子的。

三千里刀山剑丛，他的脚掌烂得不成样子。作为担架班的班长，他脚下唯一的一双草鞋被荆棘沙砾刺穿磨透之后，只得赤脚负重前行。实际担架班里已经找不到一双好脚，他们和那些扛枪打仗的士兵不一样，他们的武器就是自己的血肉肩膀和一双粗粝的大脚。抬着伤员一口气要跑上六十多里地不下肩，老洪他们比起一般被要求轻装上阵的战士更辛苦。普通的步兵为了急行军，可以丢下大部分的辎重，担架班可丢不下肩头的重担。别的士兵伤了，可以躺上他们的担架，但是他们自己伤了，却只能咬牙坚持。

离家有多远了？不知道，只晓得日夜急行军，突围，转战，一路向西。模模糊糊的，似乎连绵的山体和隆隆的枪炮一起呼啸着，在身后成为愈来愈沉重的背景。

离家时他还是赤卫队员，四道湾那一仗狠狠打过之后，他就被吸收到红二十五军二一九团，成了担架班的班长。他被团长一眼相中是有道理的，十里八乡，谁不知道他的脚板厉害？从十六岁开始卖长脚补贴家用，他为了俭省，酷暑中宁愿光着脚丫子在烙铁般的虎皮石上踩出一条路来。不管肩上的担子多沉，一抬脚就是一百多里山路。可毕竟是血肉之躯，千里辗转，战马的铁掌子都磨破了，磨穿了，磨烂了，穿草鞋的人哪里吃得消呢？

和许多战士一样，每天都必须负重急行军的老洪得了烂脚病，一步一个血脚印。每踩一步下去，都像是踩在刀尖子上。就这也不能落下肩上的那副担架，为了和死神抢时间，他得扛着伤员跑赢这段崎岖的山路——大路都让给敌人了，得走小道，有时候根本没有路，红军筚路蓝缕，披荆斩棘，踩着竹签子甩掉围追堵截的敌人。

山水迢遥，看不到尽头，和他一道从山里出来的老乡王同喜，半道上便生了退意。实在是吃不消行军打仗的苦，脚丫子烂透了，还要冒着随时见阎王的危险。本来嘛，闹革命是为了有口饭吃，寻个活路，现在看来倒是自寻死路。王同喜瞅瞅身边的几千号官兵，个个面带菜色,疲于奔命,溜号的事时常发生,便寻思着,瞅个空把担架扔了,就像那些趁着黑丢下枪的人,至于革命嘛,多他一个不多,少他一个不少。

他可没想到老洪早盯着他呢,他一撒手开溜,老洪就上前揪住了他。

"咋的,想跑?"老洪一瞪眼。黑天里,他那双铜铃似的大眼够吓人的。

"班长,你行行好吧,放俺回家呀。"王同喜拍拍怦怦乱跳的心口,臊眉耷眼地直作揖。

"你咋恁糊涂呢!"老洪恼得一跺烂脚,"你瞅你回得去不?"

老洪说的是实话,红军一出来,就回不去了,一片连着一片的根据地,早给人端了。山上的红旗,先前那么耀眼地迎风飘扬,现在也都给拔了,山头光秃秃的,荒凉得没个躲藏的地方,回去就是送死。既然死都不怕,倒怕眼前这点苦,怕跟着队伍杀出一条活路?

老洪说得王同喜怔忡半天。夜里风呼呼地刮,刮得人心乱如麻,彼时又化作锋利的刀子,不要命地手起刀落,快刀斩乱麻。到天亮,又是山高水长。王同喜不大灵光的脑子一时转不过来这道弯,不过失去了这次溜号的机会之后,就没再打逃跑的主意。老洪的游说多少起了点作用,在釜底抽薪的革命道路上,死亡是一只可怕的拦路虎,挡住了怯懦者打退堂鼓的脚步。没有退路,从另一个角度来说,也就只能义无反顾。好歹读过几年私塾的老洪一针见血,在残酷的革命面前,的的确确"开弓没有回头箭"。

笼着袖子圪蹴在旮旯里,听着刀锋出鞘般的凌厉风声谈了一夜，王同喜到底回心转意，继续抬着担架上路了。老洪松了口气，别人溜号他管不着，他的担架班，可一个都不能少。他并不是个理想特别宏大的人，比起胡运之、方从山他们，他到底还是眼光浅，不然怎么束手束脚地抛不下老婆孩子？想起桂芝，他心里一阵钝痛，还有景荣，那个被他一脚踹翻在地上的孩子，要是当真回不去了，这孩子会不会一辈子记恨他爹哩？

当初去赤卫队，也是因为心里有一团火。胡运之、方从山他们从山外面带回来的新思想，让他觉得前三十年都白活了似的，原先抬头见惯的层层叠叠、茫茫苍苍的大山，也成了一重重压在他眼前、身上、心坎儿里的巨大障碍。他给桂芝说胡运之、方从山他们的进步思想，桂芝却显出忧心忡忡的样子。她到底是个小脚女人家，况且她嫁给他，老老实实做他的妻子、他儿子的母亲，十年里一心一意不过是锅头灶尾这方寸之地，面对命运的不确定性，难免疑虑重重。后来乡里成立了农会，打土豪，分田地，红色运动轰轰烈烈，她心里活泛些了，指着坡上坡下成片的红军田，兴奋地对老洪说："看来你们是对的，天下应该是老百姓的天下，不该是地主老财的。"老洪也高兴，一副"我早就知道"的得意表情。胡运之家是开钱庄的，方从山家的茶园方圆有百里，连他们也起来造反，要革自己老子的命，可见这场运动是席卷一切的"世界风暴"，从骨子里、根子里，打碎一个旧世界，建立一个新世界。

老洪和桂芝统一了想法以后，就兴兴头头跟着赤卫队进了山。临走那天，桂芝牵着景荣，站在屋前蓊郁的毛竹园里依依不舍地送别："俺等你呀。""嗯哪，俺打了胜仗就回来。"老洪觉得胸腔里的那团火烧得炽烈，抚摸景荣毛茸茸的小脑袋时，仿佛能切近地看到胡运之、方从山他们说的共产主义的世界——景荣就该在那样的新世界里,穿着干净体面的衣裳,念书,识字,学文化,不为吃饭攒谷这样的事发愁。

谁晓得山里的天变得快,等老洪再回转家来,桂芝就撕扯着不让他再跟队伍走。"你心里要是有俺娘儿俩,就不要再做这让人提心吊胆的事。"桂芝身上直发抖,提起"跑反",眼泪就流下来,抱着老洪的胳膊拼命摇,好像来"扫荡"的不是柯老三,是老洪。

老洪牙齿咬得咯咯响,劝桂芝:"别怕,俺们队伍还在。"

"管啥用呢?柯老三有枪有炮,"桂芝拿脑袋往老洪怀里撞,"你是有枪啊,还是有炮?"她知道老洪只管抬伤员,根本没摸过枪,故意拿话挤对他。

老洪有些懊恼:"革命分工不同,俺肩上的担子比枪啊炮啊重得多!不说那,柯老三杀回来,这下你晓得阶级仇恨有多深了,不斗争,哪能行?"

"俺不是怕你斗不过,白白丢了身家性命?"桂芝赌气拿背对着老洪,"你要不是俺男人,俺管你?!"

老洪讨好地扳桂芝的肩头,又毛手毛脚把她搂进怀里:"俺晓得,晓得哩!老话说得好,开弓没有回头箭,既然俺们跟着共产党,分了地主老财的田,那就一门心思,跟柯老三他们斗争下去。"

桂芝不服地噘着嘴:"俺们这就把田退了,过安生日子不好么?"

"桂芝呀……"老洪皱眉,"有了好处就上,吃了亏就往后撤,这……这还是干革命么?"

"俺不懂你的革命,俺只晓得好好过日子,现在日子过不下去啦！"桂芝又叫嚷起来。

老洪赶紧捂上桂芝的嘴："好日子在后头，你信我。"

桂芝只能信老洪。这敦实的汉子生就一副说一不二的脾性，吐口唾沫砸颗钉，让人不得不信。尽管桂芝十分怀疑那套革命的大道理，但老洪既说了"好日子在后头"，她便只有死心塌地地等。

等到老洪凭借一副铁脚板，被二一九团的团长从赤卫队里挑出来，转正为红军的担架兵，桂芝才发觉上了当。但那时已经晚了，老洪的性格因子里，结结实实地存储着一条道走到黑的决绝和极为朴素的价值目标取向，这些都是桂芝的柔情和眼泪拴不住的。他和那个为了挣一条活路而冒险前行的王同喜不同，忠厚的秉性和战争的严酷都不容许他偷奸耍滑，他愈来愈深地卷入这场胜负难决的革命中去，愈走愈远……

抛妻别子，浴血苦战，老洪他们在颠沛流离中冲破一重又一重的封锁。在汉中，遇上空袭，敌人的炸弹疯狂地扔进未及隐蔽的担架队。顷刻，地动山摇，人仰马翻，凄厉的嘶鸣、杂沓的脚步，都被隆隆的炮火瞬间掩埋。燃烧的枯枝卷着弹片四处飞溅，裸露的弹坑让宽厚的大地眨眼变成丑陋的癫痫头。有一刻像是静止的，老洪飞在半空中，睁大眼睛——那支疲惫的队伍被那么稀松平常地扯碎了，像是惊涛骇浪中的一叶小舟，原先坚强有力地团成一个拳头般的武装力量，眼睁睁地碎成了人渣渣。

也就是在这时候，老洪遇上了梦里的妻儿。桂芝，桂芝，景荣，景荣！来不及想到宏大的革命理想，老洪才唤了一声，就被卷进炸翻的土堆石砾中。他眼前一黑，世界像是倾塌了，哗啦一下，把他埋进最幽深禁闭的底层。他简直没有任何挣扎的余地，动弹不得，全身的力气都被抽了去，软绵绵、轻飘飘的，整个儿世界颠倒了，倾圮的世界全都压在他的身上。世界的最底层是啥？老话说十八层地狱，那么是下了地狱，还是十八层的底狱……黑呀，真是黑，啥也看不到了，老洪瞪着铜铃似的大眼，终于，终于，倦得合上了……

等战友们把老洪扒出来的时候，他已经不省人事。没有任何生命体征的他，被毫无悬念地"牺牲"了。大家把他拖进死人堆，准备就地掩埋。王同喜扑上来，紧紧抓住他："老洪！你给俺起来！说好了杀出一条活路，咋的，先认厌了？"

王同喜死命摇着老洪，摇着、哭着，哭着、摇着，眼泪鼻涕飞在老洪的脸上、身上，飞在老洪的脑袋上。

渐渐地，那颗脑袋有了反应，说不清哪个血肉模糊的器官动了动。

王同喜先是以为自己看花了眼，停稳了不再摇老洪，才发现嘴角那里有了些许弧度。

疼？知道疼了？那就是还活着！

"俺的个天妈妈！"王同喜抱着老洪的脑袋叫起来。

冥冥中好像自有天意，被老洪一句话醍醐灌顶的王同喜，怎么也不肯相信为他指点活路的老洪会轻易放弃自己的生命，他硬是从死人堆中扒出了老洪。死里逃生的老洪应该感谢王同喜，或许更应该感谢自己，往往是这样，对别人的帮助，最后成全了自己。抬了别人一路的老洪，这回躺在了别人抬的担架上，平生第一回不用自己的脚板走路，稀里糊涂地再次一路向西。

AB

那一年,红军走了。

没有红军的苏维埃,是一个任由国民党宰割和凌辱的软弱妇人。和其他所有的苏区一样,还乡团鸡犬不留地杀进这个小小的村落,一时间狼烟四起,空气中弥漫着浓烈的血腥味。

周围的群山沉默了,血红的太阳呼应着熊熊的火光,把仇恨和恐怖投射在群山的沉默上。近来它们见惯了国共两党之间的厮杀,每一次拉锯都是血灾和火海,奇怪的是,越杀,越烧,那颗红色的种子越是顽强地生长,好像要把整个层峦叠嶂的大山变成赤旗猎猎的红色山头。但是这次,那些挥舞着红旗的人好像失败了,他们马不停蹄地突围出去,甩掉了重重追兵,也毫不吝惜地甩掉了他们的根据地。这下,留在这片土地上的亲人们可遭了殃。

家,就是这时候被一把火烧掉的。它是"匪窝",不配在青天白日下存在,烧掉它,就是烧死那颗红色的心。与此同时,搜捕和屠杀也开始了。

桂芝这时候特别痛恨自己那双曾经引以为傲的小脚,它们太碍事了,跑又跑不动,挪又挪不开,每一步都让她钻心地疼。加上抱着一对尚未满月的双胞胎,还要牵着景荣,她歪歪扭扭的步伐显得那么拖沓和可怜。她恨不得生出一双像丈夫那样的大脚板,挑上一副利落的担子,把孩子们担在柔弱的肩上。可是,她只能颠着小脚,抱着孩子,仓皇而滑稽地出逃。

丈夫是秋天走的,走的时候连声招呼也没打。这年真怪,好像他一走就落了冬,大雪下来了,真正的鹅毛大雪,铺天盖地的,把桂芝的天和地都结结实实地埋了,她看不到一点出路。她的心是被冰封住了,从秋天里就冷得打战,一对来得不是时候的双胞胎,讨命鬼般地嗷嗷待哺,她急得淌眼泪,奶水却淌不出来。大雪封山以后,吃喝更是难觅,她躲在洞里,能扒拉出来的,只有枯枝败叶和孩子的哭声。

挤不出一滴奶,她愧疚地看着怀里皱成一团的黄巴巴的小脸儿,心里难受得要命。真是要了她的命了,这个身陷绝境的母亲欲哭无泪,眼看着孩子的呼吸一点点弱下去,她无能为力,唯一能做的,就是紧紧地抱着他们……

他和她抱头痛哭,这幅画面如梦一般。他摸摸她的脸,还是他离家时光溜溜的脸蛋子;她扯扯他的腿脚,还是她送他时全须全尾的样子。

她不晓得此生可有这样的一天,于是痴痴地等。一直等了他十年,没有等到那一天,终于,她醒了过来。

这天她推开门,见景荣攀在半截土墙上和他陈叔说话。两人头抵着头,嘀嘀咕咕的,见她出来,就歇了。"你俩嘀咕啥哩?"桂芝仰头问。秋天的太阳镶金戴银的,炫目得很,她只好抬起手臂,遮挡住睫上毛茸茸的芒刺。景荣哧哧笑一声,从墙头滑下来:"莫的啥哩,俺和陈叔后晌去镇上。"

隔壁陈福是老邻居,当年两家房子烧成一堆灰,手搭手再建起来,还是邻居。其实她嫁过来的时候,他就从轿帘里偷偷瞧过她。只是那时他还是青皮后生,多少晓得臊。往后的日子轻快得很,并不因为过得艰难而停滞在那里,她怀景荣,生景荣,养大景荣,陈福都看在眼里。他眼红哩！她生下景荣的第二年，他也娶了房媳妇，只是病恹恹的，左腿还不大灵光。就这，也花光了陈家的积蓄，因此不能抱怨，只能待媳妇好，指望日后也能生个大胖小子。谁想病恹恹的媳妇总也养不踏实，起先还掩着嘴、捂着心口咳，渐渐帕子也包不住了，大口大口地咯血，终于撒手归了西。

陈福是桂芝见过的最没脾气的男人，有时候她都觉得他不像个男人。可就是这个不像男人的男人，在她最难的时候帮衬着她，把支离破碎的日子补缀起来，多少像个样子。景荣算是没吃太大的苦，她忧伤地想，就算老洪还在，也不过就是给口吃的，把他拉扯大。她算对得起老洪了，这条根到底没断在她手里。

那对双胞胎可没那么幸运。

孩子生下来，老洪没见着面就跟着部队走了，桂芝幽幽叹口气，想老洪大概从没惦记过那一双儿女。也罢，没出月子就夭了的孩子，进不得祖坟的，况且是那么难的日子，命贱得不如猪狗。那阵子天天"跑反"，多亏了陈福。她光顾着怀里这一抱，差点丢了景荣，是他领着景荣躲了几天几夜。她急得团团转，又莫得法，稀稀拉拉的奶水一下子就断了。原本就不怎么下奶，大人都莫得吃的，哪里有奶水哟！桂芝搔着自己干瘪的胸，哭又哭不得，喊又喊不出。山下，烧村的火光还若隐若现，她只有搂着怀里的一对双胞胎，眼看着他们气息奄奄的小脸，红了，紫了，青了，白了……

母亲的眼泪就是那时候流尽的，等她失魂落魄地回到山下，见到景荣的那一刻，便发了疯地一把将景荣抱住了，恨不得立时把他塞回到自己的肚腹里，才好保他的周全。她嘴唇哆嗦着，喃喃发着梦呓般的咒："景荣，景荣，你要好好的，好好的呀，娘的命给你，都给你……"

　　景荣长到十八岁，她心里还忐忑着，生怕有啥闪失，在她眼里、心里，满满的都是景荣，只有景荣。做娘的和做爹的到底不一样，她想不通当年老洪怎么舍得一脚踹在孩子的心窝上。那一脚踹出去，他昂头走了，可想过他们孤儿寡母半分？

　　屋前那片蓊郁的竹林也许能够读懂老洪曲折的心思，它们掩护着他并不高大的身影，就这样从一片摇曳的绿影深处悄悄绕开了家人望眼欲穿的思念，绕开了产后极度虚弱的妻子。

　　1932年秋天，那个一心盼望丈夫能从部队上回来看一眼的妇人刚刚生下一对双胞胎，孩子才十六天大，尚未得到过父亲的爱抚，父亲一声不响地就要远遁。

　　那天，年仅八岁的景荣跑出来看热闹。乡村里有许多稀奇的事，但没有哪样比一群老实巴交的农民跳出来与地主老爷打架更让人惊讶。他们集体意识的骤然苏醒还只是最近的事，但很快就发展成为一股势不可当的大潮。现在这大潮扑过来了，黑压压一片人头，说不清有多少人参与其中。母亲告诉懵懂的景荣："去，把你爹找回来，他一准在队伍里。"

　　于是当见到一条长龙似的队伍从他们家门口蜿蜒而过时，景荣奋不顾身地倒腾着两条细弱的小腿追上去。他抿紧嘴巴，睁大眼睛，追逐着，奔跑着，到底在人群中发现了垂头缩脑的父亲。

　　"爹，爹！"儿子一边哭一边喊，奔到父亲面前，"回家哩！"

　　内疚的父亲有些心虚地把眼睛撇开了，他不敢看儿子那双黑漆漆、毛茸茸的大眼睛，它们扑闪扑闪的，像要把他的身子和心都整个儿扑进去。

儿子看不懂父亲隐忍的"绝情",他还扯着父亲的衣角,跌跌撞撞地跟着跑:"爹,爹,回家哩!"父亲对他不理不睬,这让他更加汹涌地号啕起来,"爹啊,爹——"

孩子幼嫩的哭声拖着腔儿在队伍里横冲直撞,撞得同行的人耳膜都痛了。人们的心也跟着揪起来,又酸又痛,纷纷地劝:"老洪,回吧,回去看看!"

那个被称作老洪的寒着脸,回头看了一眼哭成泪人的儿子,马上又挨了蜇似的别过脸去,加快了脚步。他心里明白,不能停下来,停下来就再也走不动了。儿子的眼泪已经让他受不了,要是回到屋头,看到妻子的眼泪,他还能跟上部队么!他不怕敌人的子弹,就怕女人的眼泪弹子。那时他还不知道此去经年,山高水远,队伍上上下下都统一了认识:这次战略转移迫在眉睫,要不了多长时间,咱就狠狠地打回去!

八岁的景荣可顾不上琢磨父亲曲折的心思,他要他的父亲,这要求既简单又直接,如果不能得到满足,他就要孩子气地一直哭闹下去。景洪扑上来抱住父亲的大腿,不让他走,就不让他走!

老洪一惊,孩子发了疯似的扑上来,他的一条腿被死死抱住了。战友们一个个从身边走过去,自觉地绕开了这个窘迫的父亲。老洪心里又急又疼,眼看着队伍越走越远,终究不敢再犹豫,一脚把孩子踢到路边……

被踢了一脚的孩子呆呆坐在地上,他刚刚换了乳牙,现在那颗新出的门齿却不知怎么磕掉了,嘴里顿时淌出血来,把他吓坏了。止不住的泪水和着漫天扬起的灰土,把那张抽搐的小脸涂得花里胡哨。他想不通父亲为什么如此狠心,多少年以后,长大成人的他和自己的儿子说起这段往事时，也还抱着天大的委屈，好像那一脚踢在心窝上，一辈子也消不掉心口上的那道钝痛。

老洪为这事也痛了一辈子。

1949年，仗才算打完，离家十七年的老洪才有机会从隆隆的枪炮声里彻底脱了身。他，得回家了。山坳里的那片竹园还在，这么多年风风雨雨，竟还葱郁得不像话。只是房子眼生，不是他离家时的模样。院子好像大了些，门开得也不是西南方向。老洪疑疑惑惑地上前拍门，门里却听不见动静。

远远地，一个挎着竹篮的小脚女人的身影一摇一晃地走过来。老洪只瞧了一眼，就认出那正是被十七年迢遥的岁月从缝隙里丢出来的桂芝！他激动地迎上去，然后不声不响地停在她面前。

埋头走路的桂芝吓了一跳，一个陌生男人挡住了她的去路，她闹不清他是无心之举还是有意促狭哩。可是，慢着，等她把那张满是沟壑的脸细细瞅一遍，就从那难言的沧桑里面认出了他。天哪！竟然是他！她一步没站稳，跌坐在地上。不，不可能！她固执地摇摇头，随即爬起来，跌跌撞撞地朝家里奔去。

天杀的！她砰的一声把大门关上，跟上来的老洪碰了一鼻子灰，接着，就听到门里传来女人透不过气的哭声。"你开门呀，俺有话跟你说哩！"老洪举起拳头就砸门，压抑的哭声让他的心一绞一绞地痛。女人见了他一言不发，掉头就躲进门里哭，她是受了多大的委屈呀。

"你开开门吧，"老洪乞求道，"那一年，你才生下孩子，俺就狠心离开了你，这一辈子，俺欠你的太多了……"老洪哽咽地搅起疼心的往事，让门后的女人的哭声更加汹涌。时间似乎静止了，凝结在一种稠厚浓烈的悲怆里。他固执地要把十七年的思念和愧疚都说给她听,尽管经历了那么多没有他分担的苦难,她也许并不在乎他的忏悔。

良久,她终于抽噎着说:"你走吧,俺没脸见你……没法子,两个孩子,连名字也没来得及取,就……托生了……为了把景荣拉扯大,我才……"

老洪一愣,接着使劲拍门:"你开门,让我好好看看你,你开开门呀……"

门没开,始终没开。老洪的嗓子眼里都冒出血腥味儿了,号啕大哭的桂芝也没放他进门。就这样,一个在门里,一个在门外,把一辈子的相思和忏悔都喊完了,哭完了。

秘 战

西窗的海棠有年头了,还是祖父亲手种下的。老宅倾圮于流年之后,只有那株海棠留了下来。淑媛坐在窗口,侧耳去听树下年轻姑娘嬉戏的声音。风吹落花,簌簌而动,暮春甜丝丝的暖风沁在傍晚的夕照里,仿佛温润的古玉肌底若隐若现的淡红纹理。姑娘们的笑声浮漾在春风夕照的卷轴上,那是她的孙女儿们,让她想起了自己的十八岁。那些青春的脸庞被温柔的晚风轻拂过后,发出光来,呈现出好看的玫瑰色,与窗边的海棠一齐争奇斗艳。

十八岁啊,她可没有她们现在这样包臀的牛仔裤和马海毛蝙蝠衫,不过也很美,青春总是美的。就像流泉,像明月,像清风拂过山冈,一切的朦胧和怦然心动,都写在饱满多汁的青春里。岁月如流，却永远有关于青春的沉淀。淑媛微笑地看着窗前的孙女儿们，满头银发被习习的晚风吹出蓬松的一朵白云。

云下有梦。

一件白洋布褂，下配一条及膝黑裙，很长一段时间淑媛都是这副标准的学生打扮。那时她整日像做梦似的，在翁郁的青春里遇见了炽烈的爱情。只是这一切都像悄然绽放的花蕾，全然是一个人的秘密。她无法将它公之于众，怦怦的心跳，绝不允许第二人知晓。她几乎一生都在从事这样隐秘的事业。而这事业的发端，要从遥远的十八岁溯起。事实上那时候整个县城像她这样的女学生还不多见，国民政府虽主张开放风气，但那都是大城市里的做派，单是送淑媛去女子高小读书，已经够让周围的人羡慕的了，况且她后来还去了笔架山农校。

也是仗着老太爷宠爱，淑媛比堂姊妹们都大胆些。她敢将狗尾巴草递到倚在太师椅上打盹的老太爷的鼻子底下去，居然没有人跳出来派她的不是。大抵是同族的姊妹们念她父亲早逝，便允她在祖父面前独得一份宠爱，也不与她争。这养得她越发地骄傲起来，什么都不大放在眼里。高老太爷在县衙门里供职，原本就是族里德高望重的人物，他娇宠他的孙女儿，高家便没有一个人敢说淑媛不得体。十八岁本就是爱做梦的年纪，她有时说一些疯话，做一些出格的事，祖父假装板起脸来训斥几句也就罢了，并没有人当真。

可在淑媛看来，高家几进的深宅大院，依旧是礼教森严、吃人不吐骨头的庞然怪兽。

她在西窗的海棠树下和堂姐淑贞说起姑姑的事,黑色方口猪皮鞋踢着脚下的卵石,年轻的脸庞因为激动而泛出绯红,愈说愈是义愤。淑贞摇摇头,拿眼色示意她小点儿声。

"为什么要小声?青天白日的,难道不该理直气壮?"淑媛对淑贞的谨小慎微不以为然。她们姐妹俩前后脚来到这世间,对于人生的理解都不过刚刚十八个年头,却分蘖出迥然有别的性格。

被淑媛一吼,淑贞的脸也红了,低声道:"我们这样说,总归是不好。"

淑媛这才认真地打量了一眼这个惯于待在阁楼里绣花的姐姐,嘟着嘴降下调门:"我们说说便已经不好了,可他们逼得姑姑去死,难道是好的?"

"那个……他们……"淑贞小心地斟酌着词句,"这……世上不好的事情太多了,我们只需管好自己。其他的事么,譬如日月星辰,你管得了它们东移还是西进?"

淑媛立刻提起气来辩驳道:"你这样说便没有道理啦!姑姑的事,怎么是其他的事?它就真真切切地发生在我们身边,并且也很有可能,不久之后就发生在我们的身上。倘若下一个便是你,你可还冷得起心肠说它不过是'其他的事'?"

"我不是冷心肠,"淑媛幽幽叹息了一声,"只是,我们都没有力量掌握自己的命运。"

"不,我要掌握自己的命运。"淑媛重重地在胸前握了一下拳头,"像男子一样!"

她这样说,可不是没有道理。尽管高家从未出过一个忤逆的子孙,可是到了她们这一代,一切都变得不一样了。就在中华民国

逐 日

政府开启新纪元的同一个年头，淑贞和淑媛呱呱坠地，同岁的她们似乎代表着新旧的割裂和断代。现在青春逼人的淑媛在淑贞耳边气息澎湃地说："旧的总会被新的埋葬，你是同我一起，做埋葬旧世界的掘墓人，还是自掘坟墓？！"这可把淑贞吓坏了，她战战兢兢地扯着淑媛的衣袖，求她莫要说胡话。可是淑媛已经折下了一枝海棠，接着拱起膝盖，啪地一下又折断了手中的断枝。

她们关于姑姑吞金自杀的争论戛然而止。

这原本是个悲伤的话题。那一年，和淑媛、淑贞感情甚笃的姑姑尚待字闺中。姑姑正值豆蔻年华，在她们心里，姑姑那么美，又那么温柔，是集全天下的美好于一身的女子。但就是这样一个美好的女子，却因于封建礼教的樊笼，因未婚夫死于恶疾，竟吞服黄金和鸦片，以死守节明志。姑姑的死亡是华丽的，黄澄澄的重金属和黑漆漆的鸦片膏为她铸造了一扇精美的屏风，挡住了未来岁月的叵测和一个未过门的寡妇可能会经历的所有是非。高家请来了乐班响器，入殓哭丧，像筹办一场盛大的婚礼一样，为这位震惊四乡的"烈女"操办了一场盛况空前的葬礼。

不知道姑姑的内心曾经历了怎样的凄凉和绝望呢，为了一个在她生活中从未出现过的、近乎虚无的夫婿，姑姑放弃了自己鲜活的生命。那正是如花的年纪，她的开放却好像只是为了凋零，向无数冷漠的旁观者展览了一次，便香消玉殒了。伴随着姑姑的名节被广为宣扬，淑媛的悲伤竟逐日漫漶成一种莫名的愤怒。流年之后，已经和姑姑当年一般年纪的淑媛和淑贞，迎来了她们民国十八年的春天。是像姑姑那样安守一个女子的命运，阻止生命的本体向上生长，还是做一颗不甘沉沦的种子，在看不见自我的黑暗中破土而出？淑媛心底深处那久被压抑的执念，不可遏制地爆发了。

这个春日的午后熏风醉人，整个高家大宅都昏昏欲睡，并没有人听到两个年轻姑娘的私语，但淑媛的豪迈情怀遽然膨胀起来，一刻也不能耽搁似的，恨不能让全世界听到她内心的爆破。

她要走出这被封建伦理重重包裹的木乃伊般的地主家庭，去过她向往的新生活！

不过，这样美好的生活着落在哪里，她暂时并没有明晰的方向。

唯一使她感到确定无疑的，是首先必须把自己的双脚抬离原地。就像那位叫娜拉的女士，她并不是考虑好了出走后的落脚之处，才走出家门的。而这正是娜拉女士的勇敢之处。鲁迅先生说娜拉出走之后，不是堕落，便是回来，这根源于现实的严酷，因而更需要类似"无赖"的韧性，去持续不断地战斗。这些都是淑媛从农校的青年教师方从山那里得到的教诲，她深以为然。

在淑媛眼里，方从山大抵是这样一个人——桀骜不驯而又温润如玉，是可以为信仰而怒发冲冠的谦谦君子。她亲见他把县教育局的洪科长骂了个狗血喷头，只因为洪科长随口一句"打官司么，有钱就有理咯"。她还从未见过他这样的人，举手投足都是——她简直找不出合适的措辞来描述他，只能用她见到他第一眼时的感觉来附会——光。

他是她的光。

后来她才知道这个二十六岁的年轻人在武汉念书时就加入了共产党。他先后在黄埔军校和农民运动讲习所系统学习过军政知识，早在国民革命军的"北伐"中就显示出了过人的才干。"四一二"政变后,他被上级派往家乡继续从事革命活动,在笔架山农校任课不久,便以黄埔军校生及国民革命军第三十三军第三团团副的身份,进入国民党县党务指导委员会就任执行委员,并随后组建商团、民团等地方武装,亲任团总之职。

她可不在乎他的履历,她只是一心听他的话。

她听他说,"妇女解放是革命的重要部分",她便要站出来终结包办婚姻的悲剧。

她听他说,"只有消灭封建剥削制度,才能实现人的平等和自由",她便回去要求祖父开仓放粮,坚决不做土豪劣绅。

她听他说,"闹革命,光搞鼓动和宣传可不行,还要有自己的军队",她便恨不得自己也变成他手中的一杆枪。

他说什么她都信。

其实方从山的话很多是经不住推敲的。因为那时候并没有一个现成的"共产主义",他们所热衷的"革命"往往呈现出复杂而模糊的面目。仅就方从山的身份而言,就很难分辨他在暧昧的历史空间里到底存在着怎样曲笔的裂变。一辈子信奉"难得糊涂"的高老太爷,对掌上明珠也只好苦口婆心:"此一时,彼一时,你不要听他们瞎忽悠。"从清朝衙门到国民党政府,祖父一直在替官家做事,经见的风雨已将他浸染得世故而颠顸,淑媛却听不进这些。对于革命,她只抱有蒙昧的幻想,还谈不上什么政治觉悟,所以也不会由此及彼地企图厘清历史的脉络,洞悉历史的走向。她只觉方从山的每一句话都那么好听,直说到她的心里去。

她将祖父的话说给方从山听,说他的革命是痴人说梦。方从山却粲然一笑:"人人都做这样的梦,便可成就一番壮丽而伟大的事业。"

方从山是她的老师,那么他一定是对的。她目不转睛地盯着他在讲台上的身影,及至后来在生命的最后节点,她的目光一直追随着他,从未偏移过一丝方向。

她是在他的介绍下加入共产主义青年团的。这可以算作她一生中最明亮的时刻。那一刻她与他贴得那样近,她几乎可以听到他有力的呼吸声。他深长而均匀的呼吸拧成一小股旋风,从侧面吹过来,撩起她的发梢,在她的脸颊处搔来搔去。她立刻陷入了幸福的眩晕,有那么一小会儿,竟然以为那庄严的宣誓是因为爱许下的诺言。随即她醒了过来,脸颊发烧,灼烫得吓人。他愕然问道:"你怎么了?""唔,我没事。"她慌乱地把碎发掠到耳后,耳根那里也红了。

这是他们的身体距离最为切近的一次会面。很多年后她想起他的模样,还是由那深长而均匀的年轻男子的呼吸进入画面,氤氲着神秘的荷尔蒙的气息。她的心脏怦怦跳得厉害,却没有人知道它为何跳出了那样奇异的频率。连他也没有发觉,她的激动和紧张有些奇怪,那并不像是出自一个信徒的忠诚。他向她微微笑了笑,表示理解,他以为她全身紧绷的状态是因为正在从事的地下活动。事实上她一点也不害怕,不,他就在她的身边,她还怕什么呢?

这一年的5月,完成力量积蓄的方从山利用手中的枪杆子挑开了山乡起义的序幕。

然而三个月之后,身份暴露的他就不得不转移到省府。几乎是与此同时,淑媛也被迫转移,成为省立女子职业学校的一名学生。但省立女子职业学校的学籍,只是为她解决了表面上的身份问题——方从山通过社会关系找人代考,让她在省府获得了合理合法的居留权,实际上淑媛从未去学校上过一天的课,她根据当地党组织的安排,暂住在学校附近的江淮旅社,每天的工作就是和几位女伴一起到街上散发传单,张贴由共产党起草的《告士兵书》。

对于淑媛来说,这一切来得太突然了。她还没有准备好从一个家境优渥的女学生,转变为在白色恐怖中从事特殊工作的地下党。不过这一切在革命面前又都算不了什么,或者说,在与方从山同志一起从事革命工作面前,一切的危险和考验都不算什么。随着"肃清共党分子"的政治形势越来越严峻,淑媛几乎可以认定,他们从事的神圣事业正在浴血开出艳丽的花朵。她不能退缩,因为他就在她的身边。

这种严酷的地下环境,似乎很容易让她把他们的并肩作战想象成一株槭树与另一株槭树的握手,鲜红如血的诗意,反倒使她更加陶醉于青春的恣肆当中。她有时怀抱着一个人的兵荒马乱,默默地念起他的名字,想到革命成功以后他们幸福的模样。有时她又想,这是一个多么美丽的秘密,并不需要什么额外的"幸福"来做不相干的证明。不,她倒可以凭借她心中满溢的幸福,来证明她的不为人知的秘密。她多么钟情于自己爱他的心,这也成为她的信仰,和共产主义一样。

事实上她和方从山并没有太多见面的机会。自从离开笔架山农校,方从山一直在从事兵运工作,他们仅有的几次会面,都是匆忙、紧凑而罔顾个人感情的,甚至逗留一会儿,谈一谈师生情谊,也显得不合时宜。更多的时候,她和他保持着一定的距离,和其他同志们一起严肃地围坐在他身边，接受工作部署或者讨论近期的工作问题。就算这样她也很满足，她本来就是个安静的姑娘，能够安安静静地待在角落里阅读他眉间的峰峦和唇边的波纹，已是令她窒息的幸福。

怀抱着这样丰腴的幸福，她陷在一个人的恋爱中，直到那一天。

她给自己悄悄留下了一份《告士兵书》。因为它的主要起草者正是方从山。她预备在晚上休息时仔细阅读，认真学习这份共产主义宣讲材料，好好消化一下。革命的激情和理想的憧憬让她很少思考个人的前途和得失，甚至，照顾自己的情绪也有可能亵渎那份神圣的情感。白天的街头纷扰而躁郁，到处都是冷漠的路人和持械的军警，她几乎找不出静美的时间，来细细品读那轻轻跃动在字里行间的温柔心跳。那是她的另一重教义。

她喜欢一灯如豆，在摇曳的灯火下触摸内心那一点可以暂时被称作"柔软"的东西。毕竟，在宏大的革命语境下诞生的那种坚硬如铁的刚强，无法覆盖生命全部的底色，一个女孩子，到底还是需要这样的柔，这样的软。从寒风呼啸的冬日街头传来的犬吠声未能引起她的警惕，她弯下腰，预备取下绑在腿上的《告士兵书》。乌黑的齐耳短发调皮地跑到了她的脸颊前，她随手将不安分的头发掠到耳后。也就是这个无意间的动作，巧妙地掩饰了她的身份——当凶神恶煞般的军警破门而入时，她还没来得及取下绑在腿上的"罪证"。他们冲进来，不由分说地逮捕了她，理由是有人举报"江淮旅社有可疑分子出入"。

那晚的灯影和人声瞬间就被慌乱踏碎了，一层楼的人几乎拥在一起，发酵出摩肩接踵的热闹。大家挤挤挨挨、骂骂咧咧地被军警推来搡去，接着被带到更加热闹的门厅，逐一进行身份验证。淑媛还没有经历过这样的阵仗，她太紧张了，以至于胸腔中心脏咚咚狂跳不已。那颗心脏似乎兴奋地在她的身体里狼奔豕突，怎么捂也捂不住。她担心它有可能跳出来，因而暴露自己的身份。但它只是让她面色苍白，膝盖颤抖，背脊上冒出冷汗。她快要虚脱的样子引起了军警的注意，一个唇上有髭的军警乜斜眼打量她，狐疑地问道："丫头，从哪来的？"

"山南。"淑媛喉头发紧，但还是尽量让自己的音色听起来不那么僵硬。

"山南？那里最近闹得够厉害啊。"门厅里乱哄哄的，军警把帽子摘下来，抹了把额头的汗，"奶奶的，人一多，热得招不住。"

"我……是来考学的。"淑媛瞪大眼睛，"我是省立女子职业学校的学生。"

"喔唷，从山南跑到这里来上学，家境不错吧？一看就是娇滴滴的小姐……"楼梯那边有人喊"老吴"，于是"老吴"暂时放下淑媛，颠颠地跑了去。

淑媛松了口气，虽然从参加革命的那一天起，就随时准备着为革命流血牺牲，但那种未经实践的心理"准备"，似乎一旦面对突发状况就变得不大管用了。她有些庆幸"老吴"的不负责任，他没有把她放在眼里。她确实不值得他浪费时间，反正打山南过来的，一律押起来就对了。这时候她还不知道，由于从山南地区逃亡至省府的地主豪绅的指认，方从山已经被捕。

很快，淑媛就被投入了国民党的大狱。

这是她第一次被捕入狱。尽管在日后漫长的岁月里,由于秘密战线的特殊性,她不止一次地吃过国民党的牢饭,这几乎成为她的履历,但这次经历还是令她印象最为深刻。

　　人,总是对第一次记忆深刻。

　　没有任何斗争经验的淑媛此刻最为担心的是,如何处理掉身上的传单?如果暴露身份,又该怎么办?她被极度的紧张和恐惧包围着,食不下咽,夜不能寐,到处都有军警的严密监视,棉裤里的那张《告士兵书》怎么也没有机会丢出去。就要过堂受审了,淑媛那张原本青春红润的面庞此刻已经面无人色,十八岁的姑娘心里在想什么呢?是为女子解放事业遇到的艰难险阻发出悲悯的叹息,还是为个人命运被随机地捆绑在集体乌托邦上而感到生死未卜的焦虑和惶恐?

　　就在那根紧绷的心弦即将崩断的一刻,淑媛看到了方从山。

　　在看守所阴森的甬道里,他提着脚镣,态度从容地从她身边踱过。她从黑乌乌的铁栏杆里望着他,一颗心蹿到了嗓子眼儿。原本她已经完全陷在黑暗里,犹如一座枯井,头顶被一块巨石绝望地压住了,看不到一点希望,现在一道光从井壁投了进来。她凝望着他的身影,如饥似渴地追着那束光,一点点地,一点点地,近了,近了。

　　他也来了!她眼含热泪地想,居然一点不再感到恐惧。

　　他还像从前那样举止从容,英气逼人的双眉下,寒星般的眸子遥远而深沉,望向她的时候,眼底划过一丝柔情,那是对她最大的褒奖和鼓励。

　　这个年仅二十六岁的年轻人在精神世界领先了她数万里,但现在只是先一步被提审,似乎就是为了帮助她这个无知的姑娘而特意放慢了疾驰的脚步。他走过她身边时,压低嗓门悄悄递出一个口信:"你只是个学生,来考学的,不要乱说。"

她嘴唇哆嗦着,怔怔望着他。他眼睛里似笑非笑的光芒灼得她的神经一跳。

那天她听见了他在提审堂上痛快淋漓的骂声。"祸国殃民!"他这样痛骂国民党反动派。几个杀气腾腾的军警扑上来,把他按倒在地,然后是拳棒的毒打。她的心跟着抽紧,痛得不能呼吸,竟情不自禁地失声而哭。"到底是娇滴滴的小姐,经不得吓的。"有人这样误读了她的眼泪,摇头咂嘴地取笑了一番。

之后她再见到他,他已经被血水浸透了。甬道里拖过一条长长的血痕,她望着他消失的方向,灼热的脸颊贴在冰冷的铁栏杆上,听到刺啦刺啦的声音。

轮到淑媛了。

"你是不是共产党?"

"共产党是什么?"她好像真是听不懂他们的问话。

"那你是不是国民党?"

"什么是国民党呀?"

说到底,十八岁的淑媛对于革命确实是懵懂甚至无知的,她全部的经验都来自本能的想象。再则,就是受到了方从山的影响。她觉得他是用生命保护了她,而她一定不能辜负他。这种谈不上方式方法的斗争,对一个有经验的地下工作者来说,是极为可笑的,然而从未接受过特工训练的淑媛,认定这正是她战胜恐惧和敌人的唯一斗争方式,或者也可以说,是爱的方式。

幸运的是,第一次提审就这样被糊弄过去了。

现在淑媛唯一担心的是如何处理掉那张塞在棉裤里的《告士兵书》。

看守所里的被褥潮湿而板结,散发出一股难闻的霉味儿。不过这张被子下面,是唯一的私人空间。晚上淑媛躲在被窝里销毁"证据",她把传单搓烂后攒成一团,趁着夜里解手,偷偷丢在马桶里。可是天亮一看,天哪,纸团漂在马桶的粪水上载浮载沉,煞是生动。太缺乏斗争经验了,淑媛心急如焚。她主动要求出去倒马桶,却被看守的婆子拦下来。号子里有专门值日的犯人,还轮不上她当积极分子。她只好盯着值日的牢友拎着马桶出去,一颗心悬在嗓子眼儿。好在,敌人的斗争经验也并不都那么充分,马桶拎出去,又拎回来,空空如也的马桶似乎守口如瓶,这件事就这么消弭于无形。

很多年后淑媛回忆起这段的时候,仍觉得自己实在是走运,好像是,一个演技拙劣的演员头一次登台表演,却因为观众的愚蠢而大获成功。她找不出合适的词语来描述自己的心情,除了庆幸之外,一定还有些别的什么,但是这还远远不到总结的时候,她怃忑地想,方从山怎么样了?他自从被提审后就销声匿迹,好像根本不曾出现过。她记挂着他寒星一般的眼眸,以及眼底划过的那一丝温柔。他是为了她才出现的吗?为了给予她勇气和希望,在迷途中为她指引方向。这一切都好像是在做梦,她不能确定。

几个月来,她一直做着这样的梦,方从山就在她身边,他们贴得那样近,她几乎可以听到他胸腔里的心跳和迫近的呼吸。他深长而均匀的呼吸拧成一小股旋风,从侧面吹过来,撩起她的发梢,在她的脸颊处搔来搔去。她陷入了幸福的眩晕,脸颊发烧,灼烫得吓人。他体贴地问道:"你怎么了?""唔,我没事。"她慌乱地把碎发掠到耳后,耳根那里也红了……

她倒是经常见到那个叫老吴的军警。

老吴与她们这批同时被抓进来的女学生不久就混熟了,总是有说有笑。淑媛觉得老吴不是坏人,因为他有时虽以揶揄的口气说起她们这些女学生娇滴滴的样子让人硌硬,实在是"活该进来吃点苦头";有时又仰天打着哈哈说:"奶奶的,这帮牙尖嘴利的女学生最难搞,打又打不得,骂又骂不得,一口咬定自己是学生,有价值的情报一点掏不出来,还总有人说情作保。老子要是局长,就趁早把她们都放喽,省得一坨黄泥巴塞到裤裆里,不是屎也是屎。"

有一次老吴居然向淑媛眨了眨眼。淑媛疑心自己眼花了,难道老吴是……她马上摇摇头,把这一闪念摇出脑袋去,因为方从山并没有同她讲过老吴是自己人。况且她"只是个学生,来考学的",实在没有必要和军警攀交情。

不过老吴带来的消息还是令她振奋。

老吴和其他军警聊天的时候,有意无意地让淑媛听到一嘴,似乎是律师的辩护词让当局非常难堪——"来省府考学,却无缘无故被抓"。"无缘无故",这四个字最要不得,公安局和法院都是吃干饭的,审又审不出,判又判不下,把人从公安局的看守所转移到法院的大牢里,舆情已经难以控制,当局总不能"无缘无故"地无限期扣押女学生。

不久淑媛果然被无罪释放。那天,淑媛见到了久未谋面的祖父。

已经是夏天了，大地上雨水丰沛，撑着油纸伞的祖父远远站在一块医馆的招牌下，殷殷向她招手。脚下的青石板被暮色里的灯光映照得油亮油亮的，反过来又亮堂堂地折射在祖父的一袭玄色长衫上。雨声淅沥不绝，如泣似诉，淑媛发现祖父原本高大的身躯显得有几分佝偻了，站在雨中伶仃的样子十分可怜，不觉眼眶有些湿润。

"淑媛，你这就要走吗？"祖父将手中的伞递给她。

"嗯。"她回答得有些软弱。

祖父想必早就明白，他对孙女儿的宠爱和纵容，最终让她与这个没落的地主家庭渐行渐远。这是时代的馈赠，也是命运的安排。这位德高望重的乡绅从山南风尘仆仆地赶来，为忤逆的孙女儿散尽了家财。7月的雨水肆无忌惮地流淌在大地上，所到之处，都成了溪流。那些小溪的流向各不相同，却终于都汇成一条滔滔的江水，绝不回头地向着无际的大海滚滚奔去。

她一个字也不必说。

组织上已经决定，为保存力量，一批同志必须迅速转移。7月的雨中，淑媛留恋地望着家乡的方向，心中生出一个怅惘的声音，萦绕耳边低吟浅唱。她离开故乡越来越远了，像是一只无法知道归期的风筝，唯有相思如线，雨声淅沥。一位张姓交通员为她雇了一辆黄包车，又细心地帮她放下雨帘。这位陌生的同志将顺着滚滚东逝的滔滔江水，一路护送她去繁华的大上海。码头上的忙碌景致让淑媛的心情也跟着兴奋起来，水天相接的地方鸥鹭争渡，浩渺的水波之上千舟竞发。呵，上海，冒险家的乐园！她将在那里脱下穿着已久的学生装，继续从事秘密的战斗。此时她耳边又响起方从山的话:"不管前方的路有多么崎岖,只要走的方向正确,总比站在原地更接近胜利!"他仿佛一直在她耳边呢喃。

十八岁过后是十九岁,只是他们没有再见过面。要到很久之后,她才得知他牺牲的消息。迟到的噩耗像一枚抛入她耳道炸响的手雷,她一惊,瞬间湿了眼眶。她望向头顶浩瀚的星空,遥远地流着泪,默默地想,他永远不会知道她对他的爱了。这个秘密成为她一生的信仰。那时她已经成为一名特殊战线上经验丰富的共产主义战士,与情报、密码和电波结下不解之缘。她在白区穿着最时髦的旗袍出入灯红酒绿的上流社会,也在中央苏区的荆棘丛林里冒着敌人的轰炸译过密电码,在翻过那么多道大山、越过那么多条大河之后,她发现,十八岁时的梦依然瑰丽而峥嵘。

一阵风来,一片落花,淑媛迎风舞动的蓬松白发沾上了一瓣馨香。那落红着在银白上,煞是好看,像雪地里耀眼的朱砂。西窗下传来咯咯的笑声,侧耳去听,隐隐的,似乎藏着几多秘密。然而那不是淑媛可以猜度到的。她已经八十岁,和当年祖父一样的年纪,再也无法听懂十八岁的秘语。但她可以想象得到她们说起秘密时可爱的样子,嘴唇嘟起,急不可耐地,要向全世界布施满心的欢喜似的。她们说话时清澈的眸子流光溢彩,迎着光的方向,骄傲地仰起青春的脸庞。她们唇边流淌着蜜,吻到哪里,就流到哪里。理想因而是甜蜜的,因为她们总是说到它。

西窗的海棠比人面还要红一些,这不奇怪,花影幢幢,叠加了数代人的青春。每个十八岁都有秘密,青春就是经历内心的战斗,然后凝结成岁月的琥珀呀。淑媛在晚风中微笑着,掠一掠耳边的发，依稀听到耳边有年轻男子那谜一般的呼吸，错落而悠长，穿过呼啸的时光，掀起一小股旋风，撩起她的发梢，如隐约的耳语，青丝盖过银发。

先　知

1

　　山南地下党遭到摧毁性的打击是秋后的事，当时方从山还没有意识到问题的严重性。在他看来，挫折和反复是必然的，这符合历史螺旋式上升的客观规律。不过把漫长的人类历史拆零了再看，每个失败的截面却显示出不可逆的巨大损失。他还是太乐观了，对理想，对友情，对他们为之奋斗的共产主义。

　　整个山南地区自春上开始就显示出农民斗争的巨大热情，到了夏天更是如火如荼。绝大多数农民都相信，如果没有共产党领导的农会，被地主盘剥到一无所有的他们可能无法度过这一年的春荒。但仍然有一小部分农民在观望。即使立夏后拉起的武装队伍打了几场漂亮的胜仗，还是有人臊眉耷眼地说风凉话。这些落后分子把"自古的道理"拿出来解释时事，认为"秋后的蚂蚱长不了"。那时候方从山他们还没有把这一小拨不合时宜的旧式农民的悲观论调当回事，毕竟历史的大潮滚滚向前，任何反动势力的回潮和复辟都是螳臂当车。

　　他没有想到他最过命的弟兄会自毁长城。他们是有过生死盟约的，如果说在党旗下的宣誓还不能够证明他的一片赤诚的话，那么

逐　日

　　月下歃血为盟的结义之举一定能够打消对方的顾虑。他们毕竟有过同窗之谊，像了解自己的掌纹一样熟悉各自的过往，有一段时间他们同吃同住，不分彼此地度过了青春的好年华。

　　也就是那段时间，他发现整个山乡与他志趣相投的只有他。

　　他必然是他的左膀右臂，他的心腹之人，至于最后他竟然成为他的心腹大患，不仅他没有想到，所有人都不曾想到。

　　当狱中的方从山回忆起他和胡运之的相知相交时，一股复杂的情愫油然而生，犹如铁窗外萧寂的独木，在初冬的早晨被突兀地绞杀于不期而至的寒流中，而那枝头，分明还挂着未及枯萎的绿意。他原本以为胡运之会来营救他，至少能够听到胡运之在外奔走驰援的脚步。

　　那个月圆之夜，他们在火神庙门前的猴儿洞跪叩了土地和火神。远处群山莽莽，近处草木森森，地上一片旷寂的白月光。胡运之从山下提来的鸡公彻夜未眠，它冠盖艳红，羽翼鲜翠，惊恐地盯着眼前这两个年轻男人血气方刚的面孔，他们的每一句誓言都让它瑟瑟发抖。手起刀落，鸡头骨碌碌滚出去，胡运之握住无头鸡公的颈项，任凭赤红的鲜血滴满两只粗糙的海碗。这个活泛的场景萦绕在方从山的心头，一时间让他惊疑不定，不知是自己的幻觉，还是当真在历史的脚本上出现过这样一幕。

　　胡运之和他同在漆先生座下读书时便交好。那时他们还是掏鸟捉鱼的年纪，但胡运之竟然不肯贪玩，还扯着他攀谈读书的妙处。大抵他们家世相近，年纪相仿，进得漆先生的门也是在同一天，他与他很容易便成为无话不谈的朋友。胡运之告诉方从山，古往今来，读书是第一等重要的事，因为读了书，方能知天下事。方从山问道，知天下事又如何？胡运之便一本正经地回答，知天下，方能明自身，你晓得自己的方向，这一生走得端正，不偏不倚，有模有样。方从山奇道，这一生当是何种模样？胡运之仰首喟然道，当是顶天立地，震古烁今，大丈夫的模样！

若只当这是十岁孩童的胡话，也就罢了。偏漆先生极倚重胡运之的壮志和才情，以为这是蒙童中可堪垂表的典范，常捋着齐胸的长须赞道："孺子可教也。"方从山当时算是开窍晚的，他母亲隔段时候便要拿擀面杖敲打他一番。母亲教训他时，胡运之自然是榜样，这使方从山对胡运之不免生出高山仰止之情。难得的是胡运之并无傲气，家里若差下人送了好吃的来学堂，必然拉着他的手，分而食之。方从山也大方，他父亲在上海经商，有什么新奇玩意儿，都和胡运之同享，从不私下里藏掖着。两人同进同出，连迈出的步子都齐整得不像话。总之在大家看来，胡运之和方从山，是一根筷子同另一根筷子的关系，若哪天他们分开一会儿，必招人问起另一个去了哪里。这实在是难得的缘分。

他们直到十四岁才在人生的路上分出岔儿来。因为母亲写信给父亲，说方从山已到了难以约束的年纪，她一个妇道人家，不敢担此重任，还是把教育权交还给他的父亲。实则母亲听闻了父亲在上海另娶的事情。她原是个贤惠大度的妇人，不可能为此吵闹起来叫全家不得安宁，那么差儿子过去，以便不动声色地提点那个多情的父亲，也是好的。母亲这一着棋，可是太一厢情愿。她毕竟是个旧式女子，哪里想到灯红酒绿的大上海从来不缺少风花雪月的故事，即或是她亲临上海，也未必拦得住丈夫的心猿意马，哪里又能派儿子做代表来监控什么呢？

果然，一到上海，父亲便安排方从山去广州读书。后来方从山又去南京、武汉等地求学，倒是从未在上海长待过。对于方从山的行踪，母亲是寡居乡下，鞭长莫及，父亲则无可无不可，只管掏钱便是了，反正他在上海又有了小儿女，膝下并不寂寞。

方从山在狱中回忆起自己短暂的一生，父亲的印象似乎是十分模糊的，他竟然记不清他的模样。只有母亲伸出枯瘦的手来，颤巍巍地仿佛要触摸她的儿子因为备受酷刑折磨而消瘦的脸颊。但终于失败了，她软弱地垂下手去，掩面嘤嘤哭泣。方从山从心底叹息一声。

2

十四岁之后，胡运之又经历过什么呢？

这并不重要，重要的是，二十四岁那年，方从山回到山南时，胡运之恰恰也刚刚返乡。他们同分在农校做老师，这一来，又成为形影不离的伙伴。

农校是提供住宿的，方从山和胡运之都不约而同地选择了住在学校里，尽管家中细软齐全，母亲知冷知热。照方从山和胡运之的想法，只有在学校里和学生打成一片，才能把学运工作发展起来。

那时候农校里的马克思主义学习小组已经组建有一段时间了，因为校长詹青峰就是共产党员，所以他们学校可以算作是秘密的共产主义基地。詹青峰对他们的到来表示热烈的欢迎，紧握着方从山和胡运之的手说："太好了！有你们加入，山南的革命力量很快就会壮大起来。"方从山当然有信心，他本身就是带着任务来的，到农校当老师只是过渡，必要时他会放开手脚大干一场。不过眼下他还不能把这些公之于众。虽然詹青峰和胡运之都是自己人，但他们目前的工作还是以发展学生运动为重心，最好不要让他们产生什么误会。

胡运之见到他，也是兴奋不已。当年他们分开后，胡运之先是随叔父前往省府求学，后来又在上海待了一段时间，倒比方从山对上海的形势更熟悉些。谈起上海的革命运动，胡运之心潮彭拜。那里究竟是党的发源地，不仅是新文化运动的中心，更是工人阶级最集中的地方，相对来说，工人的觉悟比农民要高一些。胡运之这样分析他们目前所要面对的复杂局面，一方面是学生的革命热情很高，另一方面学生的家长们却大多局限于现有的土地所有制，抱有小富即安的思想。即使是那些不很富有的家庭，因为生活条件还不至于赤贫，便也很反对学生们起来搞运动。方从山说，那我们就让学生们离开封建家庭，走到赤贫者的队伍中去嘛。

很快方从山就带领学生们发动了一场反对当地豪绅种植鸦片的运动。

当时由詹校长撰写的《为反对军阀、帝国主义告同胞书》，已经作为当地的马克思主义普及版宣传单页，在学生及乡民当中产生了相当大的影响，平权的思想日盛，以至于骑马坐轿的地主老财见到农校的师生，往往要绕道而行，连催租也变得小心翼翼。不过这还远远不够，真正的革命要动摇反动阶级的经济基础，因此不触动那些大地主的利益，革命是不得成功的。

佛堂坳附近的程家，借地利之便种植了十数亩罂粟，那些妖娆的草本植物一到春夏之交就灿若云霞，美得不可方物。鉴于鸦片的阶级属性，方从山带领学生们愤怒地拔光了这些毒品原料。这一来惹恼了程地主，立刻带着一帮爪牙气势汹汹地赶到农校，主张破坏者要为自己的侵权行为付出代价。在程地主看来，肇事者赔偿他的损失是天经地义的，因为私有财产神圣不可侵犯。如果校方不答应赔偿要求，他们就把滥拔罂粟的师生带走。

詹校长当然不能同意程地主带走他的学生和老师，原本秩序井然的校园闹哄哄乱成一片。这时方从山一个健步跃上房顶，趁机发表演说，振臂揭露地主阶级的反动嘴脸，声称毒品不受法律保护，大家理应团结起来与黑心的地主豪绅做斗争。全校师生群情激荡，立刻凝结成一个拳头似的，直捣在程地主的脸上："报官！报官！报官！"

程地主被汹涌地包围了，到处是激愤的洪涛。他从未遇到过这种阵势，自古以来的道理变得没有道理了，师生们震天撼地的呐喊和不断挥舞的拳头让他觉得自己是滔天赤潮中的一粒微尘，随便一个浪头就会把他淹没在虚无之中。最终，程地主落荒而逃，以狼狈的背影证明了统治阶级的懦弱和无能。

事后胡运之批评方从山的工作方法简单粗暴，有些冒进了。但方从山并不认为自己有什么过错，他的斗争有理有节，在山南，乃至整个中国，革命作为一种暴力的公共活动终将水到渠成。

胡运之说詹校长是老党员，我们还是应当多听取他的意见。方从山大大咧咧地笑道："詹校长肯定乐于见到革命成果呀！"说着亲热地拍拍胡运之的肩头，又来上一句，"革命本就是勇敢者的游戏，勇者无惧，而后无敌嘛。"胡运之直摇头："匹夫之勇。"方从山眨眨眼睛，把胡运之搂得更紧些："匹夫无勇，国之将亡也。"

在革命理论上，方从山和胡运之似乎有些南辕北辙，不过他们的理想是一致的，于漫长的暗夜里做着同一个梦。这让他们紧紧地倚靠在一起，又加上在学校里同吃同住，便仿佛回到了十多年前那种一根筷子同另一根筷子的关系。

不过这也许是方从山的错觉。他和胡运之早已不是十岁的孩童，对于世界和人生的理解，从十四岁开始就有了分道扬镳的可能。在这一方面，他承认胡运之比自己更敏锐一些。胡运之在小时候就表现出了异乎常人的"懂事"——那时候大人们评价胡运之都爱用这个词儿，到了方从山身上，就变成了"没开窍"。但"懂事"的胡运之和"没开窍"的方从山往往秤不离砣，砣不离秤，他们甚至还跑到火神庙猴儿洞去跪拜了一番，对着一轮穿过乌云的金黄圆月义结金兰。那天的誓言朴素到可笑，方从山说："今日我二人结拜为兄弟，从今而后，我有甚好吃的好玩的，必有运之兄一份。若有违背，天打雷劈。"胡运之却正色道："今日我胡运之与方从山结为异姓兄弟，此后同心同德，互帮互助。若违此誓，天人共弃。"

那一年两个少年均是一十三岁，胡运之年长半月，便做了兄长。后来方从山却听母亲说，她和胡运之的母亲是前后脚怀的孕，论起来，方从山的月份该大一些才对，谁知胡运之早产数日，方从山却迟迟不肯出来，落地时倒晚了半个月。

这或许是个笑话。方从山自也无法同胡运之计较，仍旧叫他哥哥。

3

他们是从哪里开始出现分歧的？

这一点倒不好猜度，因为胡运之是有什么事都愿意埋在心里的人。自从知道方从山与他在思想上并非严丝合缝后，便闭口不谈革命的理论。一是避免争论，二是革命到目前为止尚还算是未竟的事业，大家也都还在道路的探索中。胡运之并不能够拿出确凿的证据来支持自己是绝对的正确。那么就不谈对错。只是在革命的具体方法上，他们各有自己的风格。

譬如胡运之热衷于组织学生们深入学习和探讨，从发动身边的人和改变身边的事开始，逐步而渐进地影响整个社会。而方从山却喜欢像火球一样滚来滚去，燃烧每一寸土地。他带领学生游行，并发表公众演讲，甚至兴高采烈地走到田间地头去，蹲在地上和不识字的老农聊上半天。他总有办法让各种各样的人听懂他的话，这一点胡运之很难做到。

胡运之和人说话，好歹要有沟通的基础，他倒并不是个慢性子的人，但起初一定是要慢的，慢慢来，才有稳固的基础。也许是个性使然，方从山是通过热情迅速地感染周围的人，胡运之却想通过人格的魅力，使他身边的人相信他所相信的，热爱他所热爱的，最终登上同一艘舰船，驶向理想的彼岸。

方从山似乎更受学生们的欢迎。尤其是，他身边很快聚拢了一批女学生。这些女学生以仰望的姿态狂热地追随着她们的方老师，不加辨别和思索地成为方从山的拥趸。如果方从山挥手说我们要把红旗插遍山头，她们就激动地点着头回应，那将是多么壮丽的事业！这不是胡运之心目中的革命。唤醒和催眠是不一样的。他坚持自己的理念，却也不得不承认，方从山更适合团结和领导民众。

不久方从山离开农校，这让胡运之大为惊讶。方从山临走时对胡运之说，他有更重要的任务。胡运之就明白，他们并不接受同一个上级的领导。当时山南地处三省交界，不仅国民政府的领导权划分糊里糊涂，就连革命权也有些各自为政的意思。胡运之不得不暗自叹息，为自己的理想主义隐隐感到一丝担忧。

方从山却仍旧是大大咧咧的乐观主义态度，搂着胡运之的肩膀，欢声道："我终于等到了这一天！"他抬起左臂，在空中划出一个弧度，接着猛地向下一劈，"看吧，不久我们将拥有自己的武装力量，来一次真正的革命！"他的脸被西斜的太阳照亮了半边，简直可以用光辉来形容，却因为明暗交替的构图，多少显出些怪异。

胡运之有些茫然地看着他，不知如何回应他的激情，只是淡淡地说："我不知道真正的革命是不是一定要有流血的暴力，如果有的话，我希望不会是自己的学生。"

方从山大约是没有理解胡运之的意思，他一直认为胡运之的气质里有杞人忧天的一面，有时候会把一件简单的事想得非常复杂。比如他们回乡后，一同去拜访旧时的老师和同窗，方从山觉得择日不如撞日，哪天有时间且有兴致，那么就去好了；胡运之却会想到人家是否欢迎，就连去时说些什么都打好腹稿，这才踱着方步过去。方从山说，漆先生是极亲和的人，老洪他们也都和我们交好，不拘这些礼的。胡运之点头微笑，仍旧按他的节奏踱着方步，不紧不慢的样子。他告诉方从山，所谓日新月异，故人十年未见，这世界已是何等的新，何等的异？我们带给这封闭的山乡的，是一种闻所未闻、见所未见的伟力，将要把过去那些理所应当的东西连根拔起，怎么能急于一时呢？

就这样，他们在夕阳下分别，渐渐苍茫起来的暮色里，方从

逐日

山往县城的方向去了。一群归巢的鸦雀投入林中，叽叽喳喳甚是欢闹，胡运之心中却生出淡淡的忧伤。他目送方从山离开，恋恋不舍而又无可奈何，仿佛十四岁那年，他得知方从山要去上海，心中生出无限的留恋之情，却找不出合适的理由阻拦他奔赴自己的前程。

胡运之的学生中，桂堂是年纪最小的，性子也毛糙，不过由于他的父亲漆先生曾是胡运之的老师，胡运之便待他格外亲厚些。方从山走后，桂堂问他，方老师为什么要离开农校？胡运之一时难以回答。在桂堂眼里，甚至在所有人眼里，方从山和胡运之总是形影不离，他们吃饭睡觉都在一起，连走路时迈步和摆臂的动作都一模一样。他们或许是伯牙子期那样的神仙朋友，如果方从山发生什么事，是所有人都不能理解的，那么这世间便只有胡运之能够理解他。可胡运之懊恼地发现，自己也并不能够理解方从山。

桂堂的姐夫老洪，是胡运之和方从山昔日的同窗。老洪年纪长他们两三岁，家境也贫寒些，因此随漆先生读了几年私塾，便回去扛了锄头。这次回乡后，胡运之和方从山从漆先生家出来，第一个拜访的便是他。老洪见了他们十分激动，握着他二人的手，上上下下摇了又摇："我那时总说，你们二人将来了不得呀。我说得可对？"胡运之谦道："哪里的话，我们不过是做一些力所能及的事情。"方从山却哈哈大笑："老洪，我们正要来邀你做一件了不得的大事，你可有胆量？"说得老洪愣在那里。

总之，胡运之想象不出方从山去县城后将做出怎样惊天动地的事来。

4

方从山就任县党务指导委员会执行委员后不久,就在长岭、保山冲等地先后组建了商团和民团,并亲任团总之职。县长魏庭远是胡运之的舅舅,可以说是从小看着方从山长大的,因此常摆出一副长辈的面孔。以方从山的脾性,自然是我行我素。再者,他是共产党员,落后保守的国民党县长魏庭远的腹诽,哪里干扰得到他的决断?

胡运之偶尔回家,便听到舅舅的抱怨,说方从山目无尊长,胆大妄为。胡运之装作并不如何感兴趣的样子,随口敷衍舅舅:"方从山与我同窗数载罢了,又不是您亲外甥,凭什么事事听您的话呢?您但凡有什么吩咐,派我的差就是了。"魏庭远又好气又好笑,一口茶喷出来,湿了衣襟:"我与他共事,又不是小孩子过家家,哪轮得到派你的差?"胡运之赶忙替舅舅抚胸顺背:"这也对,不过我与他既是同窗,在农校也是共过事的,他的脾气我倒了解。依您的高见,他这般目无尊长,胆大妄为,将来又会怎样呢?""将来怎样?"魏庭远从鼻孔里哼出一声,"自然有他的好果子吃!"

照魏庭远的意思,方从山虽有团总之职,不过是地方上的花架子,上头派他组团练兵,那是眼下用得着他,说到底是与他人做衣裳,怎么倒拿腔作势起来,不识得自己有几斤几两?胡运之越听越惊,似乎方从山树敌众多,周围饿虎环伺。魏庭远又教训外甥:"你们在农校里胡作非为,我强作不知罢了。搞什么学生运动,那些个洋派的做法,有什么意思?听起来时髦得很,不过是出洋相!你且正正经经教你的书,与他们少纠缠些!难不成我们送你出去见世面，倒盼个没眼界的活宝回来。"胡运之垂首应了，并不作声。

魏庭远乜斜着眼睛，在外甥脸上扫了一圈，清清嗓子："运之，舅舅膝下无子，一直视你如珠如宝，你可明白舅舅的苦心？"胡运之点头道："运之明白。"舅舅长叹一声："我只怕你不明白。也罢，你只记住一句话，方从山是方从山，胡运之是胡运之。从前种种，不过是小孩子闹着玩，算不得数的，大丈夫岂能行差踏错？"胡运之将眼皮垂得低低的，却终于按捺不住心中的火苗："国家兴亡，匹夫有责。如此大丈夫，可算得上行得端踏得正呢！"言毕，心中怦怦直跳，不敢看舅舅。魏庭远啧一声，举起手来，当头给了胡运之一个暴栗："小孩子就是小孩子，你经见过几次兴亡？凭空谈那些大道理。我怕你不明白，你当真是不明白！气杀老夫也。"当即拂袖而去。

胡运之闷闷的，晚饭也没有吃，便要连夜赶回农校。他母亲在后面叮嘱他天黑路滑，当心脚下，他头也不回地说："我有眼睛的！"

远远近近的大山叠成漆黑的影子，一重重压过来。他一路狂奔，心中发狠道，这夜当真是黑得深沉，四处都见不得光。偏偏心有光明的人，找不到好的出口。像方从山那样，什么都不管不顾，或许是可以走出一条路的，但谁又知道那路上有些什么，最终通向哪里呢？他冥思剖析自己的情感，似乎总有一左一右两种力量撕扯着他。他懊恼地责备自己恐怕不是一名合格的共产党员，因为他在革命的路上，还没有真正地经见过鲜血。

他只是在宣誓的时候说过那些决绝的话。那时的情感当然是神圣的，就好像步入教堂的新人，他们一定是对自己的爱情抱有坚定的信心，才会想到白头偕老，而绝不像中式的那些老传统，夫妻结为一体之前，连对方的面都不曾见过。但谁又说得准呢？现在已经是民国十八年的春天，那些去教堂里宣誓过的文明夫妻，也有忍受不了对方而分开的；反而是那些捆绑在一起的旧式男女，倒因为绳索的力量，更容易厮守终身。这个葳蕤得烂熟的春夜里，瓜藤一样活泼地蔓延在脑海中的无稽想象，让胡运之踩在崎岖山路上的步履没办法集中精神，几乎是高一脚、低一脚，跌跌撞撞地回到了农校。

学校里早已熄了灯，只有詹青峰的宿舍里还留有一盏灯火。胡运之被那摇曳的光华吸引着，不由得趋往那扇明亮的窗。

詹校长的宿舍从来是不上锁的，无论是老师还是学生，皆可以随时推门而入。他欢迎师生们的造访，善于倾听他们的每一种声音，不管是愤怒的、忧伤的、怨憎的，还是彷徨的、迷惘的、无聊的，他都能够帮助他们从中认识到积极的部分，从而生出向上的力量。方从山就曾打趣道："詹校长和稀泥的办法是最多的，他总能使你对自己满意。"胡运之听出弦外之音，便反问他："那有什么不好呢？我们所倡导的现代文明，不正是要使每一个人发现自己内在的力量吗？"方从山哈哈一笑："难道就没有严肃的区分和正确的原则吗？那么只会使人性放任自流。"

如果谈辩证法，他们可以谈三天三夜，但方从山说空谈误国，胡运之也就作罢。毕竟这与如火如荼的革命，并没有太大的关系。可是，眼下胡运之却十分想找一个人，就这样自由而无所羁绊地空谈一场。

5

一夜之间，山南地区暴动成功，拉起了一支红旗招展的队伍。这让所有人都瞠目结舌。

方从山也暗道一声侥幸，因为就在数日前，国民党五十六师某部进驻山南，反动县长魏庭远还阴谋收缴已被共产党控制的民团武装。在准备并不充分的条件下，方从山毅然发动兵变，正式拉开了山南地区武装起义的大幕。

这是向国民党反动派打响的第一枪。中共山南县委在做出决定之前，主要听取了方从山的意见。抢在敌人动手之前拿到主动权！方从山当时力排众议，把武装暴动和巩固发展苏区的重要任务联系在一起，一锤定音。确实不能再等了，再等下去，或许不是更有把握，而是更被动，更难以把斗争继续下去。

当天夜里发生的一切，日后在山南地区志上将有详细的记载，在此之前，方从山并没有足够的把握，但他还是把自己架在了刀尖上。不成功便成仁。他二十六岁的人生里，诸如"失败"这样的字眼，先验地便与"懦弱""无能"等词条联系在一起，因而绝对不能容忍。

事情出乎意料地顺利，翌日，魏庭远被押赴刑场的时候，似乎还不能理解眼前发生的一切。他闭目长叹，流下一行浊泪。山呼海啸的人群立刻把他的叹息声镇压下去了，他只好顺势垂下头来，让一颗狰狞的巨石坠着他静悄悄地沉入幽深的塘底。

关于如何处置魏庭远的问题，方从山没有发表意见。事后方从山去找过胡运之，向他说明那是中共山南县委的决议。胡运之点头道："很好。"此外便没有第二句话了。这使方从山无从再说起"就算那是我的舅舅，我也不能够违背党和民众的意志"之类的话。两人沉默了一会儿，远处的山岚朦胧了视线，胡运之捡起一粒石子，朝林子里扔出去，嗖的一声，似有穿云裂帛之力。"我们总要向前走。"胡运之反倒安慰方从山，"不能开历史的倒车。我明白的。"方从山感激地看了胡运之一眼，紧握住他的手："我们还是好兄弟！"

　　胡运之的母亲却不依不饶，将方从山骂得再不敢上门。她扯住胡运之的衫子，哭得上气不接下气："我先前只道你们小孩子家胡闹，想不到那姓方的砍头鬼，竟是个杀人不眨眼的魔头。你若再和他厮混，我立时跳下塘去，随了你舅舅。"

　　胡运之是寡母带大的，舅舅在他幼时多有照拂，几乎是他半个父亲。这时念至旧情，也不禁泫然，跪在母亲面前，不住磕头道："母亲恕儿子不孝，此后自然收心敛性，全意侍奉母亲。"她母亲拭泪道："我要你侍奉什么？我只要你好好保全自己。须知你每一根毫发都是我和你父亲的精血，容不得你瞎糟践！"顿了一下又说，"你和那姓方的大有不同，他天生是个混世魔王，方家早把他逐出门去了。你问问他母亲，可敢在他父亲面前提上一嘴他的事？他也知道自己在家里是不堪用的，便在外面胡作非为。我只怪当初由着你的性子，竟害得你舅舅……"说着又哭起来。

　　胡运之聆听母亲教训，只得垂首诺诺地答应辞去农校之职，回家中打理祖业。他倒不曾想到，这一来，与方从山打交道的机会更多了。

逐　日

　　革命最是费钱的一件事。胡运之在学校里时，要用钱了便向母亲伸手。因家里是开钱庄的，从来没有落空过。但那也还都是小打小闹。自他接管了钱庄生意，方从山三天两头来找他谈革命的具体问题，不是捐枪，便是捐缝纫机、捐药品。气得两位叔父拿了账本摔在胡运之母亲面前，说他们再也不管了。

　　胡运之母亲唬了一跳，待弄明白事情原委，自然又是一番责骂。胡运之照旧垂下头来，口中却分辩道："我原说我做不来这个……"他母亲怒极反笑，指着他鼻子，手指尖不住颤抖："我倒问问你，你做得来哪样？""我……"胡运之沉吟半晌，一时竟有些恍惚。想起这一路走来，不觉生出浑浑噩噩之感。原来的理想是越来越模糊了，似乎更多的是被裹挟着，糊里糊涂地卷入一场洪流之中。譬如方从山从他这里拿钱，照例也是打借条的，说是方便他向叔父们交代。实则他与他并不是商量借钱的口气。

　　那是一种什么样的口气呢？胡运之细想想，似乎他和他，他们，本就该是一体的，他像从自己家里拿钱那般轻巧，并且是理所应当。他与他说话的口气，也是像自家兄弟般的，他领会他的意思：看看周遭的情况吧，若不是自家兄弟，像胡家这样的大户早就被镇压了。胡运之和叔父们说起这层意思，叔父们气得破口大骂："这是哪家的道理？啊，借也得借，不借也得借，和强盗有什么分别？"胡运之额头冒汗，他有满腹与父辈们背道而驰的道理，可是这些道理在父辈面前一定是无法得到伸张的。

　　除非他和方从山一样，一早和亲生父亲断绝了关系。

6

方从山入狱的时候，包括胡家在内的大户们无一不拍手称快。

胡运之是胡家唯一一个心情沉重的人，这沉重几乎让他颓废下去。他母亲体恤地劝慰他："这样不是很好？再没有人逼你了。"他摇摇头，并没有人逼他，他心里清楚，方从山不过是他心底的另一个自己。现在那一个自己被投进了监狱，据说罪无可赦，死不足惜，他不过是因为看到了自己的下场而备感心悸。

他想起他们在猴儿洞拜月结义的情景。

那晚的一轮明月又圆又亮，亮如银盘。方从山雀跃地执起他的手，满脸喜色，瞧瞧他，又瞧瞧月亮。圆月近在眼前，似挂在当空的一面圆镜，镜中的两个少年都是欣喜而好奇的模样。他和他拉着手笑了笑，不知哪里传来一声鸡公的啼鸣，喔喔地十分醒耳。明明是夜半，怎么会有鸡鸣？然而两个莫名兴奋的少年可顾不上蹊跷，咕咚对着月亮拜下去，膝盖撞上岩石的声音倒把鸡鸣声压住了，面前是一个明晃晃、亮堂堂的夜。

胡运之在上海加入中国共产党的那天，是有梦的。梦里，多年不见的方从山突然出现在他们十三岁时结拜的猴儿洞前。他还是那样笑嘻嘻地看着他。他们对望了一眼，天就亮了。后来胡运之返乡，在农校遇见也已是共产党员的方从山，心里就想，这难道是巧合吗？不，一定是命运呀。

现在命运似乎给了他们一记重创。

方从山从铁窗里望出去，巴掌大的窗口后方，一棵高大的乔木已经被冬天剥蚀得干干净净。那棵树的旁边，并没有另一棵树，它

逐日

因而显得孤孤单单，尴尬地裸露着，像是一株异物。

看守从他身边走过的时候，会装作不经意地给他递个消息。组织上并没有放弃他，正在四处托关系奔走营救，但情况不容乐观，欲将他置之死地而后快的几个逃亡地主，花大价钱买通了国民党省主席陈某人，很快他将迎来处决的日子。

方从山并不感到畏惧，即使身陷囹圄，他也担任着中共省府狱中支部特别行动委员会书记之职，坚持同敌人做斗争。他的《告狱中难友书》已经传遍了监狱的每一个角落，在阳光无法抵达的地方开出花来。现在狱中的每一个战友都知道，有希望在的地方，痛苦也成欢乐；有理想在的地方，地狱也是天堂。

敌人的刑讯逼供没有让他退缩，而是更加坚定了他的意志。这个地主阶级的逆子，在刑具下见到自己赤红的血，便萌发出恶作剧般的念头。他有些疲倦了，过度的失血让他原本强壮的身体变得虚弱。现在他的身体上有一百个泉眼，那春泉样活泼的血液四处涌动着，他颤巍巍地伸出手去，蘸着汩汩冒出的鲜血在墙壁上写下"共产党万岁"五个大字。写完这些他满意地微闭上眼睑，倚靠着墙壁坐下来，享受起这具满是窟窿的残躯带给他的软绵绵的眩晕感。他唯一感到遗憾的是，没有等到胡运之的任何消息。

行刑的这天，方从山戴着沉重的铁镣走过长长的监狱甬道。他身上的棉袍早已破烂不堪，还结满了斑驳的血痂，不过他细心地整理过了，看上去多少体面一些。狱友们面容悲戚地望着他，他却面带微笑。他同他们平静地打着招呼，仿佛要去一个平常的地方。走过高墙的时候，他眼角的余光扫到脚边的青砖上。这个平日里走来走去的地方，被人踏过了无数遍，地缝里却顽强地冒出一些杂草来，显示出生命的神奇和不妥协。他在那几根细弱的杂草边顿了一顿，而后仓啷仓啷地走过，地面上留下铁器划过的痕迹。

方从山短暂的一生终结在一声枪响后，很多人听到崩裂长空的枪声时眼中含泪。一些人哭着说起方从山被捕的经过，他在狱中仍表现出卓越的领导才能，带领狱友们与敌人做斗争，巧妙地掩护了被捕的其他同志。原本经过党组织的多方营救，他已由军事法庭转到地方法院，刑期也由五年改为三年，但丧心病狂的逃亡地主们向省主席施压，在成麻袋的银圆下面塞进"方从山不死，山南永无宁日"的血谏。据说，胡运之也在上面签了名。

"他们原先不是要好到割头换颈的地步吗？"人们这样议论。

于是有人替方从山不值，有人骂胡运之混蛋，有人摇头叹息……这一切很快就被一场大雪覆盖，胡运之从这一天起，似乎从历史里消失了，而方从山则以一种不朽的姿态定格在历史的特写镜头里。

冬天过去后，春天姗姗而来。方从山倒下的地方，被国民党的铁蹄踩踏过无数遍的地方，更多的共产党员冒出来，他们细弱的力量很快结成一条绳索，紧紧勒住敌人的脖子。这条绳索越抽越紧，若干年后，最终不可置信地完成了弱者对强权的绞杀，也堂皇地实现了方从山临刑前神迹般的预言——

"要死还是要活？"

"我死了没关系，种子已经撒下去了，二十年后遍地都是共产党。"

"你说还有多少？他们在什么地方？"

"多得很，比天上的星星还多，分布在全中国。"

遍地的共产党人最终把革命的胜利写进了历史。如果倒退到1929年冬天的那个夜晚，方从山蘸着自己的鲜血写下"共产党万岁"的时刻，他还不能够准确地预见二十年后共和国的崛起，在严酷的"围剿"和实力悬殊的政治对比下，胜利更像是一个神话。然而他依然凭借一腔热血在监狱的墙壁上写下了自己的神话，"共产党万岁"，他郑重地写道，让这胜利的神话到处流传。

再往前一些，回到1929年初夏的大山深处，山南暴动成功，两千余人的庆祝大会把整个山南绘成一幅人头攒动的狂欢画卷。方从山在欢声雷动的庆祝大会上挥毫写下对联"赤帝本威灵，应教普天赤化；红军初暴动，试看遍地红花"，纲举目张地张贴在暴动点火神庙大门的两侧。红旗蔽日，锣鼓喧天，集会的人们奔走相告，似乎从这一天起，不朽的神话就已经到处流传。

尾　声

世纪之交，《长征红》摄制组来到大山深处取景的时候，耄耋之年的洪景荣还很健朗。导演邀请他在镜头前面讲几句，他咧开缺了一颗门牙的嘴笑呵呵地说："俺不知道说点啥哩。""说说您父亲他们那辈儿闹革命的事。"导演启发他。"那都是好多年前的事啦，俺这颗牙……"洪景荣指着自己的豁牙说开了。

穿过七十年的云烟，那场席卷大地的洪流在记忆里留下的痕迹早已模糊不清。洪景荣那时年纪还小，很多事情都是后来听大人们说的。譬如英雄方从山和叛徒胡运之的故事。但陪同摄制组前来采访的一位地区党史办的王姓同志却说这种说法不太严肃，胡运之不是叛徒，他一直在替我党从事秘密工作。

"他把自己隐藏得很深，所有活动都是秘密进行的，当地人不可能知道内情。"年轻的王同志虽然年纪比洪老要小上半个世纪，却斩钉截铁地说胡运之在方从山就义后，就淡出了人们的视线，他潜伏在各地秘密从事革命工作，一直到1952年去世。据说1952年冬至这一天，胡运之曾经的学生，时任空军上将的漆桂堂将军风尘仆仆地赶回故乡探亲。因听闻先生身患重病，便欲前往拜望，但由于假期临近，交通不便，只得修书一封，以表思念和感恩之情。这封信现存于地区档案馆内：

运之先生：

先生该健康，家中人均致意！我近来自北京回故乡省亲，因为时间很短不能亲来拜望先生，深感抱歉，特来函问好。

离乡廿余年来一切大变，家乡一切所见所闻莫不使人悲伤愤慨，家乡人遭受的一切痛苦使人发指。到今天人们重获解放，重见天日，人心畅快。我唯对先生廿余年来所遭种种痛苦，颇为同情，尚望先生保重身体，至盼！

我今后工作在天津，只要交通方便定常来函问安。

拟明日返北京，专此致意。承蒙先生教养，深为感谢。

祝安。

桂堂上

逐　日

信中漆将军对恩师胡运之的遭际似有无法言尽之意，更加谜上加谜的是，胡运之接到信后，在病榻上激动地吟诗一首：

老迈徒悲志力衰，频年愤愤总徘徊。
身处污泥防自染，腹藏忧思盼云开。
山河改貌歌千曲，书信传来笑满腮。
英才济济党陶铸，桃李春风亦快哉。

"廿余年来""遭种种痛苦"的胡运之，究竟遭遇了什么，为什么要"频年愤愤总徘徊"？一切都成为时间无法消化的谜团。后世的人们已经难以透过重重迷障复原幽微的历史现场，并在质地坚硬的历史当中，抚触那年那月复杂而柔软的人性。所幸，关于历史的故事在多元化的叙事中越来越具有生长性。

为了这部精彩而玄妙的历史，一心想成为小说家的王同志在他的考证中大量使用了想象和虚构。他希望借助富有生命质感的文字，阐释革命，阐释革命背景下的爱情、友情和亲情，甚或是，不得不忍受的孤独。

在他的奇思妙想中，胡运之或许从历史中逃逸了——个人命运的低潮和革命低潮的耦合，可能提供了一个分野的机会，让胡运之从另一个角度思考前半段理想主义的人生。从此，山之南多了一个腰系麻绳、脚跋草鞋的"农夫"，他在夕阳半堕的冬月坐在冰凉的田埂上，托腮遥望西天的一抹已经没有余温的云霞；也会在夜深人静时拨亮油灯，写上一副遒劲的"采菊东篱下，悠然见南山"。总之生命是苍凉的，他并不特别害怕人人自危的白色恐怖，对革命退潮后遗落在滩涂上的一颗颗赤珠也不再抱有串联的热情。他只是一个落魄的先生，在外人眼里如是，在自己内心亦复如是。或者，他从命运的起伏中窥到了一种更辽阔的等待，没有人知道那是被摧毁的理想，还是被重建的理想……

康定情歌

/曾剑

扎西达娃（我）

我坐在舷窗边，窗外一片纯白，分不清是雪，还是云朵。整个世界，像一片白色的海洋。那高过云朵的雪山，像是一面面张开的帆。

身边是我的独臂阿爸，泽仁顿珠。他头靠椅背，静静地沉睡。笑容在他面颊两侧的"高原红"上绽放。

阿爸高兴。我被评为全军精武标兵，荣立一等功，刚从人民大会堂领奖回来。给我颁发荣誉奖章的，正是阿爸。阿爸只有一只手，一只左手。他的右手，从肘关节处被炸掉。他用那只唯一的手，将奖章挂在了我的脖子上。看见他的手因激动而颤抖不已，我的眼泪顿时奔涌而出。此刻，回想领奖那一幕，我的眼泪再次不可抑制地流出。我怕阿爸发现我流泪，就转过脸去，一直朝向窗外。我目光所及的那个高峰，就是贡嘎雪山。飞机在离它很近的地方开始下降，最后降落在康定机场。康定机场海拔四千两百米，是世界上海拔第三高的机场。一下飞机我就感到胸闷、气短。毕竟，我在东北生活了整整七年，有点不适应。而阿爸，比起他在京城，他的喘息要顺畅得多，他一直生活在这里。

康定县武装部的车已停在机场出口。一群人拥上来，向我祝贺。我的脖子上一会儿就挂满洁白的哈达。之后，车一路飞奔。透过车窗，我再次看见那神秘的贡嘎山。我无数次梦里化作神鹰，飞翔在它的头顶。贡嘎山顶的积雪反射着太阳的光，这康巴地区便像有两个太阳，照耀着这片圣洁的大地。

路像巨蟒，蜿蜒前伸，车在它的脊背上盘旋，向下而行。我能明显地感到海拔在降低，呼吸不那么困难了，胸也不那么慌闷了。

到了嘎巴乡，乡长说，了不得，上了电视，在人民大会堂领奖，我们乡历史上都没有过。书记说，不是乡历史上，是县历史上都没有过。他说着，伸过手来，触摸我胸前的军功章。军功章在我胸前像风铃一样，发出清脆悦耳的声响。

家乡有欢迎仪式，按他们的要求，我穿着军装，佩戴着我的军功章，两个一等功，两个二等功，两个三等功。至于二十四枚各类军事比武的金牌，实在挂不下，就放在行李箱里了。车到古塔村时，天色暗了，篝火使这个村子闪动着光亮。被雪山包裹的村庄，闪动的火光使它越发有着神秘色彩。火光照进河水里，一堆篝火便成了一片篝火，一片篝火便成了满世界的篝火，雪山像黎明过后一样明亮。村子里的人都出来了，他们围着古塔，跳着锅庄舞。酒端上来，哈达献上来。阿妈单珍卓玛已在人群中央，接受乡亲们的敬献。

这是我的家乡，生我养我的古塔村。

奶奶朗色翁姆就在屋子里，她是我最想念的人。还有我的堂姐桑吉卓玛。听阿爸说，最近奶奶身体不好，姐姐从县城请假回来照顾奶奶，与奶奶形影不离。

我急切地想见到她们。除了胸前的军功章，我还有一个特大喜讯。我怀里揣着一张军校录取通知书，我被保送到南方一所军事指挥院校，三年后，我将是一名少尉军官，这无疑会改变我的命运。其实，我的命运此刻已经改变。

我往家跑，哈达在我脖颈和腰间缠绕。在我家门前，两个年轻藏族小伙子一左一右地抬着奶奶的靠椅。奶奶半卧在椅子里。椅子后面，是伯父泽仁洛布和堂姐桑吉卓玛。

奶奶很老了，老得看不出她的年龄。笑容在她深深的皱纹里荡漾。奶奶的大眼睛，能映照出她昔日的美丽。她努力使自己坐直。她对我说，来，孩子，过来。我走到奶奶身边。她拉起我的手，同时招呼姐姐桑吉卓玛。姐姐上前，奶奶把姐姐的手拉过来放在我的手心，对我说，孩子，我的好孩子，你的好消息我都知道了，你大伯告诉我了，你要去读书了，要当军官了。今天，我就把你姐姐交给你了，我当着全村人的面，把桑吉卓玛许配给你……

我的手触电一样抽回。我埋怨道，奶奶，你是不是糊涂了？姐姐怎么能做我的媳妇？奶奶笑道，我没糊涂，她不是你的亲姐姐。我说，不是亲姐姐，堂姐也是姐姐呀。奶奶说，孩子，你听我讲。

奶奶的声音微弱、低沉，像从遥远的洞穴传输很长一段路程，才到达这里。她讲得轻描淡写，像是在讲述着别人家的故事。

朗色翁姆（奶奶）

那是20世纪40年代末的事了,那时,我还是十八岁的大姑娘,是康定县城李家锅庄的用人。一天,我到门前的折多河浣衣,看见队伍上的人来了,人不多,十五六个。他们骑着马,挎着枪。我起身,急忙往李家锅庄躲,一位年轻的解放军喊住我,他怀抱一个打成团的小棉被。他说,妹子,孩子的妈妈是部队上的,牺牲了。孩子饿得快不行了,能不能弄点吃的来?

我停住脚步。他望着我,英俊的脸被焦急的神情笼罩,眼神是乞求的,让人无法拒绝。我说,行,你等着,我进屋去给他找点吃的。他不会说藏语,他说汉语,怕我听不懂,配合着手势。他的手势僵硬有力,像斧劈刀砍。几句话把他的脸憋得通红,那样子让人想笑,但我没有笑。我怜惜他。我听懂了他的话,李家锅庄常有汉人来做生意,时间长了,我能听懂少量汉语。

我回到李家锅庄,捧出一些衣物,装作到折多河边浣洗。衣服里藏着一只小瓦罐,里面有半罐温热的牦牛奶。

孩子在小棉被里哭。我从怀里掏出银勺,喂他,牦牛奶一入嘴,孩子立刻不哭了。那个解放军感激地望着我。他长吁了一口气,看我一眼,搔着后脑勺腼腆地笑了。

我喂饱了孩子。孩子在小棉被里冲我笑,我忍不住伸出手,轻轻地去触摸他稚嫩的脸蛋,小脸光滑柔软,像剥了皮的鸡蛋。那一刻,这个充满生机与朝气的小生命感动了我。冥冥之中,他的生命,似乎与我有了某种关联。

这是解放军的一支先遣部队，他们提前来到康定县城，宣传解放军政策，既是为大部队的到来做准备，也是提前来保护这里的藏族群众。他们在这里驻扎，白天挨家挨户宣传，晚上就在山洼处躲避山风，露天宿营。

这天夜里，我就想起那个孩子。天那么冷，孩子多遭罪，应该把孩子接到楼里来住，可我没有办法。李家锅庄庄主不让我们与解放军来往，怕惹怒土匪，引来他们报复。李家锅庄的大门常常是关闭的，除了出去干活，李家庄主不允许我们随便出门。

第二天，临近黄昏，金色的阳光洒在康定城上，洒在折多河上，洒在折多河边的坡地上。

我把浣洗完的衣服，放在折多河畔的石板上，立起身，抱着小瓦罐，等着那个解放军。他果然出现在河边，手中抱着那团小被。我走过去，看见孩子在那小棉被里挣扎。可能缘于我是一个女人，我一抱，孩子立刻就安静了。我给孩子喂奶，孩子很快吃饱了，打着饱嗝，甜美地笑。他是男孩，一双亮闪闪的眼睛，好奇地望着眼前的一切。

一个老兵从我怀里接过孩子。

那个解放军把马牵到我身边，对我说，上来。我脸一热，内心有些忐忑。我望一眼远处的李家锅庄，见大门紧闭，心松弛下来。他扶我上马，等我在马上坐好，他跃上马背，让我抓紧鞍环，他双手抓着缰绳，我感觉到他双脚磕了一下马肚，喝一声"驾"，那马奔跑起来，从折多河畔的坡地，一路狂奔。我从未这么轻松、快乐，像风一样自由自在。

战马在坡顶停下来。我坐在马上，看着阳光照耀下的康定城，看着闪闪发光的折多河。满坡都是盛开的格桑花，红的、粉的、白的、黄的，都从碧绿的草丛探出身，像穿着五彩服装的藏族少女，亭亭玉立。

我内心第一次那么敞亮，仿佛整个世界都在眼前。我感受着他厚实的胸膛、他粗粝的呼吸，还有孩子留在他身上的奶香。

他是你的孩子吗？那么，那个牺牲的女战士是你的妻子？我差点这么问他。他那么年轻、羞涩。他总想把孩子照顾好，却偏偏笨手笨脚，那样子，让人忍不住想笑。

我到底没问出那两个问题。不管是不是他的孩子，在他怀里，就是他的孩子。如同我，不管是不是我的孩子，我喂养过他，他就是我的孩子。

那个夜晚，我整夜未眠。第二天，我早早起床，我想更早地见到他们，更早地给孩子喂饭，我是那么怕他饿着。

我刚走出李家锅庄的大门，就看见那个解放军。他抱着那个小棉被团。他的枣红战马立在他身边。他冲向我，急促地说，前面出现了大股土匪，我要去打仗了。他说着，把小棉被团往我怀里一塞。

顷刻间，杂乱而急促的马蹄声、密集的枪声回荡在折多河面。一群土匪在街角那边狂奔。解放军跃上战马，举枪射击，队伍上的十几个人跟在他身后，沿着那条通往雪山的路，策马狂奔。

我望着与那枣红战马一起消失的背影。片刻之后，马蹄声消逝了，枪声消逝了，风也停止它的狂舞，世界静下来。我的心里倏地像被人掏空。我双膝酸软，浑身无力，差点抱不住怀里的孩子。也就在那一刻，我发现，我爱上了那个解放军。

那股土匪有三四十人。这些解放军战士，此去是凶多吉少。

小被窝里的孩子动了。真是个乖孩子，他要吃奶，但他没有哭闹，只轻轻吭哧着，发出饥饿的信息。

仅两三天时间，孩子似乎长大了，小脸长开了。眉眼间，我觉得他像那个解放军战士。我不知道他叫啥，我只知道他姓张。我听见有战士喊他张排长。

通向远处的路，空荡荡的，尘埃落定。山那边死一般寂静。

我抱着孩子，感觉他越来越沉，似有千斤重。我立在河边，明白了自己的处境。我知道李家锅庄庄主的为人，他绝不会让我带进去一个只会吃饭不会干活的孩子。我寻望四处，希望找到一户人家，把孩子送给他们。但是，兵荒马乱的，没有看见开着门的人家，就连城里的那座寺庙大门也是紧闭着的。孩子在棉被里动弹，嘤嘤地发出声。我怕他哭，用舌头弹出响动，逗他乐。他果然乐了，朝着我笑。孩子不大，也就几个月吧。这么小的孩子，竟然出现在战场上。

我抱着孩子往李家锅庄走。后来，我无数次回忆那天的情形，我觉得不是我救了这个孩子，而是这个孩子自己救了自己。在我万分纠结的时候，他冲着我笑，那笑一下子拉近了我与他的距离，甚至让我觉得我与这个孩子天生就有缘分，我在这河边碰见那个解放军，一定是神灵的旨意。

我在李家锅庄大门前站立了很长时间，孩子哭出声来，我才进到李家锅庄。与我猜测的一样，老爷并没收留孩子。他知道孩子是解放军的，怕招来土匪的不满而引来祸端。他对我说，你要是舍不得孩子，你就带着他走吧。

我流着泪,离开李家锅庄。我刚踏出李家锅庄大院,大门就嘭的一声合上了。

扎西达娃(我)

我在历史的深处,听见李家锅庄大门合上时,那一声沉闷的巨响。我的心为之一震,像被蜜蜂蜇了一下。我年轻的奶奶将何去何从?她怀里的孩子能否存活,命运如何?

朗色翁姆(奶奶)

折多河的水咆哮着,沿着它固有的流向奔涌,可是,我该往哪里走?眼前只有一条路,沿着解放军离去的方向,一路远行。我想,我只要沿着这条路走下去,就能找到那个解放军。就是见不到解放军,沿着这条路一直走,就能到拉萨。如果找不到解放军,就到拉萨去吧,拉萨有布达拉宫,到那里,我们也许能活命。我沿着那条路无助地前行。孩子挺懂事,他好像知道我的难处,一直没有哭。走到县城出口,走过那条老街,一个老用人追了上来,塞给我一大捧奶酪,还有数个捏成团的糌粑。她说,孩子,一路上小心。我老了,不能跟你走了。要是遇到像样的人家,就住下来。孩子太小,一路乞讨,怕是难活成人。陷入绝望的我,只觉得清冷的山谷里刮起一阵暖风,将我包裹。

我紧紧地抓住老用人的手,说,谢谢您,真的谢谢您!

我咬碎一块奶酪,喂了孩子,把剩下的奶酪塞进怀里。有了

康定情歌

奶酪，我就觉得有一股强大的力量注入我的体内，我将弯下去的身子挺立起来。我沿着土路前行，虽然没有目标，却走得坚定。路上行人稀少，听见有杂乱的马蹄声传来，我就躲到树林里，我怕碰见劫匪。如果听见有节奏的马蹄声，就是马帮，我就凑上前去，要点吃的。

但兵荒马乱的，我只碰见一次马帮，而他们身上除了水什么也没有。

幸好是秋天，林子里有野果子，还有菌子。我抱着孩子走了三天三夜，也许是五天五夜，我记不清了。我只觉得，每一个白天都那么短暂，走啊走，就是找不到一个能留下来的地方。而黑夜是那么漫长，对于我们来说，简直就是一种煎熬，冷、饿，还怕野兽。一路上，除了老虎，我们什么都碰见了，熊、豹子、野猪。但是它们没有伤害我们。其实野兽并不像人们想象的那么坏，只要你不伤害它们，它们大都不会伤害你。当然，也许是神灵在保佑我们。

我抱着孩子，走出折多山，沿山坡而下。我看见一条河。那不是折多河，折多河流向县城。这是乞力河，也许叫祈力河吧，我不识字，听牧人说的，反正是读这个音。我沿河而下，第三天头上，也许是第五天，我来到一个美丽的地方。三面环山，一面是河。河水流去的地方，被一座山阻拦，河在这里转了个弯，所以，这里其实是四面环山。河水在这里变得宽敞、平缓，像一个海子。河湾是一片坡地，那时野草并未完全枯黄，草丛里还零星地开放着格桑花。山上都是高大的松树，白皮的桦树，翠绿的松林，虽然是秋日，但这里一片生机。

一条溪流从半山腰涌下，流经坡地一侧。那里有一个水磨，水磨被溪流冲击，正在转动。看见水磨，我一下子感到特别饿，饿得肚子疼。其实，我一直饿，只不过饿过劲儿了，没有感觉。既然水磨是转动的，就一定有粮食。或许是青稞面，或许是豌豆粉。

我抱着孩子，走进水磨坊。我知道，有这样一座水磨坊的人家，一定是不错的人家，是农奴主。我要去弄点吃的，如果被发现，可能会被打死。但现在，我顾不了那么多，饿得不行了，不弄点吃的，我和孩子都得死。去弄点吃的，或许能活命。

是豌豆粉。我吞吃了几口豌豆粉。我知道，豆粉胀肚子，不能多吃。我往怀里揣了几把，蹲在溪水边，一口水一口豆粉，喂了孩子。

我抬起头时，看见了一个人，我吓了一跳。那个人也看着我，他脸庞黝黑，眼神里有一丝惊恐。是一个年轻的小伙子，也就二十岁的样子。他转过头去，看了看身后。远处坡地的尽头有一片庄园，有几幢房子。小伙子见身后无人，向我招手，说，快，快躲到林子里，老爷要是发现你吃他的豆粉，会用鞭子抽你的。

小伙子带着我钻进林子。林子深处有一小片空地，那里有一个木棚。说是木棚，其实是几根木棍靠在一起，搭成金字塔形，里面有些干枯的豆秧和青稞秸。我抱着孩子，在茅棚里歇下来。一坐下，我就再也没有力气站起来了。我将头探出三角形的门外，望着这正在慢慢变黄的秋日的草地，透过树隙我看见这美丽的山水，我想，不走了，就是这儿了，往前走，或许会死在路上，我要留在这儿，我要活下来，不为自己，也要为这个孩子，我必须活着。

年轻人说，你在这儿等着，我去去就来。

我无力地睡去。我从年轻人的脸上看到了真诚和善良。我没有担心,睡得踏实。我醒来的时候,天已完全黑了。我身边多了糌粑、用残缺的银器盛着的奶茶,那奶茶还有着一丝温热。

以后几天,这个小棚子里总会神奇地多出一些东西来,奶酪、糌粑、旧棉被。总是在我一觉醒来,它们就出现了。我一点动静都没听见,它们像是从地里悄然长出来的。

因为附近有大庄园,有人烟,我并没有遭遇到野兽。他说,你们放心住这儿吧,林子里有吃的,野兽吃饱了,是不伤人的。我就带着孩子在那里度日。我知道,这不是生活,但我很欣慰,毕竟有了栖身之地。

我凝望着孩子。孩子甜美地呼吸着新鲜的空气。他的手上有一只银手镯,那是一个女人的手镯,有人把它弯小了,戴在他的手上。战乱年代,这是必要的标记。

一个黄昏,平静的生活被打破了。几个人冲到林子里将我拽出来,破棉被上躺着的孩子吓得大哭。一个人抓起这个孩子就要往地上摔。我冲过去,死死地抱住那个人的腿。我哭泣道,饶了我的孩子,饶了我的孩子。我看见那几个人穿戴也破旧,看来是农奴主的下人。我哭着说,饶了我们吧,我们同你们一样,都是穷苦人。那人就把孩子放回木棚。我心里翻江倒海,那个年轻人,这么多天给我们送吃的、送棉被,应该不是他告发的。要告发,他第一天就告发了。那么,那个年轻人怎么样?他在哪里?

我漠然地望着远处。没有路,树隙延伸的地方就像是路。伴着嘈杂的声音,一群人出现在我眼前。最前面的就是那个年轻人,他被五花大绑。两个人押解着他,身后跟着一个穿着阔绰的人。我听一个人说,老爷,到了,就是这里。

他们来到木棚前。那个被他们称为老爷的人对我说,他偷了主人的糌粑,把棉被也偷到你这儿来了。那不是他的棉被,他没有棉被,那是主人家盖牲口的。现在,我要当着你的面惩罚他。他说着,吩咐一个下人脱去那个年轻人的上衣,让另一个下人拿鞭子抽打年轻人的脊背。我跪在老爷面前,求他饶了年轻人。我说,都是我的错,我这就走。

我说着,抱起孩子,弓着腰往林子外走。年轻人一下子跪在地上,说,老爷,求求你留下他们吧,让他们走,就是让他们死。老爷,行行善,行行好。老爷,我保证一个人干两个人的活,我保证给老爷当牛做马,多给老爷干活。

那个被称作老爷的人说,留下她可以,孩子可不能要,我家可不是养育院。

我赶忙说,老爷,我的孩子,让我带着吧。老爷,他不会耽误我干活的,我会挤奶、打酥油,我把孩子的口粮挣出来,孩子不会白吃饭的,老爷。

一个下人说,老爷,就留着吧,就像喂一条狗,过几年,这小东西就可以给老爷放牦牛了。老爷这才笑道,嗯,这倒是个好主意。可是,这个孩子一声不吱,莫不是已经死了?一个死婴,多不吉利。

像是天意,就在这时,我怀里的孩子突然哇的一声哭出来。在这之前,皮鞭的抽打声、老爷的吼叫声震动山谷,他都没哭。

我就这样,成了这个老爷家的农奴。我带着孩子与牲口住在一起。每天天还没亮,我就起来挤奶、喂牦牛、擦老爷家的地板、清理牲口棚粪便。那些下人也都住在牲口棚里,男女各占一个牲口棚。我怕孩子抵抗力低，会染上病，我请求老爷，让我和孩子在青稞秸秆里睡。

白天累得筋疲力尽，晚上躺在青稞秸秆里，我会想那个解放军。我那么担心、牵挂他，不知他还活在世上没有，我想见到他。我自己也说不清，那么短的时间，仅几次面，我竟然那么惦念他、牵挂他。我想他，看到孩子，就想起他。

我的思念，像乞力河的水，昼夜流淌。

而那个给我送吃的年轻人，一天干到晚，再也不敢来关照我，但从他的眼神里，我感知到他的关心。我们彼此惦记。几天后，我知道，这个善良的年轻人叫康珠泽旺，是个孤儿。

桑吉卓玛（堂姐）

1950年的春天，奶奶带来的孩子可以满地跑了，奶奶给他起名泽仁洛布，他就是我的阿爸。奶奶怕老爷嫌弃他，没白天没黑夜地干活，让主人感觉到她真的是把孩子的那份口粮挣出来了。这时节，康定县解放，康珠泽旺有了自由，有了自己的菜园子，有了自己的牦牛，他还分得一亩地、一间房屋。那天晚上，出于感激，奶奶去给康珠泽旺收拾新屋。收拾完房间，康珠泽旺说，翁姆，你和娃儿别走，别再去住茅棚了。奶奶看看天色已晚，又看看衣服单薄的孩子，就默默地留下了。

这个叫康珠泽旺的年轻人，就成了我的爷爷。这些故事，我也是这几年陪伴奶奶时，听奶奶讲的。奶奶说，那个老爷叫顿珠德仁。解放军进了康定县后，他就跑了。半个多月后，他纠集了一帮土匪反扑回来，那时候，一部分解放军已经南下，只有少数留守的部队。顿珠德仁纠集康巴地区的农奴主，成立了一支专门追杀解放军的队伍。

那天上午，土匪的队伍来到古塔庄园，在古塔下，把掉队的一名解放军伤员绑在树下，当众鞭笞。

从这以后，庄园主更加欺压农奴，土地和牲口又回到农奴主手里。顿珠德仁不但收回了分到农奴手里的土地，还对他们进行鞭抽棒打，有的干脆杀掉。

古塔旁边有一座铁索桥，是明朝时期所建，长六十多米，宽两米，用铁索拉起，木板铺成。因为乞力河水汹涌，这座桥成为河两岸周围藏族群众来往的必经要道。顿珠德仁的很多土地在河的那边，那边也有他的庄园。可这次回来后，他把桥炸了，他说，就算他得不到这些土地，也不让农奴们去种。

奶奶说，那段时间，日子过得真是提心吊胆，要不是他们躲到深山里，她和爷爷，还有我的阿爸，都会死去。

1951年8月1日，中国人民解放军第一个藏民团在康定成立。之后，他们进行大规模的剿匪。到达古塔村时，他们再次把土地和庄园分给农奴，并保证，要将土匪消灭干净，让农奴们大胆地住进庄园，大胆地种地。因语言不通，藏民团需要一名会讲藏语也懂得一些汉语的翻译。康珠泽旺在老爷家当下人，经常会遇见一些过来做生意的汉人。他聪明，记忆力好，记住了一些汉字，会说简单的汉语。他偶尔帮藏民团当翻译。

康珠泽旺和奶奶有了自己的土地。奶奶白天喜欢带着孩子到地里，嗅着弥漫在空气里的新翻泥土的气息，幸福的神色在奶奶脸上荡漾。

　　虽然幸福，但奶奶经常在山坡上，远眺路口。爷爷知道，她盼着那个年轻的解放军。她心里想的，还是那个解放军。她给康珠泽旺讲过那个解放军的故事。他明白奶奶所思所想，明白她心里的期盼。康珠泽旺是一个不喜欢用语言而习惯用行动来表达的人。奶奶对那个解放军的思念，让康珠泽旺心生羡慕，他知道那个解放军在奶奶心中的地位。那个解放军留给奶奶的印象美好而深刻。

　　我也想成为张排长那样的人！那天，向来寡言少语的康珠泽旺对奶奶说。他的话，让奶奶脸上飞起一片酡红，她知道她内心的秘密被他窥见。奶奶粲然一笑，他的想法让奶奶内心豁然亮开。

　　康珠泽旺决定参军，这意味着他将抛弃这平静的生活，投入枪林弹雨中。藏民团团长问他，你想好了，真的要跟我们走？康珠泽旺坚定地回答，没有解放军，我还是一个农奴。团长说，你这么想很好，不把农奴主和土匪彻底消灭，他们还会反扑回来。

　　就这样，我的爷爷康珠泽旺成为藏民团的一名战士，他的职务为"兵译"，就是兵中的翻译，当然，他也拿枪打仗。解放军藏民团在古塔村休整了三天，第三天下午，我的爷爷康珠泽旺领到了一身军装。虽是旧军装，但爷爷穿戴得很整齐，壮实的身体把那身军装撑得特别帅气。部队要南下，爷爷对奶奶说，我走了，要打仗去了，要彻底消灭土匪。奶奶抹着眼泪，她从泽仁洛布手上取下那只银手镯，用一块红布把它包了一层又一层。奶奶说，你带在身上吧，孩子他阿爸是部队上的，拿上这个，或许能找到他。她把我爷爷康珠泽旺送到村口。奶奶眼含热泪说，去吧，去打胜仗，我等着你的好消息，等你平安归来。

朗色翁姆（奶奶）

谁也没想到，这一分离，竟是永别！

桑吉卓玛（堂姐）

  那是一段备受煎熬的日子，每天，奶奶把我年仅两岁的阿爸带到地里干活。她怕他爬到山崖下，怕他掉到溪沟里，就在他的腰上系上绳子，像拴小狗一样把他拴在树下。白天累了一天，天快黑下来时，奶奶走出地头，牵着阿爸，到村口的老树下眺望，盼着那两个熟悉的身影出现——张排长和爷爷。关于张排长，奶奶知道，他出现的希望渺茫，但每次，只要她往村口一站，那个高大帅气的身影就会出现在她眼前，出现在烟雾一样的暮色里。待他的影子淡了、远了，爷爷的身影便会出现——依然只是幻觉里的身影。路口空荡荡的，除了阳光、薄雾和乞力河的流水声，什么也没有。

  夜晚，奶奶硬挺着几乎散了架的身躯，跪在佛前祷告，祈祷心爱的人，那个解放军排长和康珠泽旺平安无事。日头升，日头落，春天过去了，夏日来到了，秋叶红遍山野，始终不见张排长和康珠泽旺的身影，一点音信都没有。一种不祥的预感常萦绕在奶奶心头。值得庆幸的是，奶奶朗色翁姆怀上了康珠泽旺的骨血。奶奶生下了一个男娃，他就是我的叔叔泽仁顿珠。这让奶奶又惊又喜，日子虽然清苦，但奶奶觉得有了盼头，她的守望更加坚定。一个女人，养活两个娃儿，虽然苦些，但终归是有了自己的地，不像当农奴时那样，没白天没黑夜地干活。

日子就像门前那乞力河的水，慢慢地流淌着。就像流水一样，光阴其实也是看得见的。太阳升起了，阴影在墙角移动，到最后消失，然后是夜晚的逝去，新一天的来临。

叔叔泽仁顿珠蹒跚学步，很快会在房前屋后奔跑了。每天傍黑，村口的老树下，盼夫的藏族女人牵着两个孩子，暮色袭来，夜风劲吹，女人和孩子迎风而立。村子里的人见了，无不心酸，有的老人悄悄地落下几滴同情的泪水，却找不到安慰的话语。

那是个晴天，灿烂的阳光照耀着屋后圣雅山顶的积雪，也照耀着门前的乞力河水。一个穿军装的人出现在崎岖的山道上。那时，奶奶朗色翁姆正在地里种植青稞。她惊喜地冲过去，然而，却不是她的丈夫，更不是那个姓张的解放军，是另一个军人，一个部队上送信的人。奶奶急切地问，康珠泽旺呢？他回来了吗？他什么时候回来？他现在在哪儿呢？奶奶的问话像溪水叮当，响成串，但她所有的问话得到的除了摇头，便是沉默和叹息。许久，穿军装的人从挎包里掏出一个红色小木盒，里面是一枚二等军功章、一只弯得很小的银手镯，还有少量抚恤金。

那个军人告诉奶奶，我的爷爷康珠泽旺在剿匪中，为掩护战友牺牲了。奶奶顿时愣在那里，整个世界在奶奶的眼前旋转，奶奶全身的力气，连同她所有的希望被抽空，她差点瘫倒在地。但在那一刻，她感觉到我叔叔泽仁顿珠稚嫩的手紧紧地抓着她，而我的阿爸泽仁洛布则仰起头，冲奶奶说，阿妈，你别哭，你别哭，我们懂事，不惹你生气。

奶奶抹干眼泪，硬撑住身体给那个送信兵弄糌粑吃，给他倒酥油茶，还给他炒了一布袋子青稞，让他带在路上吃。

当兵的走了。奶奶积攒全身的力气，让自己平静下来。她捧着军功章和抚恤金，忍着不让眼泪流出来。她拿出那只银手镯，久久凝望。银手镯没有送出去，说明孩子的亲爸没有找到。可怜的孩子，阿爸阿妈都没有了。奶奶抹去眼泪，强装笑脸。她捧着军功章和抚恤金，对我的叔叔和阿爸说，娃儿，这是你阿爸捎回来的礼物，还有钱。他会回来的，他很快会回来的。

奶奶把银手镯再次戴在阿爸的手上，直到阿爸长大了，戴不下了，她才收起来，锁进柜子里。

我的奶奶朗色翁姆没有同村里任何人说起我爷爷的牺牲，她把一切苦痛埋在内心深处。无数个夜晚，在沉睡的两个儿子身边，她悄悄地打开红木盒，拿出军功章，暗自落泪。

一切都成为过去，奶奶和爷爷短暂的幸福生活成为她永久的回忆。然而，奶奶清楚，她不能沉迷于回忆之中，也不能这么长久地陷在痛苦的深渊里，生活还得继续，她还有泽仁顿珠，他是丈夫的根，丈夫的血脉，她要把他抚养成人。而养子泽仁洛布，奶奶心里清楚，他们离开康定县城，走了这么远，很难再找到孩子的阿爸——他从泽仁洛布的眉眼间，看到了那个解放军的影子。奶奶说，现在找不到，将来或许能找得到。就算找不到，当娘的为他付出太多，他与泽仁顿珠没有两样。

泽仁顿珠（阿爸）

两个娃儿在一起，难免会打闹，有时弄得哭声一片。按说，大人都会惯着小的，但是，恰恰相反，阿妈朗色翁姆却是常常偏袒着我的哥哥，训斥我，这让我很难过，很迷茫。我不知道阿妈为何要这样。哥哥可能也感觉到了阿妈的偏向，却并没得意，而是小心照顾我，这让我对哥哥产生了依赖。

因为没有阿爸，我和哥哥在外少言寡语，但我们内心丰富，心里有很多问题，只是不向外人说，我们两人互相问答。有时，我问，哥，别人家的阿爸，也有在外地工作的，藏历年的时候，他们会回来看自己的娃儿，可阿爸怎么一次也不回来？就算工作忙，回不来，为什么不像别人的阿爸，打封信回来？哥哥说，快了，快了，明年的藏历新年，阿爸肯定就回来了。我于是幸福地等待着那个我们想象中的年节。有时，哥哥自言自语，阿爸该回来了吧？我就回答，该回来了，藏历新年，一定会回来看我们的。我们俩都梦见过阿爸很多次，却从没有一个固定的模样，一会儿像这个伙伴的阿爸，一会儿像那个伙伴的阿爸。

我们的阿爸到底长什么样呢？我们有时异口同声地问阿妈。阿妈笑道，很高，很帅，等你们长大了，长得像阿爸了，就知道你们的阿爸是什么样了。

扎西达娃（我）

我从姐姐桑吉卓玛那里知道爷爷牺牲，是许多年以后的事。我的姐姐桑吉卓玛从部队转业回家后，考上了公务员。

姐姐考分高，又是军人，还立过军功。按政策，姐姐在县里可以任意挑选工作。姐姐选择了工商局。在等通知上班的日子里，姐姐喜欢在康定县城行走。从小时候起，奶奶常给她和我讲爷爷的故事，还多次讲到那个解放军。姐姐行走在康定城，她希望从那些旧街、旧城墙上岁月的痕迹里，寻找到爷爷和那个解放军的影子。

那天的阳光温暖而惬意，山谷吹来的风，在折多河上空荡漾，轻拂着我姐姐年轻而美丽的面庞。姐姐心情愉悦。她仰头，看见街上有一个单位，悬挂"康定县史志办公室"的木牌，她心里一动，走了进去。她想，或许在这里可以找到爷爷他们的踪迹。

一个老同志接待了姐姐。姐姐说明来意后，他抽出了一本书，说，这本书上，记载的是你说的那个年代，你看看吧。

冥冥之中，似有一双手在牵引着姐姐，那本书很厚，姐姐却并未费太多时间。她是通过他怀抱的那个小被团认出他的，小被团里有一个孩子。孩子双眼紧闭，静静地沉睡。那年，他们作为先遣部队来到康定城。他们在折多河的石桥上，留下了这张合影。

遗憾的是，关于他们的名字书上并没有记载，他们后来的消息也只字未提。

这个解放军，他是我的亲爷爷吗？奶奶说，他是一个帅气的小伙子。她仔细看，那个年代，都是黑白照片，明暗清晰，立体感强，凸现出他们的面部轮廓。她能看清他的轮廓。他高鼻梁、方嘴，是一个帅气的小伙子。姐姐激动不已。

姐姐还从另一章里找到了她爷爷康珠泽旺，他是一个黑脸庞的男人，看上去一脸憨厚。他穿着军装，背着枪。关于他的记载多少有些具体的文字，但也并不翔实。

姐姐手捧着书，久久地凝望着书中那个解放军的照片，凝望着爷爷的照片。爷爷原来这么伟大，根本就不是自己想象中的那个农奴。尽管从未谋面，姐姐依旧觉得他们特别亲切。她那么强烈地想离他们更近一些，想更翔实地了解他们的故事，想挖掘更多爷爷他们的革命史料。

我能到县史志办工作吗？姐姐问县史志办主任。主任临近退休，他哈哈大笑，当然能，只要你愿意，可是，这都是我们这些快退休的老头子干的事，你一个年轻大姑娘干这个，大材小用呢。

姐姐说，这个工作很重要，我喜欢。

姐姐就这么到了县史志办，她研究爷爷的故事，她终于找到了更多关于爷爷的文字记载。姐姐说，爷爷死得那么悲壮，令人敬佩。那场战斗打得激烈，一批又一批的土匪在农奴主们的煽动下包围了藏兵团，想将他们斩尽杀绝。那场战斗，是在荣城打响的。爷爷他们的部队被打散了，爷爷所在的团部机关和警卫排被土匪截断去路，包围在一片山林里。土匪们不但有枪，还有土炮。团长说，不能硬拼，先撤，保存实力为上策。

他们先隐蔽在林子里，等着夜里撤离。到了夜晚，依然撤不出去，只得突围。突围很艰难，警卫排的人死伤大半。这个时候，爷爷站了出来，他说，这样硬打不行，都得死在这里。他请求带领一个班，掩护团机关和警卫排的其他战友，让他们悄悄从另一条山路撤离。

爷爷带领一个班的兵力绕到土匪身后，向他们射击，把土匪引到一个山谷里。我的爷爷有着鹰一般的眼睛，在夜里射击那么精准，简直就是神枪手。他们一个班的兵力，把土匪打得像一群焦躁不安的疯狗。爷爷身边的战友一个一个倒下了，就剩下爷爷了。我的爷爷凭借他对这一带地形的了解，完全可能撤出来，但是，他没有，他尽最大可能地拖住那些土匪，直到藏兵团机关和警卫排安全撤出。最后，爷爷在土匪的重重包围中，拉响他身上最后的武器——一枚手榴弹。

几天后，藏兵团机关与独立营会合。大部队回来清剿土匪，他们发现了爷爷。我的爷爷康珠泽旺，左手压在后背下，那个银手镯紧紧地握在他的左手心，而爷爷的右手，已经全部没了，惨不忍睹。我想，那一刻爷爷一定是怕银手镯炸飞，才把手背过去，将它压在腰后。于是，我脑子里便有了爷爷生命最后一刻的高大形象。他左手背在身后，右手举在头顶。那一刻，我的爷爷或许并不知道，我的奶奶已经怀上了他的骨血。但那一刻，他一定非常想念我的奶奶朗色翁姆，想念他的养子我的阿爸泽仁顿珠。

我不知道大伯是他们的养子，我以为大伯与阿爸是同母异父的兄弟，我也是今天在奶奶的讲述里知道的。

泽仁洛布（大伯）

因为家境不好，我九岁才读书。小学离得远，十几里地，对于一个九岁的孩子，的确太困难。学校可以住读，但费用高。阿妈咬牙把我送到了学校。周日的下午送去，下个周六的下午去接回来。

阿妈说，人还是要上学的，人不上学，就像一个瞎子。阿妈这么说，却并没把弟弟泽仁顿珠送进学堂。那时候，弟弟也到了上学的年龄，阿妈说，过两年，泽仁顿珠大一点再送他上学。因为我长得不像藏族人，我一直以为我与弟弟泽仁顿珠是同母异父的兄弟，没想到竟然是养子。直到今天，阿妈才将我的身世告诉大家。我很小的时候看着阿妈这么宠着我，对我比顿珠还好，我很得意，但慢慢地大了，就有些不安，觉得对不起小弟。我总觉得这中间有什么秘密，又不敢问阿妈，怕触到阿妈的痛处。我想，现在还不是时候，到时候了，阿妈就会告诉我们了。今天，阿妈果然告诉我们这个埋藏在她心里多年的秘密。

我读到三年级时，学费突然涨了很多，每星期还得从家往学校背粮，阿妈还是那句话，过两年再让顿珠上学。可这都过去好几年了，阿妈还是不让弟弟上学。我觉得对不住弟弟顿珠，就对阿妈说，我不上学了，我能识上千字了，够用了，让弟弟去上学吧。阿妈不同意。阿妈说，要供，就豁出去供一个人，把这个人供出来，否则，就是半途而废。

阿妈这么说，我也没办法，只得更加努力读书。我的学习成绩很好，是这个古塔村最好的。即使这样，我总还是觉得欠顿珠的。每逢学校放假，我白天帮家里干活，晚上就着酥油灯的光亮，教弟弟顿珠认字，我弟弟泽仁顿珠虽然一天学都没上，却不算是文盲。

朗色翁姆（奶奶）

泽仁洛布有着一张漂亮的脸庞。

虽然相处不到三天，匆匆几面，我还是记住了他，那是一个汉族小伙子。那天，我把孩子接到手后，仔细看了一眼这个孩子，他像藏族男娃，但隐约也有着那个解放军的特征。这么看来，他的妻子应该是个藏族姑娘。泽仁洛布身上有着藏汉两族人的血液，是藏汉两股血脉的融合。

泽仁顿珠（阿爸）

　　我那时还小，半夜里，时常会被阿妈的哭泣惊醒。白天，我偶尔也会撞见阿妈流泪。我记得阿妈哭了很多天后，渐渐变得不爱说话。我隐约知道发生了什么事，怕惹阿妈伤心，就努力做一个乖孩子，在外面少惹祸。哥哥也很懂事，他比我大两岁，却比我能干得多。我偷偷问他，哥哥，阿爸是不是出什么事了？阿妈怎么总是哭？哥哥说，阿爸没有出事，他会回来的。他像是安慰我，也像是在安慰他自己。他说，我们俩听话，快些长大。长大了，我们就去找阿爸。

　　我们十几岁的时候，喜欢沉默的阿妈话突然多起来。她说，看着北斗星不迷路，要想幸福跟正道走。你阿爸是个大英雄，你们长大了，也要做他那样的康巴汉子，当个大英雄。

　　尽管阿妈没有把阿爸牺牲的消息告诉我和哥哥，没有告诉村子里的人，慢慢地，他们还是知道我和哥哥失去了阿爸，阿妈朗色翁姆永远失去了丈夫。但慢慢地，有人来给阿妈提亲，甚至有年轻的康巴汉子看上貌美的阿妈，主动上门表达自己的心思，都被阿妈拒绝了。

泽仁洛布（大伯）

　　那年我以全校第一名的成绩考上了初中。初中要到中心学校去，几十里山路。我不怕吃苦，我只是觉得我大了，要帮阿妈减轻负担。我心疼阿妈。我说,阿妈,我大了,不读书了,我要在家帮你干活。阿妈说,去吧,孩子,我还干得动。我望着阿妈那越来越多的白头发和脸上的皱纹,心里隐隐作痛,故意赌气说,不去,我讨厌读书,永远不再上学!

那天上午发生的事情我至今还记得。我们当时在屋外站着,我突然觉察到飞来一道阴影,接着一声脆响,随后,我脸上火辣辣的。阿妈扇了我一耳光,那是她第一次打我,在这之前,她从未打过我。

一向和善的阿妈生气了。她气得双手哆嗦。我怕她气出病来,就背着书包上学去了。那时候,我不知道自己的身世,我只当她是我的亲妈,不然谁会对自己的孩子这么在意?

我读初中后,弟弟已经能帮家里干很多活了,放牛、打草、下地播种、收割,他都会,家里的日子慢慢好过了一些。但我总觉得自己在吃闲饭,心里还是不安,于是一放假,我就在家拼命地干活。

那个年代,没有考大学一说,上大学只是推荐。我对上大学没抱什么希望。初中毕业后,我觉得我的知识够用了,坚决回村务农。

我在大队工作了不到半年,上面来了一个推荐上大学的名额,我做梦都没想到,这辈子会有读大学的机会,天上真的掉馅饼了。当时,整个大队还有几个初中生,高中生也有一两个,还有农业高中生。投票选举,我得票最多,大队干部就让我去。

好人有好报啊!那几天,阿妈常常这么感叹。

保送入学,有两个志愿,第一志愿是四川大学,本科;第二志愿是重庆桥梁学校，大专。我选择了重庆桥梁学校。我当时想，我一个初中生，读大专都未必跟得上，更别说读本科。很多人不理解，四川大学名气多大，又是本科，大学嘛，去了，总会让你毕业的。阿妈说，对于学习的事，阿妈不懂，洛布，你自个儿选择吧，咱农民的孩子，一定要像土地一样朴实，不图那些虚幻的、遥远的东西，你觉得实用，能承担得起，你就选择。

事实证明，我的选择是对的。一进学校，学习太费劲了，英语、高数，简直像是听天书。底子差，只得多吃苦。我每天早晨四点钟起来读英语。怕影响别人，就在厕所里读。晚上大伙睡了，我把小凳子搬到厕所里做数学题。这样挣扎着，掉了十几斤肉，才勉强跟上，学习成绩不至于最差。睡在我上铺的一个大个子，根本听不懂课，课后也学不进，说一学习脑袋就痛，在这大学里睡了三个月，退学了。

我咬牙坚持。

第一学期结束，我回到古塔村，看见阿妈操劳的样子，心如刀割。我跑出屋去，坐在乞力河边，对着河水放声大哭。我哭了好长时间，哭得痛快淋漓。我想如果不是河水声，整个村子的人都能听到我的哭声。我一直哭，顿珠来到我身后。顿珠说，哥，你怎么了？学校很苦吗？我说，不是，我可怜阿妈。我说到了弟弟的伤心处，他也呜呜哭起来。他说，咱山里有积雪的日子多，晴天也常常有雾，阿妈得了严重的风湿病，关节肿得像树节疤，又粗又糙，夜里常常痛得睡不着。弟弟说，阿妈不让我告诉你，也不让我在信里说。

我说，顿珠，这学我不上了。虽然说毕业后能留在城里吃国家饭，可是，我不能这么自私。顿珠说，哥哥，你去吧，你不去上学，阿妈会生气的。你去吧，家里有我。我说，担子都落在你头上，我心里也不好受。我决心已定，不去了。

那天，阿妈在门前码晒干的牛粪，我走过去说，阿妈，我们那个学校不包分配了。其实，这是我的谎言。我说着，望着阿妈。阿妈平静地说，包不包分配是一回事，读不读完是另一回事。我说，不包分配，我读着还有什么用呢？我看见阿妈面露不快，她放下捡牛粪的叉子，走到茅棚前，拿起砍斧，朝着门前右侧那棵白杨树走去。那棵树又大又直，有碗口粗，是我和弟弟顿珠小时候栽的。那时候，顿珠还只有三岁，林子里拉回来一些树苗，我们听见拖拉机响，就跑过去看。队长拽出一棵最大的树苗给我们，说，洛布，栽到你家门口去吧。

这是我们最喜欢的一棵树，夏天的时候，树下阴凉清爽；冬天落雪，它披上银装，漂亮极了。它几乎成了我家的象征。我急忙去拽住阿妈的手，我说，阿妈，这树很快就成材了，砍了多可惜。

阿妈停下来，双眼瞪着我，树快成材了，砍了可惜，你也快成材了呀，不读书可惜不？阿妈说着，再次举起砍斧。我的眼泪陡地涌出来。我抱住阿妈，我说，我去，假期结束我就回学校去。

藏历新年一过，离开学还有几天，为了让阿妈宽心，我早早地就踏上了返校的路。我走的那天，弟弟顿珠送我。我们坐着生产队的拖拉机，冷风吹打着我们，我看到顿珠的脸冻得通红，几次让他下来，别送了，他却坚决要送。他说，送送嘛，送送嘛。他一直把我送到康定县城。他把我叫到一边，对我说，哥哥，你放心去学习吧，阿妈你放心，我早点娶个媳妇进门，我俩把农活和家里的活都接过来，啥也不让阿妈干，让阿妈享清福。我说，我家这么穷，谁能嫁给你呢？顿珠说，我不找条件太好的，只要人好，不缺胳膊不缺腿就行。我为人正派、勤劳，会有人嫁我的。我要求不高，只要她对阿妈好，对哥哥好，肯干活，什么样的女人我都同意，哪怕她是个丑女人。

　　顿珠这么说，我心里又温暖又酸痛。我是老大，重担应该落在我的肩上，顿珠为我付出了太多。我笑着对顿珠说，对阿妈好，又肯干活，这样的女人是不会丑的，你会娶一个好女人。

　　我坐着通往重庆的长途客车走了。我后来回家才知道，顿珠他们那天晚上走到半道，拖拉机坏了，他们冻了一夜，饿了一夜。回到家，阿妈给那个开拖拉机的人煮奶茶、做糌粑，还温酒，阿妈埋怨顿珠在路上没给拖拉机手买点吃的。途中经过乡里，还是能买得到东西的。她哪里知道，我们分别前，顿珠把他身上所有的钱都塞给我了。

泽仁顿珠（阿爸）

　　那时候不叫村，叫生产队。那时候外出做事，不叫打工，叫搞副业。能到外面搞副业，是很光荣的一件事，回来向村子里的人讲述外面的西洋景，把人给羡慕的。他们哪里知道，搞副业的人在外面受的罪，从来不说出来。

　　农闲的时候，我就同队长一起出外搞副业，在乡里修桥。晚上歇息的时候，我对队长说，队长，给我做媒，说个媳妇吧。队长哈哈大笑，说，年纪这么小，就熬不住了，想媳妇了。我脸上火辣辣的。当队长知道我是体谅阿妈时,他同意了。他说,等回去吧,我有个侄女,在折多乡不远的村子里,长得漂亮,我把她介绍给你。我说,不成不成,我不要漂亮的。队长说,这就怪了,谁都想找个漂亮的媳妇,你倒好,不要漂亮的。我说,我家穷,漂亮的看不上我。队长说,你这么有孝心,是个好青年,怎么会看不上呢？一听队长这么说,我心里乐得像有只鸽子在扑腾。

我们修完桥,回到队里的时候,队长果然去给我说亲。队长去的那天,特地到我家,询问阿妈的意见,阿妈说,看我家这条件,像样的房子都没有,只要人家愿意,咱们哪还有意见嘛。

队长就去了,我忐忑不安地等了一天。晚上,队长回来,一脸欢喜,好像是他自己定了亲。队长说,人家没意见,同意见面。阿妈高兴,硬留队长在我家吃晚饭,她忙前忙后,脸上乐开了花。不久,我和姑娘见了面,人家真的没意见,同意年底嫁过来。

谁承想,在这节骨眼上,阿妈突然改变了主意,这源于那些红红绿绿的征兵标语,它们贴在藏族民房的墙上。阿妈虽然不识字,却知道标语是动员年轻人去当兵。

那天天空晴朗,阿妈朗色翁姆从旧箱子底下拿出我阿爸康珠泽旺的军功章,阿妈把它对着窗外射进来的阳光,对我说,娃儿,这是你阿爸的二等军功章,他在国家最需要的时候走上了前线。阿爸临走前对我说,如果他将来有了儿子,希望他做一个有用的人。现在,国家需要你,去吧,孩子,你阿爸说过,咱翻身农奴不能忘本。

我久久地立在窗外射进来的那束阳光里,心情却并不明朗。我走了,阿妈一个人在家,我怎放心得下？阿妈抚摸着我的头说,去吧，孩子，阿妈没事，阿妈会照顾好自己。再说，泽仁洛布放假会回来看我。去吧，孩子，阿妈还没老，阿妈干得动农活，还能照顾自己。

我穿上军装，时间是1977年11月。两年后，边境局势白热化，我想起阿爸的英勇，想起阿妈的教诲，我写了一封血书，请求参战。之后，我扛起枪，奔赴前线。两年时间里，我住猫耳洞，搞侦察，杀敌人，表现英勇。在一个黄昏的遭遇战中，我本来已撤下来了，但发现一个战友还在阵地，他受伤了，伤在腿上，走不动了。我没有犹豫，冲进那片被枪弹封锁的死亡之地，背回了受伤的战友。当我把战友塞进猫耳洞，自己准备往洞里钻时，一枚炮弹落下来，我听见炮弹在空气里飞行的响声，飞身扑进猫耳洞。炮弹爆炸了，一枚弹片追上了我，它像一把锋利的刀，揳进我的左腿膝盖，我被强大的冲击力震晕过去。我醒来后，发现我躺在野战医院的病床上。医生从我的腿上取出了弹片，做了缝合手术。但那膝盖还是留下了伤，左腿用力，膝盖会很疼。此后一条腿长，一条腿短，但不明显，走路快才能看出来。

1982年底，我带着一枚三等军功章回到了古塔村。阿妈在村口那株百年老树下等我，她紧紧地拥抱我。阿妈更老了，更瘦了，她根本无法将她心爱的儿子拥进怀里，是我紧紧地、紧紧地拥抱阿妈。许久，阿妈抓紧我的手说，孩子，你回来了，你平安地回来了。我说，阿妈，我回来了，全身完好无损。但是，我在上门前的台阶时，因为用力过猛，膝盖剧痛，差点歪倒在地。什么也瞒不过阿妈的眼睛，我只得说了实情。阿妈让我坐下来，她蹲下身子抚摸着我的膝盖，眼泪滴在我的裤腿上。我说，阿妈，你后悔了吗？

你后悔让娃儿去当兵了吗？阿妈说，阿妈不后悔，阿妈做事从不后悔。不过，还是要感谢神灵，让我儿子活着回来了。一定是神灵在保佑，一定是你阿爸在保佑你。

我说，是的，阿妈，我感到弹片飞过来时，有一股巨大的力量，像一只无形的手把我往洞里一推，于是我的胸脯、我的腰身就躲开了弹片。一定是阿爸，他在那一瞬间，用无形的手推了我一把。

我回乡务农，再也不提亲事，作为农民，一条腿不能用力，不能挑重担子，我不能害了人家姑娘，我打算就这么过一辈子。我万万没想到，队长的侄女居然主动提亲。他侄女说，我越是受过伤，她越是要早点嫁过来，好照顾我。我感动得跑到牲口棚里痛哭流涕。我以为我这辈子完了，没想到我还能成个家，还能娶一个漂亮的姑娘。

这年底，队长的侄女就嫁进了我家。1989年，扎西达娃，我的儿子，他诞生了。

泽仁洛布（大伯）

那年，泽仁顿珠还在部队。我大学毕业后，本来有机会留在重庆，可我没有。我想我的阿妈。当然，我不可能回到古塔村，我学的是桥梁建筑，村子里没有那么多桥要建。铁索桥被炸坏了，早就该加固，该翻修。可那得很多钢铁，很多水泥，还有上好的木板，不是一时一刻能修成的。但亲手修复铁索桥是我的梦想，那个时候没条件，我在等待时机。

我本来被分配在重庆一家桥梁建设单位，那可是同学们梦寐以求的地方，但我拒绝留在重庆。我要求回康定。最后我被分配在康定县交通局工作，搞道路桥梁设计。一个农家孩子，居然能搞道路桥梁设计，这是我做梦都没想到的。

参加工作后有了工资，还分到一间宿舍，我想尽孝，把阿妈接到县城住。阿妈不同意，阿妈说，你也老大不小了，该成家了，这宿舍就做你的新房吧。

也算是缘分，工作后不久，有人给我介绍了城郊一位藏族女孩。那年底，我们结了婚。结婚后，我把媳妇带回来，阿妈乐得忍不住流了泪。全村子的人都为我们贺喜。媳妇到这古塔村，就爱上了这里。她帮阿妈干活，伺候阿妈，古塔村的人都说她好。媳妇身体瘦，体质弱。我们六年后才有了孩子，就是桑吉卓玛。那时候，刚开始改革开放，人们的日子好过了，可是天有不测风云，几年后，我善良的妻子突然得了重病，从发现到离开人世，不到半年的时间。

那时候，桑吉卓玛才两岁。我一个人带孩子，还要上班。我上班地点不固定，路修到哪儿，我就干到哪儿，桥修到哪儿，我就住在哪儿。这个时候，阿妈再次敞开她雪山一样的胸怀。她说，把孩子放我这儿吧，山里的鸟儿是饿不死的，我喜欢这孩子，正好做个伴。

我犹豫着。阿妈说，孩子，你还年轻，日子还得往前走，有适合的再找一个吧。阿妈的话，抚慰着我失去妻子的伤痛。我摇摇头，以后再说吧。

说是以后，人的悲伤，哪能这么快就忘记？卓玛的妈妈走了，我的心也就冷了。我那时只想工作稳定下来，可以正常地上下班，接送卓玛上学。可是，一直到我退休，生活才安稳下来。我也没再找女人，有我的宝贝女儿桑吉卓玛，我知足了。

丹珍卓玛（阿妈）

1989年2月1日那天，正是藏族人民吉祥的日子，藏历新年。那天阳光明媚，万里晴空飘着洁白的云朵，像是很多藏族同胞身披哈达在舞蹈。整个古塔村的人，都忙着迎接新年的到来，到处洋溢着过年的喜庆。我们家更多了一份喜悦，一个新生婴儿，正在我身边香甜地沉睡。他刚刚来到这个美丽的世界，他就是扎西达娃。

一般的孩子，走路之前要爬一段时间才能站立，扎西达娃从来没有爬过。在襁褓里睡了八个月后，一天，我把他抱出去晒太阳，我无意中把他放在地上歇歇脚，没想到手一松开，他竟摇摇晃晃地走起路来，我顿时愣住了。这时，我看见我家房屋前，一只又大又肥的狼，从不远处的山腰上下来，走到乞力河边喝水。它并没有因为我们的存在受到惊吓，更没冲过来攻击我们。我当时无比激动，眼泪从眼里流出来。因为藏族的经文记载，小孩子出门看见狼或者彩虹是吉祥的事，说明这个孩子将来一定有出息。这一情景我牢牢地记在心里，谁也没告诉。

时间过得飞快，后来，我们又有了一个男孩，取名曲让。因为地少，积雪掩埋的时间长，日子拮据，我们一家五口人相依为命。扎西的阿爸虽然干不了重活，却聪明巧干，砍木材、打石头，不比别的男人差。

桑吉卓玛是大孩子,很多重担落在她的肩上。每天我们在外面干活,她要看弟弟和家,我和顿珠回来后,她又抢着做她能干得动的活。转眼到了上学的年龄,可这里人受老一代人的影响,很多人家不让孩子去上学,更别说女娃。我和顿珠还是决定把桑吉卓玛送到学校。我们那时就想,供得起,就让三个孩子都读书;供不起,至少要让卓玛上学。卓玛学习很好。几年后,我们又把扎西达娃送到学校。扎西达娃也很努力,我记得他是学校里同一届孩子第一个戴上红领巾的人。卓玛和扎西很懂事,没有辜负我们对他们的期望,每次考试,都是各自年级的第一名。泽仁顿珠好面子,两个娃儿学习好,他特别高兴,我也觉得脸上有光。

学校离得远,得住校,星期六的下午才回来,星期天的晚上再去。每次孩子们从学校回来,我就围着锅台给他们弄好吃的,当娘的知道孩子们馋了。

桑吉卓玛小学毕业,考上了乡里的初中。泽仁洛布为了减轻我们的负担,坚决把她接到县城读书。初中毕业后,她考上了中专,一家人替她高兴。

桑吉卓玛(堂姐)

阿爸还有叔叔婶婶哪里懂得我的心?我根本就不满足于在这么个县城,也不满足于当一个兽医。我学的是兽医畜牧专业。说出来可能没人相信,我想当兵,这是我从小就有的愿望。这是受叔叔的影响,叔叔总是给我们讲他当兵时的故事。叔叔说,他技能好,曾经被选送到成都军区去比武。叔叔还说,他们营里每次紧急集合,他都是第一名。他告诉我们一个秘密,说,每次脱衣服睡下后,他就悄悄地把裤子穿上,紧急集合时,他就省去了穿裤子的时间。叔叔说得我们都笑了。他的故事使我们对部队充满向往。我和弟弟们按照叔叔的描述去玩"打仗"。我们爬树、上墙。记得一个下午,我和顿珠爬上房顶,在只有半米宽的墙上玩抓"敌人",被叔叔吼下来,一顿收拾。这是叔叔第一次打我,也是最后一次。叔叔担心的样子我现在都记得。

叔叔就这样用军营故事,把当兵的愿望,像一颗种子一样播撒在我心里。那时我想,等我长大后,一定要当个女兵。我后来才知道,当个女兵太难,名额太少。

成为一名女兵,是我难以实现的一个梦。

命运使然,那天,我在县城里听说有招兵的,还有女兵,就去报了名,参加了体检,但名额有限,整个甘孜州就一个。想去的人特别多,一个姓王的军分区领导家的女儿也报了名。我当时就想,肯定没戏。但我从来就不是一个轻易服输的人,我决心试一试。

体检合格,接着是政治审查,之后面试。那天上午,我们几个胸怀从军梦的女孩,在县人民武装部里站成一排。我们前面是接兵干部,人武部的领导,还有甘孜州军分区的领导。那个姓王的领导也在主席台上,而他的女儿就在我身旁。我当时也不知怎么了,一看这情景,反倒来了一股力量,一定要与那个王姓女孩比试。我对那个接兵干部(后来才知道是接兵团团长)说,首长,我爷爷是当兵的,我叔叔也是当兵的,我特别想当兵。首长说,那很好,你有什么专长吗?我说,我会唱歌,会跳舞。我说着,唱了几首藏族歌曲,边歌边舞。那几个接兵干部看得直鼓掌。接兵团长说,好!

好！我们武警支队有一支业余演出队，就需要你这样的人才。

我心里乐呵呵的，回家把这事告诉阿爸。阿爸说，你别太往心里去，免得太伤心。整个甘孜州，就一个女兵名额，能落在我们头上？卓玛，好好地去工作吧。

阿爸的话像一瓢冷水泼在我头上。我想，也是，太难了，希望越大，失望越大。我索性不想了。有一天，我突然接到通知，让我去领军装，我的眼泪奔涌而出。

我后来才知道，我能当成兵，全仗着那个接兵团长。他说，这样优秀的孩子，家庭背景又好，爷爷是烈士，叔叔是功臣，为什么不让她到部队去？在这批女孩子里，如果有一个能当兵，就是她，桑吉卓玛！

那一年，整个康定县就走了我一个女兵。我去部队前，武装部部长对我说，卓玛，到部队一定要好好干，否则对不起接兵团长。没有他，就一个名额，哪轮得到你？我点头。我感谢接兵团长，我连他姓什么叫什么都不知道，只喊他首长。

我到部队后，真的参加了业余演出队。我的专业是一名话务员。我喜欢我的专业，也喜欢演出。第一年，我被评为优秀士兵。第二年，我立了三等功。年底，我很荣幸地成为一名士官。我甚至还准备考军校，但我只是个中专生，考军官学校可能考不上，我就放弃了。我对自己说，当士官一样能体现我的价值。第五年秋天，我接到家里的电话，说阿爸重病了，住院了。阿爸的胃不好，又因为过度劳累，得了肺水肿，很严重。阿爸多年一个人生活，现在需要人照顾，我就申请退伍。我向连队交退伍申请时，哭得像个泪人，我是热爱部队的。指导员安慰我说，行，你回去吧，你阿爸一个人不容易。你也为祖国的国防事业奉献了五年,最美好的青春献给了部队,可以了。我们不留你,我们祝福你。

我回到了康定县。回来后我考上了公务员。当我选择工作的时候,有县政府办公室、县委宣传部,县工商局也向我抛出橄榄枝,我选择了工商局,但那天,康定县史志办公室的牌子,改变了我的选择。

扎西达娃(我)

自从那年姐姐回了县城,我就一个人上小学。因为家境困难,阿爸阿妈说,过几年再让弟弟曲让上学。但后来曲让一直没有走进学堂,这也让一家人觉得愧疚。

那时候,日子虽然清苦,但平静,我们都对美好的未来充满着企盼。奶奶说,现在日子虽然不富裕,但比起新中国成立前来,强了百倍千倍。有吃的,有穿的,有房住。日子嘛,不就是这么往前过嘛。阿爸泽仁顿珠也总是乐观地对待每一天,他相信靠自己的劳动能过上好日子。然而,在2004年,残酷的现实将他过上好日子的梦想击碎。原本就有肺水肿的阿妈不幸骨折,脚踝肿得像发面馍,躺在床上不能动弹,未等攒够阿妈上医院的钱,阿爸也出事了。那个夏天,阿爸忙完地里的活,去帮别人打石头,那家人准备盖房子,结果不小心被雷管炸去了右手。

我永远忘不了那个下午的情形。阿爸被人搀扶到家,他的右手缩进袖子里,全身都是血,袖管还在往外滴血。村子里的人急忙开来拖拉机,把阿爸往乡医院送。

阿妈看见阿爸的手，吓得往山里跑。阿爸看见了，呻吟着说，你走吧，你走吧，回你的娘家，去过你的好日子吧！

我们很快知道，阿爸误解了阿妈，阿妈并不是吓得逃跑，而是去找阿爸的手指。我后来听弟弟说，阿妈到家后，手里捧着一条哈达，那里包裹着两根血淋淋的手指头。她把手指头揣进怀里，骑着马一路狂奔。阿妈赶到康定医院时，不是从马上跳下来，而是累得从马背上滑下来。她已晕倒在地。众人把她扶进医院抢救，等她醒过来，她才知道，她找到的那两根手指头没有用，因为阿爸右手手掌被炸得稀烂，必须从手腕处截肢。

要动手术，却没钱。大伯泽仁洛布东拼西凑借来了两千块钱，凑够了手术费。我在手术单上签了字，等着第二天手术。

望着跪在病床前的阿妈，阿爸流了泪。阿爸对阿妈说，你走吧，回你的娘家去吧。你再找个好人家。我本来想通过我的努力让你过上好日子，可是你看，我腿脚不好，现在又没了一只手，你要是跟着我，还得过苦日子。阿妈哭了，阿妈说，你说的啥话？你的手这样，我要是走了，神灵都会怪罪我的。我不走，我要跟你一起过苦日子。

我是跟着送阿爸的拖拉机一起来的。我们先到乡卫生所，他们没有这个条件，让转院，拖拉机就又驶向县城。我们到县城时，已经是夜晚，天像塌下来一般，整个世界黑漆漆的。当阿妈出现在医院时，我惊呆了。阿妈骨折以来就没有出过屋，她是怎么骑上马，又跑那么远的路来到县城的，我难以想象。

阿爸自此成了一个残疾人，而阿妈的脚踝就那么一直骨折着。她拄着拐杖。我们多次让她到医院做手术，她舍不得钱，一直不去，其实我们家也真是拿不出那么多钱。大伯泽仁洛布一直在资助我们，但也只能给些小钱。他的身体不太好，长期吃药，还进了几次医院。

那年对于我家来说，是雪上加霜。阿妈脚病，阿爸残疾，我们一下子欠下了两万多元的外债，这对于土地少的藏区农民家庭来说，是一个大得难以填平的窟窿。那一年，家里的青稞差不多都卖光，一家人吃饭都成了问题。弟弟年龄还小。这年，我读初中二年级。我坚决退学，我要挑起家庭的重担。

2005年冬，我跟着村主任到折多乡打工。天还没亮，我就爬起来，自己弄点吃的，再把午饭带上。我坐在村主任的摩托车后座上，天本来就冷，车一跑动，冷风直往衣领袖子里钻，干活到天漆黑再往家赶。那一次，干了整整四十天，才挣四百块钱，如果不是自己带饭，恐怕连饭钱都挣不回来。拿到工资的那一天中午，我远离人群，在一块大石头上坐着，坐了很长时间，很失落，很伤心，有怨气。我一次次发问：为什么我出生在这么一个家庭，为什么这么穷？但一阵沉思之后，我明白一个道理：走出大山是梦想，最要紧的是解决家庭现实问题，让家里每个人都吃饱饭。我决心通过自己的努力，改变现实。

我改变现实的方式是帮家里干活，闲时出去打工，挣点现钱。

时光流逝，按照农村的习俗，我到了结婚的年龄，虽然还小，但我自己觉得我已经成熟了许多。姑娘选定了，过年准备结婚。阿妈三番五次去找亲家说话，把日子定下来。这个喜讯传遍了村里的每一个角落，可是，阿妈心里燃烧的那个享清福的希望再次破灭：阿爸决定让我去当兵。

听到这个消息，阿妈有些失落，但她并没有埋怨阿爸，她知道阿爸的心思，他早就说过，他的两个儿子，一定要有一个人去当兵。只是生活太窘迫，他没有过早决定，他寻思日子好过一些再去，所以他看到征兵的消息，就按捺不住了。

我要当兵了，这是特大喜讯。我们古塔村二十多年没人去当兵了。二十多年前，那个当兵的人正是阿爸。堂姐虽然是个退役军人，但堂姐是从县城走的兵。村子里没有人有那个文化，村子里有一个名额就应该是我。

除了阿爸，堂姐也想让我当兵。堂姐说，去吧，这将是你的光荣，也必定是你的梦想。

我实现梦想的时间是2006年初冬。

我报了名，在等待体检的时间里，阿爸带着我，来到离家四百多千米的荣成革命烈士公墓。阿爸指着爷爷的墓碑对我说，扎西，你爷爷说过，是解放军让咱们翻了身，有了自己的土地，人要知恩图报。现在，当着爷爷的面，我把你送到部队去，让你当一名解放军战士。

阿爸说着，跪在墓碑前，磕了三个头。他小声同我爷爷说着话，他说，阿爸，你听到了吗？你看到了吧？扎西就要穿上军装了……

阿爸站起来的时候，满脸泪水。我整理着装，朝爷爷敬了个军礼。我还没穿上军装，我还未到部队参加训练，这个军礼并不标准，却让我热血沸腾。

那一刻，面对爷爷的墓碑，我骤然明白，阿爸过去，不仅仅是在给我们讲述他和爷爷的战斗故事，追忆他那难忘的军旅时光，享受那份自豪和满足，他也是在传递一种信念，传递着一种军人的豪迈。他把军人的血性，揳入一个少年的心里。

我永远不会忘记入伍离开家时的情形，阿爸将摆放在爷爷灵位前的两枚军功章挪出一块位置，叮嘱我说：早入党、早立功，再添一枚军功章。这位置给你留着呢！

阿爸将两枚军功章用红布包裹起来，放进红木盒，装进我的行囊。

那几天，阿爸兴奋得睡不着觉，见着村子里的每一个人，都要传递这个喜讯。甚至面对自己家的牦牛，他都要唠叨几句：扎西要走了，要当兵去了。

看见阿爸这么高兴，听见他传递着我要当兵的消息，我觉得压力很大，肩上似乎挑起一副千斤重担。我轻声对阿爸说，我这还没体检呢，也不知身体会不会过关。阿爸自信地笑道，我的娃儿，身体没问题。我说，也不知道人家要不要我。阿爸依然自信地说，怎么不要？我家可是两代军人，你爷爷是烈士，我也是有军功章的人。要，部队会要你的。部队不要你这样的娃儿，要谁？

事实证明，我的阿爸过于自信，我的当兵之路并不顺利。体检时，我们离得远，当天体检完毕，在县人武部安排的招待所等结果。体检结果出来，我的血液呈阳性。体检医生怀疑我吸毒，我一听，气得几乎炸开，我连毒品是啥样的都没见过。我一屁股坐在冰冷的石板上，坐了很久，我沮丧地往家走。从县城到家，一百多千米，没有公共汽车，我徒步往家走。

我难过。为了让自己不至于那么难过，我安慰自己说，去不成就去不成吧，也不白跑，这不，到了一趟县城，见到了传说中的高楼。

我搭乘便车，路过乡政府时，被人拦了下来。拦我的那个人说，姐姐桑吉卓玛找我，找不到人，电话打到乡政府，求他们让我回去再体检一次。我往回走，到县武装部。姐姐在那里，正跟县武装部部长理论，请求他再给我一次机会。部长说，血液有问题，没的话说，不成！

桑吉卓玛（堂姐）

我对部长说，我拿人格担保，我弟弟绝对不会吸毒。我弟弟从小没离开过大山，他离家最远的地方，就是那个只有几间房屋的乡政府。他根本不知道毒品长什么样。

每年体检，武装部会成立临时体检站。部长被我缠得没办法，说，这样吧，我看如果医生还在，如果还有抽血的试管，就再给他一次机会。

经过这一折腾，扎西达娃没了情绪，他说，算了吧。我一把拽着他，我说，一定要试一试。我们跟在部长身后，到抽血室一看，女医生准备撤离。部长问，还有试管吗？她说，有，还剩最后一支。我当时一听，心里那个乐啊，真是谢天谢地。于是，我弟弟扎西达娃又被抽了一管血。

第二天下午，血检结果出来，一切正常。经医生追问，扎西说，第一次血检的前一天，他因为感冒，吃了几片去痛片，还喝了一大瓶可乐。医生明白了，去痛片里有吗啡，可乐里也包含影响血液检查指数的东西。

接着是心理测试，用计算机考。这是扎西第一次见计算机，他哪会？就算题的内容会，他也不会操作。我再次请求部长。我说，你们就在旁边监督，让我弟弟答题，我帮他操作，所有答案，他说是啥就是啥。部长说，新鲜，从未听说过。我说，你看，国家对少数民族是有照顾的，他在那么偏远的地方，从没见过电脑，怎么可能会？但是，我保证他若能到部队，肯定行。不，不用到部队，我这就去给他买电脑，一个星期后他来复考。如果他还不会操作，这兵，你就不让他当。

扎西达娃（我）

部长同意了。第二天，姐姐买来一台二手笔记本电脑，她让我在县城住几天，她教我使用。复考那天，我自己操作，完成了心理测试。

现在回想起来，如果不是姐姐，我真的就放弃了当兵，我的人生将是另一个样子。

入伍通知书下来，家里高兴，请喇嘛念经。喇嘛绕着锅台转着圈，说着吉祥的话。村民给我献哈达。我领到军装。我觉得每一件军装都特别神圣，从内到外，把所有的军装都穿上，像个熊一样。

全家人送我去当兵，一直送到村口。爷爷是从这个村口，从这株老树下开始他的远行的，他没有再回来。阿爸也是从这个村口，这株老树下离开这个村庄的。阿爸回来了，现在，却是一个残疾人。如今，也是这个村口，也是这株老树下，我，将开始我的军旅生涯。离别前，我回头，深情地望了一眼这个生我养我的村庄。的确，这是一个美丽的村庄，被包裹在层层的山里，虽是初冬，却依然葱绿一片。山顶白雪未化,而清澈的水,一年四季,从村头流到村尾,一直流到远方。但这里并不富饶。这里地少、山高,海拔三千多米。

好男儿背上了行囊就不回头,向前看。我对自己说。前面就是通向军营的路,我不知道那里等待我的将是什么。我其实也是懵懂的,甚至很迷茫,却又满怀信心,满心期待。

坐上乡里去县城的车。全天唯一的一趟车。车主看着一家人送我去当兵,全部免费。这件小事,让第一次走出家门的我感到特别自豪。

朗色翁姆(奶奶)

我执意要去送扎西达娃。那是我离开康定县城后,第一次回去。送走扎西,我在折多河边站立了很久。我的身后,就是李家锅庄的位置,现在改成了商业街,虽然叫康定老街,但已没有一点老街的模样,是一个现代化的商业街,只不过是新建的仿古建筑。

那个把泽仁洛布交给我的解放军,这么多年,不知道是否来找过孩子。我不在康定城,他找也找不到。时间过去这么多年,我不抱别的希望,我只祈愿他还活着。

我坐在石头桥上,望着河水流淌。往事就像这奔涌的河水,逝去了,回不来了。我已老眼昏花,耳聋鼻塞。我想哭,没有眼泪。你说,这么多年过去了,就过去了,临到要入土了,倒越来越想他们,想那个康珠泽旺,想那个解放军。我爱着他。我知道你们在笑我,我自己都感到脸上发烫呢。我可以瞒过别人,但瞒不了自己的心,我对那个当兵的真是一见钟情。我带着他的孩子,就像是我亲生的孩子。我带着孩子一路乞讨，每到一个地方，他们都以为是我的孩子，以为我是一个不干净的女人。我从不解释，只默默地抱着孩子，一口一口地喂他。即使到了古塔村，遇到了康珠泽旺，我也不解释。我把泽仁洛布接到手的那一刻，我心里就有感觉，就觉得亲，就觉得他就是我自己的孩子。

桑吉卓玛（堂姐）

奶奶很老了，老得像一只影子。你很难想象这样一个女人，年轻时，会有那么深的爱。他爱那个解放军，她把对他的爱，倾注在他的孩子身上。

那么，康珠泽旺呢？奶奶对他是怎样的一种情感？我试着问奶奶，奶奶说，我对他，更多的是感恩，当然，也是爱。奶奶说，爱一个人，并不妨碍我爱另一个人。奶奶的话，让我震撼。我没想到大字不识的奶奶说出的话竟然充满哲学意味。

奶奶说的那个解放军牺牲了。我们康定县志上没有记载，他的名字写在荣城史志里。他叫张向阳，汉族人。我在荣城烈士陵园展览馆里看见了他的遗物，是一个小银手镯，与爷爷留下的一模一样。他们死于同一场战斗。这么说来，如果不是那场战斗，他们可能很快就会相认。我没告诉奶奶他的死讯，我得让奶奶有着一个美好的愿望。我对奶奶说，那个解放军一定没死，他一定来找过他的孩子，只是你跑到那么远的地方，他怎么能找得到呢？我说，奶奶，您放心，我帮您找，现在科技发达，我在网上帮您找。您好好活着，一定能等到那一天。

泽仁洛布（大伯）

　　篝火正旺，映照着古塔，那是我们古塔村的寺庙。那里有一个活佛，他在清晨的时候诵经，做佛事。

　　古塔往前，就是铁索桥，如今它整修一新。我倾尽我一生的积蓄，买了钢铁，铸成铁链子，粗细与原来铁索桥的一样。我按照它原有的残骸和我儿时的记忆，恢复了它的原样。比起那个旧桥，它除了更新一些，没有别的区别。

　　我动工修桥时，很多人劝我，让我给自己留点养老钱，我说，没有我的阿妈，没有古塔村，我的命早没了，哪还谈得上养老？再说，养老也不是问题，我有女儿卓玛，我有侄子扎西达娃，还有小侄子曲让。我说，这不仅仅是一座桥的问题。桥通了，古塔村的人可以上河对面去种地了，那边的地，占整个村子地的三分之一，那边地肥啊。那边的山坡下还可以建房呢。

　　我自己带头，在桥那边的山坡下修建了一座房子，我告诉他们，我要回到这里来养老。这里风景美，空气好。咱古塔村养人啊。你看我阿妈，这么大岁数了，身体还很硬朗呢。

　　在桑吉卓玛的帮助下，我查阅大量资料，查清这座桥的历史，它建于明太祖时期，后来被大农庄主顿珠德仁炸毁；某年，解放军带领翻身农奴将顿珠德仁抓获，在这桥头正法。我把这些历史刻上桥身。我要告诉卓玛和扎西，告诉古塔村的每一个后人，不要忘记历史。

康定情歌

扎西达娃（我）

　　那年我当兵，从缺氧的高原，到氧气充足的东北大地，出现"醉氧"，成天像患了感冒，昏沉沉的，踏上冰冻坚硬的大地，却像踩在棉花上一般。一米八的康巴汉子，干活不如广西兵，吃饭也不习惯。我几乎挺不住了。这军营生活，与我想象的太不一样，与其这么苦，我还不如在家种地哩。咋活不是活？非要跑这么远来遭这罪？我准备以身体不适为由，打个报告回家。我正在为我实现这一计划积攒勇气时，接到姐姐的电话。那是一个星期天的午后，窗外飘着雪花，天特别冷。我们午休，因为冷，睡不着，大家都呆坐在马扎上，这时，值班员喊我接电话，是姐姐。我终于找到倾诉对象，我诉说我的艰难。姐姐叮嘱我，坚持，一定要坚持，过几天就好了。姐姐说，你是革命烈士的后代，是功臣的后代，你要是打退堂鼓，当逃兵，会带动更多的逃兵，咱们家之前所有的荣誉都将被你抹杀。你要是做一个好榜样，会带动更多的兵干得更好。弟弟，坚持，我相信你，你能行！

　　第二天上午，姐姐就出现在我的训练场，这让我觉得太神奇，太不可思议，像做梦一般。看见姐姐的那一刻，我热泪双流，一股强大的力量，一脉亲情化作的暖流，传遍我的全身。原来姐姐放下电话就赶往机场，从康定飞往成都，又连夜从成都飞到沈阳，再打出租车直到通化。姐姐担心我挺不住当逃兵，她一刻也不敢耽误。她说，年轻人很容易冲动，冲动就会犯错误。有些错误，犯下了，可以弥补；有些错误，犯下了，就悔恨终生，比如当逃兵。

姐姐给我买了很多吃的。见到姐姐，我像一个受了委屈的孩子于绝望中见到了亲人，眼泪一次又一次涌出。我不断地用手去抹眼泪，在姐姐面前毫不顾忌。说来奇怪，眼泪一流，浑身竟然轻松了。

姐姐向新兵营请假，让我陪她待一下午。那个下午，姐姐跟我说了很多，她又讲了一遍我爷爷和阿爸的故事，也讲她在部队当兵带兵的事。姐姐说，如果不是我的大伯病了，她留在部队肯定能提干。姐姐说，弟弟，我没能实现我的军官梦，现在由你替姐姐完成，你替姐姐实现咱们共同的光荣与梦想。记住，千万别打退堂鼓。当逃兵，别说你自个儿的前途毁了，也会毁了你阿爸，他好面子，那样的话，你无异于在他胸口捅上一刀，他下半辈子都会抬不起头。

谁能忍心往自己阿爸的胸口捅刀子？我拍拍胸膛，对姐姐说，姐姐，你工作忙，回去吧，你放心，我一定能挺住。

姐姐走了，我留了下来。后来，姐姐每两个月，最多三个月，就会飞到东北来看我。几年之后，我成为一个很厉害的兵，参加军区特种兵比武，夺得冠军，随后破格提干，保送军校。在欢送会上，旅长亲自给我佩戴大红花。他说，扎西，你不但是我们旅的骄傲，也是咱们集团军，甚至整个军区的骄傲，真了不起！旅长哪里知道，了不起的是我的爷爷、奶奶、我的阿爸，还有我的姐姐。他们是我前进的力量。

现在，我凝望着姐姐桑吉卓玛。姐姐漂亮，她有一颗美丽的心灵。姐姐在我眼里是最完美的人。格桑花在她头上围成一圈，黄的粉的红的，没有两朵相同的颜色。在篝火的映照下，姐姐简直就像一位仙女，那么美丽、轻盈，像是从雪山顶上飘然而至；那么圣洁，像是从跑马山旁的海子里缓缓而起。

我骑上马背，带着姐姐。我们在马背上奔跑时，村主任用他的胡琴拉响《康定情歌》。优美动听的《康定情歌》就诞生于我的家乡。有人传说，当年那个解放军带着我的奶奶，骑在马背在坡地上奔跑时，被来采风的音乐人撞见，那美好的场面激起他灵感的火花，他脱口而出，根据民间既有的"跑马调"，改编创作出这首脍炙人口的歌。

现在，我要同我的姐姐一起，将我们家族的故事，在康定、在我的家乡古塔村继续上演。我们策马在跑马山上，而此刻，我们并不知道，奶奶已静静地离我们而去。

那天的奶奶，穿着她亲手织的七彩裙，艳丽无比。在生命的最后时刻，奶奶脸上存留着笑。我猜想，她一定是在那边，找到了我的爷爷康珠泽旺，还有那个年轻俊朗的解放军排长。